戦後ってなに？——前書きにかえて

アーサー・ビナード

ちょうど戦後四十五年のときに、ぼくはアメリカの大学を卒業して来日した。

つまり一九九〇年に。日本に来るまでは「戦後四十五年」を意識したことなどなく、認識すらしていなかった。けれどその六月から東京の日本語学校に通いだし、夏の間には幾度か、新聞の見出しとか企画展のチラシとかテレビの特別番組でも「戦後四十五年」という表現を目にして、和英辞典を引いたりした。最初は奇妙な印象だった。

「戦後」の意味よりも、その年数が当たり前のようにはっきりと数えられていることに、ぼくは驚いたのだ。英語にももちろん「戦後」に相当するpostwarという単語があり、並びの順はpostのあとにwarが来るので「後戦」みたいにあべこべだが、意味的には日本語の「戦後」とよく似ている。たとえば「戦後復興」といった熟語についても、英語ではpostwar recovery と表す。

ところが、アメリカ社会の中で、アメリカの歴史を語るときに、「戦後」のpostwarに年数をあしらっておけば意味が伝わるかというと、そうは問屋が卸《おろ》さない。工夫してかなり補って使わなければ、相手が首をかしげながらこう聞き返してくる。

「その『戦後』って、いつの戦争のあと?」

要するにpostwarの対象となり得るwarは一つじゃない。

「第二次世界大戦」のことを英語ではWorld War IIと呼び、動員された人数も、かかった戦費もとてつもなく多かったため、その扱いも他の戦争よりやや大きく、ワールドワイドだ。でもWorld War IIが終わった一九四五年からほんの五年がたち、今度は朝鮮半島でアメリカ政府は次の戦争を開始した。厳密にいうと、アメリカ合衆国憲法が義務付ける「宣戦布告」を出さず、違法に進めた軍事行動だったので、初めのころはwarという単語を避けてわざわざconflictと表現して、日本語でも「朝鮮動乱」とごまかしていた。けれど実体は恐ろしい「戦争」であり、やがてKorean Warと呼ばれるようになり、直接かかわった人間にとってはpostwarといえば「朝鮮戦争後」を指す。

ただ、一九五三年に休戦協定のみ成立して、いまだに講和条約が結ばれていないので本当の「戦後」ではなく、正確には「休戦中」だ。

一九六〇年代初めに、次なる大型公共事業としてインドシナ半島の戦争が用意され、アメリカ政府は六四年に全面的に軍事介入を開始、いわゆるVietnam Warがそこから十年近くつづく。

日本語で考えると、ぼくは一九六七年生まれなので太平洋戦争の「戦後二十二年」のときに生まれ、当然「戦後世代」の部類に入る。でも英語に頭を切り替えると、一九六七年というべトナムへの攻撃が激しかった年に産声《うぶごえ》を上げたぼくは「戦中生まれ」となる。ナパームの焼《しょう》夷弾《いだん》はミシガンのわが家には降ってこないし、父親はぎりぎり徴兵にとられずにすんだので、実感の薄い、悠長な「戦中派」ではあるが。

日本語の「戦後」に遭遇して、初めて「戦後のない国」に自分が育ったことに気づいた。少し距離がとれたおかげで、「戦争とはいったいなんなのか？」という疑問を抱えることができて、それがやがて多くの出会いをぼくにもたらしてくれた。

なにかを本気で知りたくなると、どこかで知っている人とつながる道が、不思議と切り開かれるものだ。この本には、ぼくが「戦後七十年」をきっかけに与えられた数々の発見が満載されている。

登場する語《かた》り部《べ》も、それぞれの体験もあまりに輝かしく、独り占めにしたらバチが当たると思い、一冊にまとめた次第だ。

目次

第1章

第4章

「終戦」は本当にあった?

第5章

一億総英会話時代

*この本は、二〇一五年四月〜二〇一六年三月に放送された、
文化放送の番組「アーサー・ビナード『探しています』」のうち、
二十三名の戦争体験談を採録し、加筆・修正をして再構成したものです。
同番組は、日本民間放送連盟賞・二〇一六年番組部門［ラジオ報道番組］最優秀賞に選ばれました。

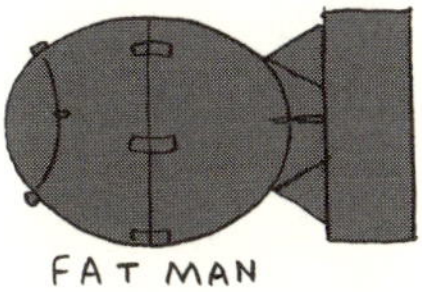

第1章

「パールハーバー」と「真珠湾」と「真実」

ぼくにとっての「日米関係」の基礎をなすのは、一九五一年にサンフランシスコで締結された「講和条約」ではなく、一九六〇年に改定された「日米安全保障条約」でもなく、もちろんペリー提督が江戸幕府と結んだ「日米和親条約」でもない。一九九七年に己が結んだ「国際結婚」の約束だ。

互いに納得した上で身を固め、「不平等条約」に陥らぬよう、ときおり再交渉する。そのおかげで二十年もつづいている。愛のためにパスポートは必要ないが、異なる国籍の相手といっしょになると、法律や規制や手続きに振り回され、日米の奇妙な二国間関係も垣間《かいま》見《み》える。

たとえば、正式に結婚しようと決めたとき、役所の戸籍係に行ってみたら、「婚姻要件具備証明書」が必要だと告げられた。つまり「上記の米国人は結婚可能な年齢に達し、本国では未婚である」というオフィシャルなお墨つきを、アメリカ大使館でまず発行してもらわなければならないという。赤坂《あかさか》へ出かけてボディーチェックを経て大使館に入り、申請書に記入して窓口に提出。英語で「真実であることを神に誓いますか」と聞かれ、「アイ・ドゥー」と答えた。

無事発行された「婚姻要件具備証明書」を役所に持って行き、戸籍のないぼくを、妻の戸籍の欄外に書き加えてもらうことで、日本における「国際結婚」は成立した。ところが、そのめでたい事実がアメリカ大使館に伝達されるわけではないので、ぼくが二重結婚をやらかす気になれば、こっそりできてしまうこともわかった。「それならアメリカでも結婚しよう」と半年後に、今度はニューヨーク市役所で手順を踏んで「婚姻許可書」のmarriage licenseを取得した。

彼女の両親は、初めて会ったときからアメリカ人のぼくを温かく受け入れ、一度も反対される気配を感じなかった。結婚してからはお正月やお盆に埼玉県の実家へ出かけ、お茶の間でちょびちょび義理の母親の戦時中の体験を、お伽《とぎ》噺《ばなし》さながらにぼくは聴いていた。「鬼畜米英《きちくべいえい》」「撃《う》ちてしやまん」「一億火《いちおくひ》の玉《たま》」「本土決戦《ほんどけっせん》」のスローガンが飛び交う中で乙女の時代をすごし、きっと消極的に、イヤイヤ軍事教練などを受けていたのだろうと想像していた。およそ戦闘が似合わない、繊細で優しい義母だからだ。

でも少しずつお伽噺の主人公が立体的に浮かび上がり、あるとき気がつけば、決して消極的でもイヤイヤでもなく、皇国《こうこく》のために自ら進んで尽くしている姿が見えてきたのだ。義母が欠かさずつけていた日記の存在も知った。表紙に綴《つづ》られた『決戦日記』は、本人の純真な命名で、戦火に焼かれず今も実家の箪笥《たんす》にある。

「決戦」の「敵国人」の子孫のぼくが、その日記を読んでいいのかどうか、とまどったままだった。義母の真珠湾攻撃のときの記憶にも、なんとなく触れずにいた。けれどラジオの番組で、多彩な人物の戦争体験に耳を傾けることになり、身近な義母のそれも、時系列に沿ってちゃんと聴き取り、『決戦日記』とも向き合いたいという思いに駆られた。「親孝行したいときには親はなし」という諺《ことわざ》を踏まえれば「親の体験を聴きたいときには親はなし」ともいえそうだ。

照れくささを振り払い、録音機材をしょってぼくは埼玉の実家へ向かった。

マリは蹴《け》りたしマリはなし

栗原澪子

（くりはら・みをこ）
一九三二年、現在の埼玉県嵐山町《らんざんまち》出身。
専業主婦を経て、保育園の創立に尽力する。
詩誌「詩学」編集に参加。著書に『保育園ことはじめ』、歌集に『水盤の水』、
嵯峨信之《さがのぶゆき》のことを描いた『黄金の砂の舞い』など。

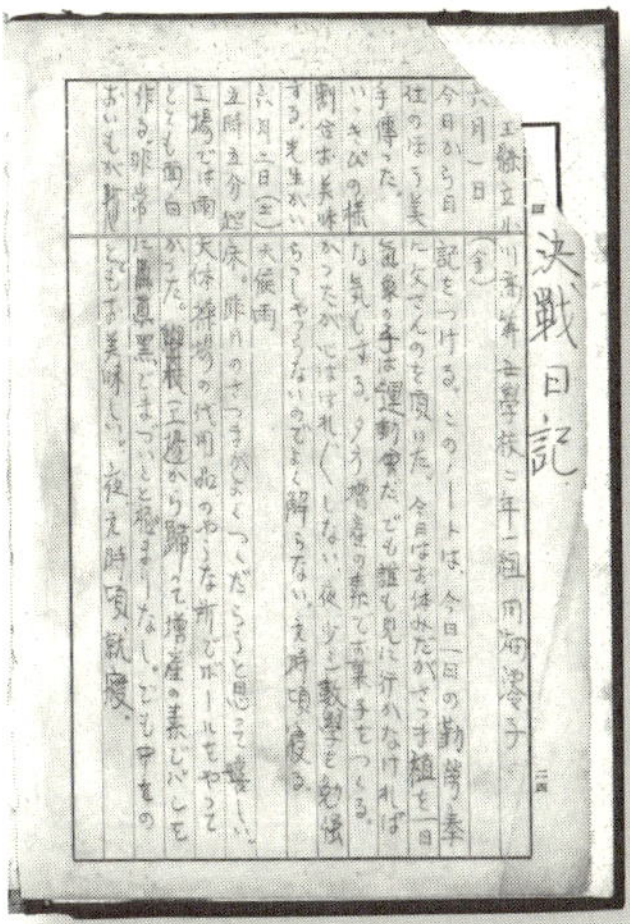
決戦日記

六月一日(金)

六月二日(土)大雨

「決戦日記」と題した
澪子さんの日記。
1945年6月からほぼ毎日書いていた。

ゴムマリ・どうも有難う

佛印からの

贈物配給

戦時中まったく手に入らなかった
ゴムマリが、ある日突然、
各国民学校に配給された。
大喜びする子どもたちの様子を
伝える新聞記事。
『読売新聞』1941年12月23日付。

2016年3月9日、埼玉県東松山《ひがしまつやま》市にて。

愛国少女の感激

栗原澪子　わたしが尋常小学校に入学したのは昭和十三年、一九三八年のことなの。日中戦争の始まりがその前年の七月ですから、物心つくと戦争の中にいたというわけ。

日本軍は連戦連勝であっという間に首都南京《なんきん》を占領しました。南京が陥落すると、埼玉の山村でもお祝いの提灯《ちょうちん》行列が行われたんです。

うちの実家の下の田んぼがあるじゃない。アーサーも歩いたことのあるあの田んぼの中の道を通って、村役場まで練り歩いた。「バンザイ、バンザイ」でね。みんなもう戦争に勝った、これで決着がついたっていう感じのお祝いだったように覚えています。

一九四一年、わたしが四年生になったとき、尋常小学校が国民学校に変わったんだけど、その夏、日本軍が南部仏印《なんぶふついん》に進駐したんですね。「仏印」って「フランス領インドシナ」のこと。今の世界地図で「仏印」の文字を探しても見当たらないけれど、ベトナムとカンボジアとラオスの三か国、つまりインドシナ半島の東半分という地域かしら。フランスがナチス・ドイツに負けて、ドイツに協調的なヴィシー政権が成立すると、日本政府はその政権に圧力をかけて協定を強いて、仏印に兵隊を入れたのよ。でも子どものわたしには「仏印進駐」なんていわれても、なんだろうと思ってまるで意味がわからなかったの。だけどね、二学期だったと思いますがある日、教室に「ゴムマリ」が届いたんです。

当時、日本は物資不足で、アメリカやイギリスなどの経済封鎖が厳しくなって、殊《こと》にゴム製品は底をついていました。そんな中、わたしたちはとにかく弾むマリが欲しくてね。本物のゴムマリが欲しくて欲しくて、一段跳びの紐《ひも》にする輪ゴムも欲しくて欲しくて。しかたないので裏山へ行って、あちこちから苔《こけ》をむしってきて日に干したり、里芋の茎を干したりして乾かし、それにぼろ布をクルクル巻いてマリの代用品をつくってました。もちろん、うまく弾みませんから、つくとちゃんと跳ね返ってきて、手のひらに反発するゴムマリの感触に恋いこがれてました。なんと、そんなある日、学校の教室に夢のようなゴムマリが五個ほど配給になったんです。それをだれがもらうか、くじ引きすることになって。

わたしは当たらなかったけれども、一大事件でしたね。戦争に勝つとゴムマリが来るっていうんですから。愛国少女でなくても、感激の「バンザイ！　バンザイ！」よね。そして先生がこういったの。「もうこれからはゴムマリなんかいくらでも手に入る」って。「南方を手に入れたからには日本は大国になったんだ」って。あのゴムマリは巧みにそういう宣伝効果を狙ったのよね。でもその後、ゴムマリが届くことは二度とありませんでした。

真珠湾攻撃があったのはその年の十二月。「臨時ニュースを申し上げます。臨時ニュースを申し上げます」というアレがラジオから流れてきました。「帝国陸海軍は本八日未明、西太平洋において米英軍と戦闘状態に入《い》れり」って、その声のイントネーションまで耳に残ってますよ。

でもわが家では、「やったあ」っていうのが全然なかったの。父は早く亡くなり、母が学校の教員をしていたんだけれど、食糧事情が厳しくなったので学校の仕事を辞めてニワカ百姓を始めたところでした。その母は、大正デモクラシーの盛りに勉強した人だったのね。だから

「ニッポン勝った！　バンザイ！」っていうのに非常に懐疑的な人だったんです。

わたしのほうはそれから「ラングーン」がどこで、「サイパン」がどこで「ニューギニア」がどこでというのが、地図を見なくてもすらすら描けて、しかも日本軍の攻防ラインが今どこということもわかる子になっていきました。「日本が勝った」と聞けば胸をなでおろし、「玉砕」と聞けば胸をつぶす。そういう意味では、典型的な「戦争おたく」でしたね。「愛国おたく」といったほうがいいか。一九四五年二月に女学生、つまり今でいう中学生になったわたしは、学校から二キロほど離れたところにあった軍需工場に「学徒動員」されることになったの。その「日工」という工場は、敵の軍艦を攻撃するための機雷などを積む小型艦の、エンジンの冷却ポンプを製造していたんです。

でも「軍事機密だから、なにをつくっているか家族にも絶対に話してはいけない」と、動員初日にきびしく言い渡されていたわね。しばらくすると、今度はB29迎撃用の「投射器」の部品をつくることになったんです。クラスみんなで「不良品を絶対つくらないようにしよう」と誓い合って働きましたね。

夜明けごろ、まだ目が覚めるか覚めないうちに空襲警報が鳴るようになりました。それから解除を待ってタイヤもチューブもぼろぼろの自転車に乗って、軍需工場に向かうんだけれど、途中でまた空襲に遭うの。敵機は、動くものは猫でも狙うっていわれていましたから、とりあえず松林の中へ駆け込むんです。そうやって時間を食いながらようやく工場に着く。すると今度は工場の屋根にダダダダダダッ！　って艦載機の機銃掃射がくる。

わたしは白鉢巻の通報係に選ばれてね、みんなといっしょに待避できなくなったので、死にものぐるいで机の下にダイビングしたものよ。それでもみんな「日本が負けるはずがない」って信じてました。

義母の『決戦日記』一九四五年八月のところにはこう書かれている。

「七日（火）天候晴　午前中空襲になって待避する。午後三時のお休みに馬鈴薯《ばれいしょ》を食べる。いよいよ十日から投射器の組立をすると言ふことだ。私達の仕事はとっても大切な物らしい。重大なる任務、我が双肩に有り」

「お母さんのような非国民がいるから」

栗原澪子　ところが、わたしの母は「日本は勝つはずがない」というんです。

内心ではわたしだって「日本はどうなるんだろう。負けるんじゃないか」って案じているくせに、母にきっぱりと「日本は勝つはずがない」っていわれると、ムキになって食ってかかったの。「お母さんのような非国民がいるから日本は勝てないんだ！」って。

でも母は、わたしの非国民呼ばわりに反論しないで、いつも負けてくれました。

「あなたのような純粋な心には、お母さんはなれないのよ」と。

八月十五日の終戦の日、わたしたちは工場の作業台の前で玉音《ぎょくおん》放送を聴くことになりました。

「あ、これは間違いなく負けだ」とわかったのは、「堪《た》へ難《がた》キヲ堪ヘ忍《しの》ビ難キヲ忍ビ」のあとにつづけて「以《もっ》テ万世《ばんせい》ノ為《ため》ニ太平ヲ開カムト欲《ほっ》ス」っていう言葉を聴いた瞬間。

わたしが真っ先に泣きだしてしまって、それにつづいて三分の一ぐらいの同級生もウッウッと泣きました。玉音放送につづいて内閣告諭《ないかくこくゆ》っていうのもあったんだけど、それが終わったとき、先生がラジオのスイッチを切って「終わりだな」っていいました。

「負けちゃった」とかそういうんじゃなく「終わりだな」って。そのとき先生が、わたしのほうを見てそういったんです。するとね、泣きじゃくっていながら、瞬時に先生の目の色を「おまえはわかっているな」というふうに見てとって、わたしは心のどこかで自尊心をこっそり満足させたのね。

そういう自分に気がついたってこと、わたしの八月十五日のもう一つの刻印ということかな。

義母は『決戦日記』の題名を変えずに戦後も日記を書きつづけた。

玉音放送の二日後のページに「工場へ行くと指導員の人がもう投射器は中止だと言ふ。不良品を作らないやうにと、自分の心にちかい皆注意仕合って時には泣いたりしてやっとあと二三日で組立と言ふ所へ来て、もう何にもならなくなっちゃったのかと思ふともうつまらなくて、情《なさけ》なくて堪《た》まらなくなってしまった」とある。

そんな一途《いちず》さと、一種の自己陶酔の向こうに、子どもたちが組織に吸い込まれていく仕組みが見て取れる。

国家の教育の影響力が家庭のそれより大きいことにも、ぞっとしながらもうなずかされる。

翌々年の一月には「東京裁判傍聴」の記述もある。義母の懸賞作文が入賞して、ご褒美《ほうび》に校長先生が極東国際軍事裁判の法廷へ連れて行ってくれたという。

「被告達あわれなり」と綴《つづ》られている。

思えば骨の髄《ずい》までの軍国少女だった義母が、のちのちにアメリカ人を婿として迎えることになったのは、不思議な巡り合わせといえるのか。もちろん心の変化も必要だったはずで、その背景に、ぼくは義母を育てたその母親の包容力を感じたのだ。

幻想を見抜く眼力と、現実から逃避しない勇気を持った人物だったに違いない。若くして亡くなったので、わが妻も会えなかったが、孤立を恐れずに生きた人だった。その義理のおばあさんへの思いも胸に、ぼくは埼玉の家をあとにした。

「空母は何《なん》隻《せき》いたのか？」

原田 要

（はらだ・かなめ）
一九一六年、長野県生まれ。
横須賀海兵団に入団、ゼロ戦パイロットとなる。
真珠湾攻撃では艦隊護衛任務に就き、
その後もミッドウェー海戦などに参加。
教官として終戦を迎え、戦後は幼稚園を創立した。

日本海軍がアジア太平洋戦争中に使用した
零式《れいしき》艦上戦闘機、通称「ゼロ戦」。
機体が軽く、上昇力や旋回性に優れていた。
（写真提供：朝日新聞社）

『わが誇りの零戦』
（原田要 著　桜の花出版）。
日中戦争の始まりから敗戦まで、
戦闘機パイロットだった原田さんの、
足跡がうかがえる著書。

2015年11月19日、長野県長野市にて。原田要さんは2016年5月3日に永眠。

「サプライズ」の意味

アメリカに暮らしていると、パールハーバーの定説を何度も何度も刷り込まれる。テレビでもラジオでも新聞でも、ノンフィクションの作品だろうとフィクションだろうと、ともかく大前提は同じだ。政治家も歴史家もコメンテーターもアナウンサーも、定説を踏まえて語り、疑う余地はだれにも与えない。

その定説とは、「大日本帝国は予告もなく一方的にアメリカのハワイ州真珠湾《しんじゅわん》に卑怯《ひきょう》な奇襲攻撃を加え、多くの貴い命が奪われ、太平洋戦争の正義の戦いはそこから始まって、すべて当然のお返しだった」といったところ。常にsurprise attackの表現が使われ、寝耳に水のビックリだったというストーリーが補強されるので、思考停止のまま生活していると、とても頑丈な史実に見える。が、一歩立ち位置をズラして世の中をとらえることができるようになると、今度は定説の頑丈さが、かえって胡散臭《うさんくさ》さを醸《かも》し出し始める。

大学に入ったころから「できすぎだなぁ」と怪しく思えてきた。ただ、自分とつながる歴史だと思っていなかったので、疑問はそこどまりだった。来日してから徐々に東京大空襲のこと、長崎のプルトニウム弾と広島のウラン弾のことも具体的に見えてきて、「パールハーバーのお返し」というペテンをはっきり見抜く視点を得た。

二〇一三年に初めてハワイへ出かけ、オアフ島の真珠湾を見学した。定説に対する疑問はすでに膨らんでいたが、現地を巡ったらサプライズ・アタック・ストーリーの化けの皮が一気にはがれた。そもそも巧妙なプロパガンダとして作られ、アメリカ政府と御用歴史家たちがそのメンテナンスにアリゾナ記念館を使って発信しつづけているわけだ。

一九四一年十二月の時点で、米軍はすでにレーダーを開発していたので、日本艦隊の動きをとらえ、特別な地位にいた一部の人間は、事前に把握できていたはずだ。「人的ミスによって現場への情報伝達が遅れた」というエクスキューズは、あまりにも白々しく響き、本当はルーズベルト政権が血眼《ちまなこ》になってさがしていた「対日対独宣戦布告」の口実に、もってこいの軍事行動だった。戦力的に価値が低く、すぐ代わりを用意できるアリゾナ号のような戦艦は、そのままパールハーバーに無防備に並べられていた。けれど、撃沈されたら困る大事な航空母艦はすべて前もって、みごとなタイミングでハワイから遠い海域へ避難させたのだ。

もちろん公式には「避難」じゃなしに、たまたま「演習中」だったというが。

真珠湾攻撃を詳細に見つめれば、偶然と思えない「偶然」が多すぎて、米政府にとって好都合なディテールばかり重なっている。ただ、現場で死亡したアメリカ軍の二千三百四十五名を思うと、歴史の実体は残酷すぎる。彼らにとっては日本軍の攻撃はサプライズだったに違いない。

ホワイトハウスとアメリカ陸軍省のインサイダーたちが、壮大な罠《わな》をしかけ、兵卒をネズミ捕りのエサのように利用して、「開戦」のシナリオがそれで整ったと考えられる。

プロのカメラマンがロケハンまでしてばっちり撮った真珠湾攻撃の実写フィルムが、またたく間に全米に広まり、その宣伝の効果もあって参戦に否定的だったアメリカの世論が、堰《せき》を切ったように戦争賛成にがらりと変わった。その点もどうも「奇襲」の説とズレる。

しかし生まれていなかったぼくは、当然、リアルタイムでその現場を知らない。二〇一五年の秋、現場を知る人物に会えた。パイロットとして真珠湾攻撃に参加した原田要さんのお宅にお邪魔して、日本艦隊の空母からの視点を教えてもらった。

攻撃に使ってくれると思っていたのに

原田要　太平洋戦争の始まりとなったハワイの真珠湾攻撃は、一九四一年十二月八日の未明、赤城《あかぎ》、加賀《かが》、蒼龍《そうりゅう》、飛龍《ひりゅう》、瑞鶴《ずいかく》、翔鶴《しょうかく》の六隻の航空母艦を中心とした日本海軍機動部隊によって決行されたんです。わたしは蒼龍に乗り込んでおったんです。

航空母艦というのは実に強力で、戦闘機を搭載しているのはもちろん、弾薬、燃料、整備工場などすべて持ってます。だから空母さえあれば、どこへでも飛んでいって攻撃し、帰ってきて準備してまた出ていける。こんな便利な戦争の道具はない。その航空母艦を六隻もそろえた連合艦隊の攻撃力は比類なきものでした。

艦隊は一九四一年十一月十八日、大分の海軍基地から出港。「ハワイ攻撃をするんだ」という話を事前に聞いておったんですけれど、どうも艦隊が向かう方向が違う。アメリカならすぐ東へ向いて行けばいいのに、北のほうへどんどん進む。それから飛行機の装備の防寒が行き届いている。だから兵員の間では、「こりゃ、アメリカじゃないよ。ソ連のウラジオストックあたりを攻撃するんかなぁ」などと話し合っておりました。

すると、着いたのは択捉島《えとろふとう》の単冠湾《ひとかっぷわん》でした。十一月二十二日に全艦船が集結すると、そこで初めて責任者が集められ、艦隊の司令長官である南雲忠一《なぐもちゅういち》中将から「ここからハワイへ向かうんだ」という話があって、各艦へ通達されたんですよ。

当時二十六歳だったわたしは、一等飛行兵曹《へいそう》ながら下士官《かしかん》ではいちばんの古株でした。実戦経験も豊富だったので当然、攻撃に使ってくれると思っていたんですよ。ところが、くだった命令は「君はいちばんの体験者でもあるから、この艦隊を守ってくれ」というものだった。

話が違うじゃないかと、悔しかったよ。自分が真っ先に飛んでいくべき人間だと自負してたのに、外されたのだから正直、ひがみもしましたね。

だけど軍の命令だからね。「艦隊がハワイからの攻撃を受けた場合、守るほうが大事。艦隊護衛の上空援護をやれ」といわれればしかたがありません。真珠湾攻撃の当日は、まずわたしが最初に飛び立ち、それにつづいて第一次攻撃隊の戦闘機、艦上爆撃機、艦上攻撃機隊が発艦していった。その攻撃隊を途中まで送り、旋回して艦隊に戻りました。

つづく第二次攻撃隊のときは別の指揮官が飛んで、第三次攻撃隊のときは、またわたしが飛んだんです。だけど結局その日、敵からの攻撃は一度もなかったね。

わたしは戦争の経験がかなりあったので、航空母艦というものの怖さを実感していました。戦艦とか巡洋艦より、航空母艦のほうが断然手ごわい。だから攻撃隊には、とにかく空母をたたいてもらいたいと思っていたんです。ところが、帰ってきた攻撃隊のパイロットたちに「空母は何隻《なんせき》いたのか？」と聞くと、「一隻もいなかった」というんだよね。「戦艦、巡洋艦、駆逐艦、そして格納庫を爆撃した」と喜んでいるのに、「空母は全然ない」と——。

そのころアメリカと日本の航空母艦の数はほぼ同じで拮抗《きっこう》していたんです。真珠湾攻撃は、敵のそれをたたくことが大きな目的だった。でも、全然なかったというんですよ。

わたしには、だから、「アメリカ軍は航空母艦をよそへ逃がして、わざと隠した」としか思えなかった。そのとき「みんな喜んで日本が勝ったようなつもりでいるけど、とんでもない。アメリカの航空母艦をひとつもたたけなかったっていうことは、えらいことだ。たいへんなことになるよ」といったんです。アメリカは日本の攻撃を知っていたに違いない。それがわたしの直観だったんですね。そんなことは、戦争を体験して、戦争の裏表を多少わかっていれば、わたしのような下士官でも見えることだった。およそ戦争というものは、階級ばかりでできるものではないんです。経験が必要なんです。もしあのとき、真珠湾にアメリカの航空母艦がいたら、太平洋戦争は違ったものになっていたかもしれないね。

作戦計画では、攻撃と同時に宣戦布告をするということになっていたの。上層部はそうすれば、だましうちにならないと判断していたらしいです。実際、真珠湾攻撃の直前まで、野村吉《のむらきち》三郎《さぶろう》駐米大使と来栖《くるす》三郎《さぶろう》特命全権大使が、戦争を回避するためにアメリカと交渉していたんですから。おそらく、うまくいかないことはわかっていたんでしょうが、もし交渉がまとまれば攻撃しないですむように、ちゃんと手はずは取っておったらしい。しかし手違いで、まだ交渉しているうちに、攻撃を始めてしまったということだね。

そうしたことは、戦場ではままあるんだけれど、結果的には「日本は世界で最も卑怯《ひきょう》な国だ」と、世界中に宣伝されることになってしまったんだよね。

トドメを刺さなかったわけ

真珠湾に引きつづき、ウェーク島の戦いに参加しました。あくる一九四二年二月にオーストラリアのポートダーウィンへの攻撃に出撃して、四月にはセイロン沖海戦に向かいました。セイロン島でわたしは敵の戦闘機を五機、撃墜したんです。そこへもう一機来たから、落としてやれと向かっていった。だが、それがなかなか落ちない。

なんとか田んぼの中にやっと落としてから、味方機との集合地点に向かったけれど、もうだれもいなくなっていたんですよ。深追《ふかお》いしすぎたんだね。戦闘機一機では、母艦に帰るのはとても難しい。そこで「どうせ帰れないのだから、さっき落とした敵機に突っ込んで俺もそこで死んじゃおう」と引き返したんです。ところが、そのパイロットはもう、墜落したところからいなくなってました。

そのあと偶然に、運よくわたしは味方を発見して、どうにか母艦へ帰れて助かったんです。

実はそれから五十六年もたち、イギリス人のジャーナリストから「あなたがセイロン島で撃墜した敵機のパイロット、ジョン・サイクスは今も健在だ」ということを知らされて、驚きましたね。さっそく英国に向かい、ジョンさんと再会を果たしたんです。わたしがどうしてトドメを刺さなかったのか、彼はずっとそのことを不思議に思っていたそうですよ。

ミッドウェーで母艦が炎上

一九四二年六月五日未明、わたしは戦闘機隊小隊長として、機動部隊の上空直衛任務についた。約二時間上空を哨戒《しょうかい》して、いったん着艦して朝食をとっていたら、戦闘ラッパが鳴った。すぐに発艦すると、魚雷を搭載した敵の雷撃機の大群がやってきた。そのとき、敵機二十五機をすべて撃墜、一発の魚雷も命中させなかった。弾を撃ち尽くして、着艦するとすぐまた敵の第二波が押し寄せてきた。わたしは即刻発艦したが、敵の急降下爆撃機の攻撃で、次々と航空母艦の赤城、加賀、そして蒼龍も炎上してしまったんだ。

唯一やられずに残っていた空母の飛龍をめざして、着艦しました。でも、わたしの愛機は被弾しておって、使用不能と判定をくだされ、海に投棄されることに。幸い、飛龍にはまだ使用可能なゼロ戦が一機あった。それに乗ってわたしはまた発艦したが、その直後、飛龍が被弾して火柱を上げるのが見えた。とにもかくにも敵機を追って戦ったが、やはり被弾して、やがて燃料切れとなった。そのころ、もう敵はいなくなっていた。

四隻の航空母艦はみんな燃えている。おりられる場所なんかどこにもないから、最後は駆逐艦の巻雲《まきぐも》のそばに着水した。折悪《おりあ》しく敵の偵察機もそこへ飛んできて、巻雲の水兵たちはそれを見上げて、きっと攻撃されるって恐れたのか、慌てて逃げていってしまった。

それから八時間、海に浮いてました。体力が消耗して、もうダメだと思ったとき、最後は、おっかさんの顔が浮かんできた。みんな死ぬときには、母親を思い浮かべて死んでいくんですよ。「おっかさん」と叫んだらもう助からないといわれていた。わたしも覚悟を決め、最後に「おっかさーん」っていおうと思ったが、いざ「おっかさーん」と叫ぼうとすると、母親の姿がわたしの前からスーッと消えちゃうんだ。何回もそんなことがあった。そこへ巻雲が戻ってきて、ようやく引き上げてくれた。船中は足の踏み場もなく、負傷兵がゴロゴロ寝ていた。

　軍医は重傷者を放っておいて、わたしのところにすぐ来て聴診器を当てるんです。

「わたしは体がしびれてるだけだから、こんなわたしじゃなくて、『水！　水をくれ！』って苦しんでいる人のほうを早く診てやってくれ」と頼んだ。すると軍医は、なんのためらいもなくこう答えた。「きみ、これが戦争なんだ。ちゃんと使える人間を先に診て治療する。重傷を負ってもう使えなくなった者は、いちばん後回しだ。これが戦争の最前線の決まり」

　兵士は結局、機関銃や大砲や戦闘機と同じなんだ。使えなくなれば捨てられる。わたしはそのとき、戦争を憎むひとりになった。戦争で幸せになれる人はひとりとしていない。

長野駅から原田家へ向かおうと、タクシーに乗って運転手に住所をいったら、「ああ、原田先生のお宅ですね。幼稚園の隣にあって、うちの娘はその卒園生なんですよ。今はもう結婚して、子どもがいて、わたしは祖父《じい》さんになってますけど」と返ってきた。
**　笑みを浮かべながら運転手は原田さんのことをさらに語った。「戦時中、先生がゼロ戦のパイロットだった事実を、わたしは娘から聞いて知りました。園長として子どもたちに、戦争の体験もしっかり伝えていたんです。二度とあんなことになってしまわないように」**

あの日から半年後、二〇一六年五月三日に原田要さんはこの世を去った。同じ五月の二十七日に、ぼくの母国の大統領が広島を訪れ、そして十二月二十七日には日本の総理大臣がパールハーバーを訪れた。歴史の「サプライズ定説」の意味を見抜いていると、安倍総理の真珠湾訪問とオバマ大統領の広島訪問が、セットにされて売り込まれたことへの驚きも、なくなる。「平和」だの「和解」だの「核なき世界」だの、もっともらしい宣伝文句が飛び交っていたが、実際は定説の再起動を狙ったパフォーマンスだった。もちろん七十年以上もすぎて、定説の老朽化が進み、今さら「ヒロシマはパールハーバーのお返しだった！」とストレートにいうと、ヤボな感じがして逆に怪しまれる。したがって、なんとなく両者のつながりをサブリミナルに、タイミングでもほのめかしながら、大統領が献花して慰霊、総理も献花して慰霊、既視感たっぷりの「お互いさま演出」で歴史のペテンをさりげなく補強できたのだ。

一点だけ驚いたのは、安倍総理が真珠湾でこう話したことだ。「戦争が終わり、日本が、見渡す限りの焼け野原、貧しさのどん底の中で苦しんでいたとき、食べるもの、着るものを惜しみなく送ってくれたのは、米国であり、アメリカ国民であります。皆さんが送ってくれたセーターで、ミルクで、日本人は、未来へと、命をつなげることができました」

いくらなんでも原爆投下を完全無視して、この期《ご》に及んでだれかの古着と粗悪な脱脂粉乳《だっしふんにゅう》のお礼を述べるなんて、演出のやりすぎで馬脚をあらわした——。

ぼくはそう思ったが、その馬脚を取り上げるメディアもなければ、怒り声も聞こえてこない。これもまた、たまたま、好都合な偶然のサプライズなのか。

あの日からぴたりと白人客は来なくなった

リッチ日高

（りっち・ひだか）

一九二八年、アメリカ・カリフォルニア州モデスト市生まれ。六人兄妹の長子。思春期を強制収容所で過ごすが、終戦直前に一家は出所して、シカゴでゼロから生活を再建。家業のクリーニング店で働いたのち、電気工として力を発揮、組合員となる。結婚して三人の子どもに恵まれ、趣味の射撃の腕は全米でもトップレベルである。

Final Edition Closing Market Prices

ST. LOUIS STAR-TIMES

7TH WAR EXTRA

WAR DECLARED

3,000 Casualties In Jap Attack On Hawaii

Nearly 1,500 Feared Dead

White House Admits Sinking Of One 'Old Battleship' And Destroyer In Pearl Harbor

'We Will Triumph—So Help Us, God'

Congress Acts In 33 Minutes

Jeannette Rankin Only Member Of Either House To Vote 'No' After F. D. R.'s Dramatic Request

U. S., Britain Smash Back At Japanese

President's Message To Congress

Sedalia Officer Killed In Action At Pearl Harbor

War Bulletins

Text Of U. S. Resolution Declaring War On Japan.

'AIR RAID, PEARL HARBOR – THIS IS NO DRILL'

Message issued by Lt. Cmdr. Logan Ramsey at 7:55 a.m. on Dec. 7, 1941, for all radiomen to send out in uncoded, plain English.

左:真珠湾攻撃翌日のセントルイスの新聞。「宣戦布告」の見出しが躍る。
右:真珠湾攻撃の概略をまとめた、当時の記事。「これは軍事演習ではない」。
(写真は、いずれもハワイのアリゾナ記念館で販売されている複製)

2015年9月22日、アメリカ・イリノイ州グレンビュー村にて。

クッキーにくるまれた歴史

アイドルグループのヒット曲の力添えもあって「フォーチュンクッキー」の認知度は、いっそう高くなった。実物を口にしたことがなくても、だれもがこのカタカナ語をどこかで耳にはしている。昔から英和辞典に載っていて、『ランダムハウス英和大辞典』のfortune cookieの説明は的確だ。「しばしば中華料理店でデザートで出る占いせんべい。折りたたんだ薄い軽焼きのせんべいで、中に運勢、格言などを印刷した細長い紙片が入っている」

ミシガン州に生まれ育ったぼくのイメージは、最初から完璧にチャイニーズだった。家族で中華料理を食べに行き、チャーハンが片づいて最後の春巻も父親の腹に入ったタイミングで、決まって出てくる。儀式みたいに一人一個のfortune cookieを選び、割って紙片を取り出し、妙な英語を読み上げて笑ったり、首をかしげたりしながら甘いかけらをかじる。

日本に渡っても四十路《よそじ》の坂を越しても、ぼくのフォーチュンクッキー認識はそこどまりだった。でも、あるときサンフランシスコへ出かけて、チャイナタウンをぶらぶら歩き、細い路地の奥に「金門餅食公司」と漢字で書かれた看板を見つけた。「金門」がサンフランシスコ湾の入口にかかる「ゴールデンゲート・ブリッジ」を指していることは、瞬時にピンときた。が、「餅食」がなんのことかと、近づいたらGolden Gate Fortune Cookiesの英語も目に飛び込んできた。フォーチュンクッキー・ファクトリーだった。

中をのぞくと、従業員が機械の前に座り、流れてくるこんがりきつね色の円盤を、固まる前に次々と曲げては紙片を挟んでいる。ぼくより先に工場内に入った白人の老夫婦もいて、その旦那さんが、社長らしき男に質問をしている。たとえば「創業は何年?」とか。そこで「金門餅食公司」が一九六二年からクッキーを焼いていることがわかった。

その夫婦がお土産をどっさり買い、帰るときに旦那さんと目が合って、「チャイニーズレストランで今度食べるとき、この光景を思い出すね」とぼくが声をかけたら、彼は「昔はチャイニーズよりもジャパニーズのものだったけど」といって、外へ出た。

ぼくもお土産を買おうとしていたので、そのまま別れて、またチャイナタウンをぶらぶら歩き、そのうち気になりだした。「ジャパニーズのものだったのはいつか……本当なのか……」

本当だった。知る人ぞ知る話だが、舞台はまさしくサンフランシスコ。一八九四年に国際博覧会が盛大に開催され、ゴールデンゲート・パークの中に「ジャパニーズティーガーデン」という日本庭園が造られた。日本からカリフォルニアへ渡り、庭園の設計を担った実業家の萩原《はぎわら》眞《まこと》は、その後も運営を任されて、茶屋で多くの客にジャパニーズティーを提供した。「おみくじ」は手軽に楽しめる日本古来の占いであり、金沢《かなざわ》あたりの神社では昔からおみくじ入りの「辻占煎餅《つじうらせんべい》」なるものが提供されていた。萩原さんはそれを踏まえ、アメリカ人の味覚に合わせてアレンジしてメニューに加えたらしい。

最初は fortune cookie ではなく、お茶請けとして出していたので fortune tea cake と呼んだり、また日本的だから Japanese cookie という名前も使ったりしていたそうだ。味はよく、萩原さんたちが綴《つづ》った英語のフォーチュンも人びとの興味をひき、話題になって他店へと広がり、やがて中華料理店も取り入れるようになった。しかし「ジャパニーズ」のイメージがフォーチュンクッキーから決定的に剥《は》ぎ取られたのは、一九四〇年代に入ってからだ。

一九四二年二月十九日にルーズベルト大統領が、合衆国憲法に違反して、アメリカ国籍の者も含めて西海岸の日系人を全員、強制収容所に入れるための大統領令を出した。

基本的人権を無視され、農家は土地と作物を失い、商人は店と商品を失い、老若男女みんな犯罪者として扱われ、人里遠く離れた荒れ地のキャンプに閉じ込められた。クッキーを焼いていた日系人も当然、その生業《なりわい》に終止符を打たれたのだ。

アメリカ人のぼくは、その大事なアメリカ史を知らずに育った。日本語を学びだして、日本に住んでからやっと気がついて、でも今なお氷山の一角しかわかっていない。

シカゴを訪ねた際、幸運にもリッチ日高さんと出会い、彼の体験を聴くことができた。

「もう会えないかもしれない」

リッチ日高　うちの両親は、カリフォルニア州のモデストっていう街でクリーニング店を開いた。評判がよく、白人のお客さんが多くて、まあまあ繁盛していた。ところが、真珠湾《しんじゅわん》攻撃が報じられた日を境に、周囲の視線が急に厳しくなった。とにかく白人はまったく利用してくれなくなったんだ。「客足が減る」なんていう次元じゃなくて、客足は途絶えてしまった感じ。みごとなくらいにさ。

そして真珠湾攻撃の二日後には、うちの親父はいきなり身柄を拘束された。当局の尋問を受けたあと、いったん家に戻ることが許されたんだけど、それもつかの間、すぐまた拘束されちまった。忘れもしない、夜の八時ごろにＦＢＩ《エフビーアイ》の連中がわが家へやってきて、親父はそのとき家族に「これでしばしの別れ……もう会えないかもしれない」と告げてくれたんだ。

こっちは、まさか親父がずっといなくなるなんて思いもしなかったけど、あの夜から実に二年の間、一度も会えなかった。

どうしてＦＢＩが親父を家族から引き離したかというと、成功した経営者として日系人社会のリーダーの一人だったからさ。アメリカ政府はビジネスマンだけでなく、学校の先生も、お寺の坊さんも、だれでも影響力のある日系人をみんなしょっぴいたんだ。親父は一応、モデストの日系人会の会長だったし。

ワシントン州の北端から、カリフォルニア州の南端まで、政府は西海岸の日系人のリーダーを全員いっぺんにかき集めたんだ。アメリカだけじゃなく、南米チリの日系人も捕まえたそうだよ。

禁じられた遊び

中学生だったぼくも、真珠湾攻撃によって人間関係が激変して、どうすればいいか途方に暮れた。白人のクラスメートはみんな態度をがらりと変えて、口をきいてくれないんだ、必要なとき以外は。こっちがふつうに接しようとしても、だれもしゃべってくれないし、仲間外れにされちゃった。

鮮明に覚えているけど、とても仲のよかった白人の男の子に、やぶから棒に「母さんからおまえと遊ぶことを禁止されたんだ。それじゃあ」って告げられた。どうやら彼は「リッチはジャップだから遊んじゃダメ！」って、母親に本当に禁じられたそうだ。

それって、けっこう子ども心に響くよな。いきなり危険人物と見なされて、俺は傷ついた。

やはり小さいころから、アメリカ社会にもともとある人種差別を少しは感じていたよ。白人とつき合うよりも、同じ偏見の目で見られるチャイニーズ系の子たちとか、ポルトガル系の子たちと対等な感じで、素直に友だちになれたんだ。でも「日米開戦」となった途端、そんなレベルの「差別」ではなく、露骨な「敵視」に変わった。政府当局が真っ先に日系人から短波ラジオと銃の類いをぜんぶ取り上げたんだ。「言論の自由」と「武器を持つ権利」が憲法によって保証されているはずなのに。スパイ対策というか、反乱防止というべきか。

ま、特にカリフォルニアというところは、そもそも東洋人に対して白人が警戒して、厳しい差別待遇をしていたけど、中国人がいちばん排斥の対象になっていた。

ただ、真珠湾攻撃のあと、代わって日本人がいちばんの嫌われ者にされたというわけさ。

戦争が始まった翌年の二月十九日に、ルーズベルトがはやばやと大統領令を出し、西海岸にいる日系人がみんな拘束された。親父は先に捕まったままだったが、うちの残りの家族も全員、強制収容所に入れられることになってしまった。

いたるところに材木が置いてあった

なにも知らされずに、列車に乗せられて「カーテンは閉めろ」「外を見るな」と命令されたんだ。だから俺たちはどこへ向かっているのかもわからなかった。それは貨車じゃなくて、一応、客車ではあったけど、とにかく三日三晩ずっと車内に詰め込まれたまま。みんな不安で、本当に長かったよ。一度だけ途中停車したとき、外に出られたけど、そこは砂漠のど真ん中、おそらくネバダ州だったはずだ。つまりどこにも逃げ場がない、逃亡がまったく無理だから、外に出してもらえたというわけさ。それでもようやく外の空気を吸うことができた。

最終目的地のコロラド州グラナダの「アマチ日系人収容所」に着いたのが、夕方の四時ごろだったかな。もう日が暮れかけていたよ。収容所の敷地内に入り、これからいったいどこに寝泊まりするのか、区画の番号を渡されて、とりあえず食堂へ連れていかれた。そこにたくさんの荷物が無造作に投げ捨ててあった。

自分たちのものを探し当てなきゃならないけど、だいぶ暗くなっているのに照明もない。だれかの懐中電灯を借りて、なんとか荷物を見つけることができた。それから、いわれた番号の部屋へ向かったんだが、いたるところに材木が置いてあって、周りの高い塀はちゃんと完成していたのに、収容所の住居はぜんぜん完成していない。洗濯場もないし、トイレもなくて、外に〝にわか造り〟の簡易便所があるだけ。こちらの区画にはシャワーもなかったから、収容所の中でも遠い反対側まで行って借りるしかない。俺は、借りてまで浴びるもんかと決めて、とうとう一か月間、風呂に入らなかったよ。

だいたい一か月後に施設が完成したが、かなりずさんな工事だったな。二十四時間の厳戒態勢で、武装したガードが常に見張っていて、そうじゃなくても広大な荒れ地のど真ん中に隔離されているから、逃亡なんて最初から無理だったな。

うちの収容所では起きなかったけど、ほかの収容所では、フェンスに近づいてガードに撃ち殺された日系人がいたらしい。俺が勝手に想像しているだけだけど、その人は収容所に入れられてきっと疲れ果てちゃってさ、いっそのこと撃たれて死のうとしたんじゃないかな……。もっとも、あんな状況でも俺は絶望することはなかった。まだ若かったからかな。

若造だったから俺たちはけっこう騒いで、いろんな悪さもした。ま、一年ほどたって、ようやく警備が緩くなり、そのあたりから収容所の外へ抜け出す方法も仲間と見いだした。こっそり話し合って、警察のパトカーをそっと丘の下までみんなで押して人力で転がし、そこでパッとエンジンをかけて旅に出ようっていう計画を立てた。実行してみごとに成功、いやあ、なんとも無謀な田舎の小旅行で楽しかった。案の定、あっけなく捕まっちゃったけどね。

収容所の中で、ぐれながらたくましく生き延びたって感じかな。若造はそれでどうにかなったけど、親の世代はもっとしんどかった。どうにか親父と再会を果たして、戦争が終わる前に一応、一家で収容所から出ることができた。でも着の身着のままでぶち込まれたわけだから、財産といえるものはなにもなく、社会的地位なんかマイナスイメージだけ。だから戦争が終わったあとも結局、西海岸に戻る選択肢はなかった。しかたないので中西部のシカゴに移って、一家はゼロから新しい生活を始めたんだ。

戦争が終わってからも、たとえば西海岸のほうでは、日系人が白人に撃ち殺されることがあったそうだ。それもアメリカ軍の日系人部隊に入って、この国のために戦い、修羅場をくぐって生き延びて帰国したのに、カリフォルニアの床屋で殺されたという話を聞いたな。

日系人の俺たちはアメリカ人だ。ただ、日本のことをずっと心配していたんだ。シカゴに移った当時、空襲に遭っている日本の話を聞かされて、本当に心が痛んだ。

米軍による日本への爆撃の指揮官だったカーチス・ルメイ大将って、いまだに許す気持ちにはなれないな。日本側にはもはや反撃する能力がないと、アイツはだれよりもよくわかっていて、それなのにドシドシ焼夷弾《しょういだん》を落としまくって、日本中の都市を火の海にして、無差別殺戮《さつりく》を繰り返したんだ。とんでもない馬鹿野郎だと、俺は思っているよ。

リッチさんの穏やかな口調の奥に、なにごとにも動じない底力《そこぢから》が満ちていて、聴き始めた瞬間からぼくの胸にindependenceという言葉が響き出した。英語で話していたのでindependenceが「独立」より先に浮かんで、でもリッチさんがその単語を繰り返したわけではない。彼の体験を貫く筋として、言わず語らず「独立心」が伝わってきたのだ。

アメリカ人にとっては、とても大切なことだ。そもそも建国そのものがDeclaration of Independenceと呼ばれる「独立宣言」から始まり、今のアメリカの年中行事でももっとも派手に祝われるのは、やはりIndependence Dayの「独立記念日」だ。

ぼくはリッチさんの話に夢中になり、ついつい質問を重ねて、インタビューが深夜までつづいた。そこでリッチさんは「遅いから送ろうか」と、笑顔でぼくを小型トラックの助手席に乗せて、シカゴの街はずれのホテルまで飛ばしてくれた。かつて日系人収容所から抜け出し、パトカーを盗んでドライブを楽しんだ少年の面影が、ちらちら見える気がした。

別れてからチェックインして部屋に入り、聴いた話を思い出しつつ当たり前すぎるくらい当たり前のことを、ぼくは実感した。

「リッチさんはアメリカ人なんだなぁ」

もちろんアメリカ国籍を持つ人間はみんなアメリカ人であり、地球にざっと三億人くらいいるはずだ。「典型的な」とか「理想的な」とか「らしい」とか、そんな「アメリカ人」のイメージを決めつけたところで、実際は十人十色、三億人三億色。でも、もし「独立心」と「自立」と「平等」が、アメリカ合衆国に根づいた価値観だと認められるならば、リッチさんは人生を通じてそれらを実践してきた「骨の髄《ずい》までのアメリカ人」といえるのだ。

それなのに、強制収容所にぶち込まれたのは、なぜなのか？

アメリカ政府の巧妙な手口が、徐々にぼくには見えてきた。

一九四〇年代の初め、多くの日系人はまじめに働き、それぞれの地域社会に貢献しながら日々、白人とも黒人ともラテン系とも中国系の人びととも触れ合っていた。そうすると「ジャパニーズも人間なんだなぁ」と、みんな日常生活の中で確認することになる。そんな状況がつづけば、焼夷弾で日本人を万人単位で焼き殺すような作戦は喜ばれず、非難されかねない。ましてや無防備の民間人に原子爆弾を投下するなんて、支持を得られる行為ではまったくない。

だからこそ日系人を癌《がん》細胞のように扱い、アメリカ社会からさっさと摘出したのだろう。だれも彼らの人間性に触れることができないように、荒れ地のキャンプに閉じ込めて隔離したわけだ。一九四一年から大々的に始まった「ジャップ」を蔑《さげす》むプロパガンダのネガティブキャンペーンにも、そんな狙いが透けて見える。

一九四二年二月十九日の大統領令は、真珠湾攻撃への対処というより、攻撃に乗じた長期計画の出発点だったんじゃないか。

いずれにしろ、アメリカと日本の関係を考える際、アメリカ政府が日系人に対して行ったことを外してはならないと思う。今までそれが外されてきて、日米の歴史は盲点だらけだ。「リメンバー・パールハーバー」の記憶の中に、リッチさんの体験と、あのフォーチュンクッキーのいわれも、入っていなければ、インチキのスローガンにすぎない。

ミシガンのセロリ畑で聞いた「無条件降伏」

兵坂米子

(ひょうさか・よねこ)
一九三一年、カリフォルニア州サクラメント市に生まれる。
英語名はYvonne(イヴォーン)。十一人兄弟の九番目。
両親は農業を営み、主に果物を栽培。十歳のとき、家族とともに強制収容され、
戦後はミシガンの農園で働く。のちにシカゴへ移り、高速電算機の技術を
身につけてキャリアを積む。一九五五年にアーネスト兵坂と結婚、二人の娘に恵まれる。

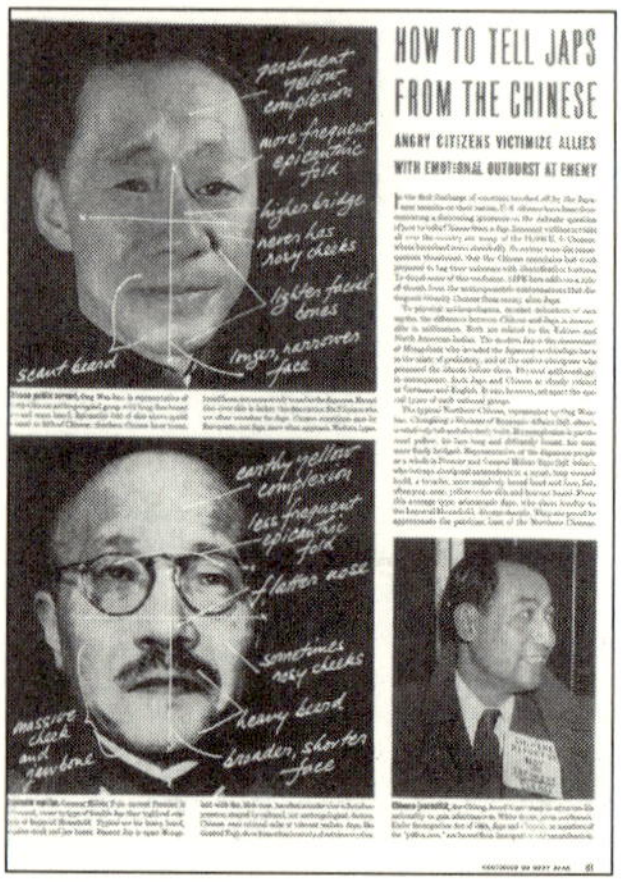
HOW TO TELL JAPS FROM THE CHINESE

ANGRY CITIZENS VICTIMIZE ALLIES WITH EMOTIONAL OUTBURST AT ENEMY

parchment yellow complexion
more frequent epicanthic fold
higher bridge
never has rosy cheeks
lighter facial bones
scant beard
longer, narrower face

earthy yellow complexion
less frequent epicanthic fold
flatter nose
sometimes rosy cheeks
heavy beard
massive cheek and jawbone
broader, shorter face

『ライフ』1941年12月22日号に掲載された
「ジャップと中国人の見分け方」の記事。「ジャップは鼻がぺしゃんこで
ひげが濃く、肌はくすんだ黄色だ」としている。

2015年9月23日、アメリカ・イリノイ州シカゴ市にて。
兵坂米子さんは2016年4月16日に永眠。

「ジャップの見分け方」を『ライフ』が教える

ひょっとしたらあの特集記事はパールハーバーの前からばっちり用意されていたんじゃないか……。ともかく一九四一年十二月、真珠湾攻撃直後に発行された雑誌『ライフ』にでかでかと、アメリカ国民のための「ジャップ見分け方指南」が写真入りで掲載された。

日本人男性の顔と、中国人男性の顔を、大写しにして上下に並べ、それぞれの特徴のポイントを額から顎《あご》まで詳細にわたって示しているのだ。それも顔に直接、白抜きの手書きで。鼻と頬骨《ほおぼね》の距離などを測り、まぶたの形の相違について断定を下し、肌の色までも堂々と決めつけている。ジャップ顔の代表には大日本帝国の陸軍大将、当時の首相でもあった東条英機《とうじょうひでき》が抜《ばっ》擢《てき》されている。それに対して中国人の代表は、首都を重慶《じゅうけい》に置いていた国民党政府の経済大臣だった翁文灝《おうぶんこう》という優しそうな人物。東条首相は真正面から、まるで免許証の証明写真、いや、むしろ指名手配ポスターみたいな感じで写されている。

視線はちょっとズレているので、まるでこちらと目を合わせたくない印象を受ける。

一方、中国人代表のほうは微妙に左を向いていて、表情もやわらかく、目は静かにこちらを見返している。どこか信頼できそうな、温和な雰囲気を醸し出している。

悪質なプロパガンダであり、さも科学的根拠を示しているみたいに書かれているが、実際は完ぺきなデタラメだ。「ジャップとチャイニーズをどう見分けたらいいか——敵に怒りをぶつける際、味方を巻き込んでしまう可能性がある」と、記事のタイトルも一見もっともらしく情報を読者に伝えているように見え、実は日系人に対する差別と憎悪をあおっているだけ。

暴力も暗に肯定している。

写真と言葉の比較で「匪賊《ひぞく》のJap」と「人畜無害のChinese」といったイメージを醸し出しているが、中国人に対しても尊敬の念などどこにもない。結局「標本」に利用されて、似たような侮辱的扱いだ。

耳にタコができるくらいJapを連発した記事の下に、もう一枚の写真があしらってある。中国系の在米ジャーナリストが少し恥ずかしそうにほほえみながら、胸には手づくりの札をつけている。「ぼくはチャイニーズの記者だ。ジャパニーズじゃない！　勘弁してください」

どうやらホワイトハウスの記者会見場に入るために、そう訴える必要があったらしい。

ちなみに同じ一九四一年十二月に発行された『タイム』という雑誌にも、やはり「悪人のジャップと善人のチャイニーズと、どう見分けたらいいか」と題した特集記事がでかでかと掲載されていた。雑誌のみならずアメリカの言論空間のすべてに、そんなペテンが渦巻き、まかり通っていった。日系人はいったいどうやって人間性を保つことができたのか。

リッチ日高さんの話を聴いた翌日、今度はシカゴの住宅街にひっそりと建つ教会を訪れて、兵坂米子さんにお会いできた。「アメリカ社会から日系人を摘出して収容所に入れる」と、政策を言葉で表現するのは簡単だが、実際に人種の境界線はそうきれいなものではなかったりする。人種間の「線引き」について、ぼくはどうしても兵坂さんに話を聴きたかった。

一九三一年にカリフォルニア州の州都サクラメントに生まれ、十歳で強制収容所へ連行され

た兵坂さんは、両親だけでなく、フィリピン系アメリカ人と結婚していたお姉さん家族も、いっしょにキャンプへ入ったそうだ。

「出て行ってよろしい」

兵坂米子　わたしの姉の夫、つまり義理の兄は、フィリピン系のアメリカ人でした。かわいい子どもにも恵まれて、姉は日系二世ですから、その子どもの「人種」はといえば、半分がフィリピン系、半分が日系、米国生まれの米国籍ということになります。

ところが戦争が始まると、アメリカ政府は、日本人の血を引く姉と、まだ幼い子どもだけを、義理の兄から引き離して強制収容所に連れていこうとしたんです。政府のそんなやり方に対して、兄はとても怒って必死に抵抗しましたね。

「妻子を連行して家族をバラバラにするなんて絶対に許さない。それなら俺もいっしょに強制収容所に入るぞ」と言い張ったんです。

日系人ではないのに、家族の一員として強制収容される道を選んだ兄の行動は、政府当局にとっては想定外だったはずです。兄はそうやってわたしたちとともに入所して、あきらめることなくずっとアメリカ政府に粘り強く反抗しつづけましたね。

「日系人を収容所に入れるのはおかしい」と抗議をしたり、当局の矛盾を追及したり、厄介なことを次々と訴えて、すっかり目の上のタンコブになっていったわけです。

その結果、アメリカ政府は、わたしの姉と義理の兄とその幼い子どもに対して、「このまま家族三人を解放しますから収容所からもう出ていってよろしい」と通達を出しました。

姉たちはそうやって、すぐに出ることができたんです。

「どちらに忠誠を誓いますか」

わたしたちの一家はカリフォルニア州のトゥーリー・レイク収容所に入れられていました。だいぶたってから、今度はアーカンソー州にあるジェローム収容所に移されました。なぜ移されたかというと、アメリカ政府が日系人に対して思想の調査を行い、その結果を踏まえてみんなを振り分けたのです。

わたしはまだ子どもだったので、調査のアンケートに答えなくてもよかったのですが、ある年齢に達した人は全員、「アメリカと日本と、どちらに忠誠を誓いますか」ときかれました。わたしの上の兄も、もう一人の姉も回答させられたんです。

最終的には「アメリカに忠誠を誓う」と答えた人たちだけが、別の収容所に送られました。一方、「日本に忠誠を誓う」ほうを選んだ人たちはトゥーリー・レイク収容所に残されました。ゆくゆくは日本に強制送還するという計画が、一応あったらしいです。

実はこの調査のために、日系人の世代間にひどい対立も生まれてしまいました。なぜかといえば、たとえばわたしの両親の場合は日系一世だったので、当時の法律では絶対にアメリカ国籍を取得できませんでした。ですから両親は「日本に忠誠を誓う」と答えようとしたんです。そうしないと、自分の国籍の国を否定してしまうことになる。いくら「アメリカに忠誠を誓う」と答えても、アメリカ人にはなれないのだから。

でも、わたしたち子どもは「日本に忠誠を誓う」ことに強く反対しました。その結果、悩んだ末、両親は断念したのです。子どものわたしたちの将来を考えて、家族がいっしょに行動することを優先させたんです。本当に苦渋の選択をしたと思いますね。

ちなみに、「日本に忠誠を誓う」と答えた人たちも強制送還されずに、結局、終戦の翌年三月までトゥーリー・レイクに入れられたままだったそうです。収容所が閉鎖されてやっと解放されたと聞きました。

わたしたち一家は、アンケートの試練を乗り越えて、日本が降伏するよりも前にジェローム収容所を早めに出ることができました。ミシガン州のディケーダーという田舎町の農場で仕事を見つけて、家族全員で毎日働いていました。

戦争が終わったときのことははっきり覚えています。ちょうど農繁期だったのでみんなセロリ畑でせっせせっせと作業していました。すると、町に向かって走っていく車の中から、知らない人がわたしたちに大きい声で叫びました。「おおい。戦争は終わったんだぞお！　聞いてなかったかあ？　もう畑仕事なんかしてる場合じゃないよお」

そんな大声を出しながら通りすぎていったんです。

しばらくすると農場のオーナーがやってきました。「おまえたちは日系人だから、絶対に町には行かないほうがいい。みんな酒を飲んで騒いでいるから危ないよ。戦争が終わったと祝っているけど、なにが起きるかわからないからね」と、心配そうな顔で、わたしたちに警告してくれました。

だから終戦の日、わたしたちは家にこもって静かにしていました。

「おまえたちはジャパニーズじゃないよ」

ディケーダーでは「ジャパニーズだから」と差別されたことはあまりありませんでしたね。ミシガンの田舎の人たちは、それまで本物の日本人を見たことがないんですよ。差別の対象というより、ただ珍しい存在だったんだと思います。

戦争が終わって、九月になったらアメリカでは新学年が始まりますよね。わたしも地元の中学校に入ることになって、初登校の日に農場のトラックに乗せてもらって学校に到着したんです。ほかの生徒たちはみんな先に並んで校内に入る時間を待っていました。

ミシガンの地元の子どもたちは事前に、わたしたちがジャパニーズだと、きっと大人から話を聞いていたんでしょう。でも、到着してトラックから降りたわたしたちをじっと見て、開口一番こういってきたんです。

「おまえたちはジャパニーズじゃないよ」

だからわたしたちは反論しました。「いいえ、わたしたちはジャパニーズよ」って。

でも彼らは言い返しました。「そんなのウソだい。だってジャパニーズとはぜんぜん違うもの。おれたちは新聞とかポスターの絵でジャパニーズをいっぱい見てるんだぜ。ジャパニーズは、もっと肌が真っ黄色で、目がこんなふうにつり上がってるんだ。出っ歯だし、だからおまえたちはジャパニーズじゃないよ」

当時、子どもたちも風刺漫画などをいっぱい見せられたり、読まされたりして、日本人とはそういうシロモノだと思い込んでいました。漫画に描かれていたように、日本人は目がつり上がっていて、中国人の目は逆に下がっているとかいう、根拠のないイメージを完全に真に受けていました。プロパガンダの力は、大変なものですね。

ま、その結果、ミシガンのクラスメートとの最初のやりとりは、それこそコミカルで、いつかコミックスにできそうなものでしたよ。

ぼくが生まれ育ったミシガン州。田舎町のディケーダーはよく知っている場所だ。もちろん兵坂さんがそこの畑を耕したのは、ぼくが生まれる前のことだが、セロリ畑の景色や、「おまえはジャパニーズじゃない！」と言い張ったクラスメートたちの表情は、鮮やかに目に浮かぶ。

ぼくが一九七〇年代に通ったサウスフィールドという町のアイゼンハワー小学校の生徒たちと、そんなに変わらないはずだ。ぼくらだって「本物の日本人」に出会わずに育ったのだ。

実は兵坂さんの義理の兄のすばらしい抵抗運動の話を聴きながら、ぼくは突飛なことを想像していた。もしも日系人と親しくしていた周りの白人と黒人とヒスパニックとチャイニーズが

みんな「わたしたちをいっしょに強制収容所に入れてくれ！」「地域社会をバラバラにされ、友人たちを連れていかれるんだったら、いっそのことみんなでキャンプに入るんだ！」「われわれみんなジャパニーズだ！」と、一蓮托生《いちれんたくしょう》の抵抗運動をやってのけたなら、政府の計画は破綻したかもしれない。そしてもしも日系人の強制収容が成立しなかったなら、一九四三年になっても四四年になっても、四五年に入っても日系人がアメリカ社会の中で役割を果たしながら、ほかの人種の人びとと触れ合っていたはずだ。となると、焼夷弾《しょういだん》で日本人の大量虐殺をやったり、ウラン弾を投下したりプルトニウム弾を投下したりすることも、世論的には困難だったと思う。ぼくの突拍子《とっぴょうし》もないファンタジーにすぎないが。

別れる間際に、兵坂さんは急に涙を浮かべてこう語った。「わたしたち日系人は大変でしたけれど、日本にいたみなさんはもっと恐ろしい体験をしたと思います。原爆を落とされるなんて、その苦難を想像すると胸が痛みます。原爆の放射能はいつまでも人びとの命をおびやかして、終わりのない悲劇です。でもわたしはほんのちょっと、そのむなしさを理解できます。というのは、わたしの上の兄と姉は戦後、西海岸へ戻って農業に従事したんですが、農薬のDDTが空中散布される中で作業したり、その使用が盛んな地域に住んでいたりしました。だいぶあとになって健康をむしばまれ、じりじりと命を奪われたのです。愛する人を、そんな毒にゆっくり殺されて、放射能の恐ろしさも身にしみます」

全財産を奪われて強制収容されながらも、自分よりひどい仕打ちを受けた人びとに心を寄せる、そんな兵坂さんの強靱《きょうじん》な精神に、ぼくは敬服した。

生まれた集落の名前は「鯨《くじら》場《ば》」

鳴海冨美子

（なるみ・ふみこ）

一九四四年、択捉《えとろふ》島留《る》別村《べつむら》鯨場生まれ。物心がついたときにはロシア人に囲まれて暮らしていた。のちに一家は択捉島を追われ、父親の生まれ故郷の青森に住むことになった。

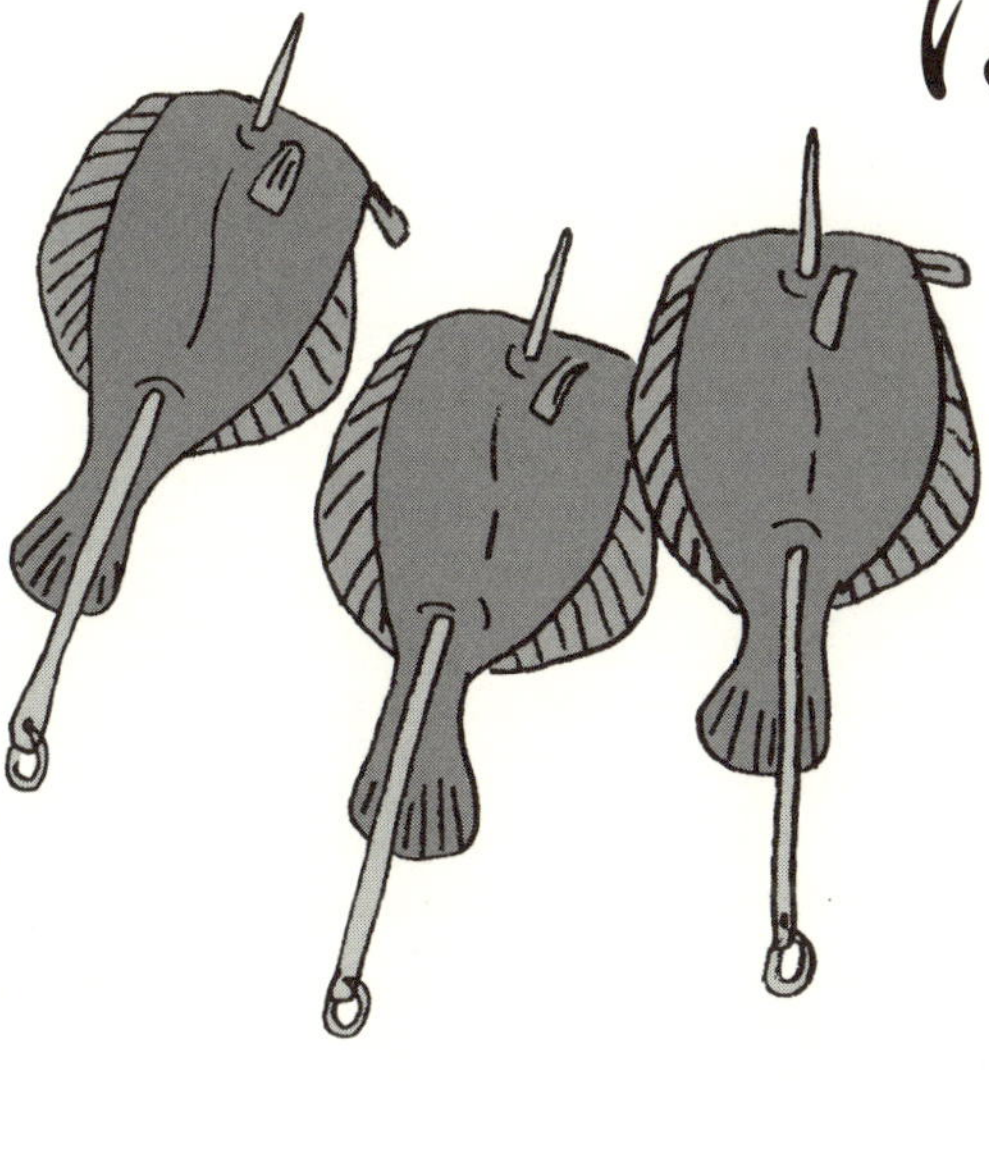

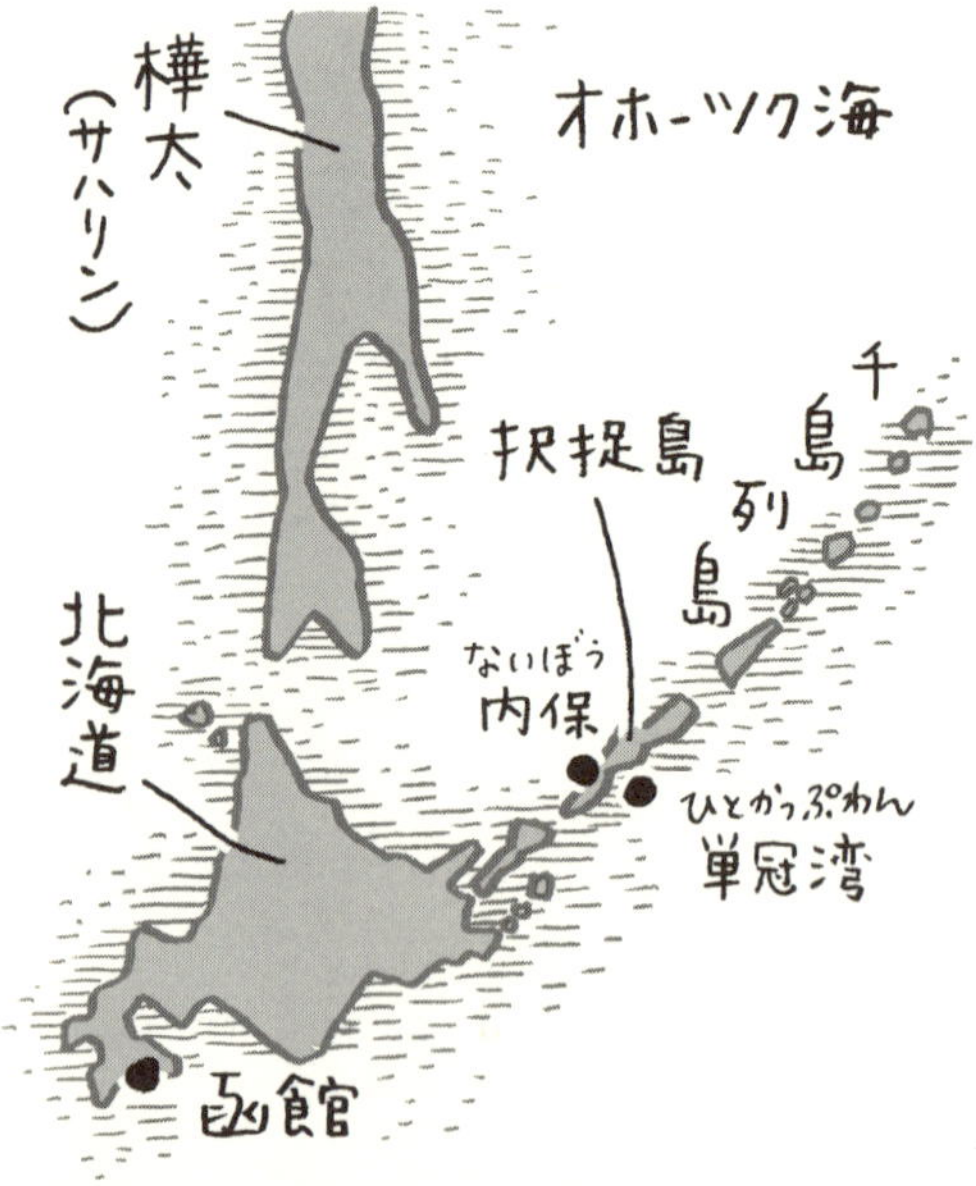

択捉島の日本人は敗戦直後、内保に集められた。
鳴海さん一家はその後、樺太を経由して函館まで運ばれた。

鳴海さんの母親は
千島列島の北方の
小さな島に生まれ育った。

2016年1月7日、青森県野辺地《のへじ》町にて。鳴海冨美子さんは2018年２月23日に永眠。

「最果《さいは》て」かそれとも「中心点」か

「択捉」という漢字がいきなり出てきても、迷わず「えとろふ」とすんなり読めるようになったのは、そんなにむかしじゃない。日本語を学び始めてからすでに四半世紀以上がすぎて、思い返せばぼくは幾度も地名の「択捉島」に出会っていた。ルビがついていたこともあったけれど、あとはそのつどそのつど「なんと読むんだっけ?」と、漢和辞典を引いたりして「そうだ『えとろふとう』だった」とうなずき、もう覚えたつもりになるのだった。でも、月日が流れていくと、いつの間にかまたわからなくなり、「なんと読むんだっけ?」とまたまた確かめることに。

どうしてずっと覚えられなかったのか。やはり「択捉」という名の島を、自分と全然つながりのない、遠い外れの最果ての地みたいにとらえていたからだろう。将来的にもどうせ行くことはなかろうと、そんな諦《あきら》めがぼくの無意識の前提になっていたと思う。

しかもアメリカの中学校か高校の地理学の授業で覚えたKuril Islandsという、「千島列島」の英語名だけが先に頭に入っていたのも、少し影響していたかもしれない。つまり一島ずつちゃんと詳細に見なくても、一応「クリル列島」と束ねておけば「カムチャツカ半島」までカバーできてそれでだいたい間に合うといった、お勉強による上から目線だったか。

あるとき真珠湾《しんじゅわん》攻撃のことを調べ、「日本艦隊は日本のどこから出たのか」と、出発点が気になった。「択捉」の漢字が目に飛び込んできて、「単冠湾《ひとかっぷわん》」の読み方もそこで覚えた。

一九四一年十一月下旬、択捉島中部の太平洋側にある単冠湾に集結した日本艦隊は、準備を整えてハワイに向かった。遠い外れの最果ての地と思い込んでいた島が、本当は日米の歴史のひとつの中心点、ピンポイントのツボといっていい場所だった。ついでに択捉島の面積を確認したら、沖縄本島の二倍以上もあるとわかった。

択捉島に立って世界を見回したい思いに駆られ、「どうせ行けない島」がいつしか「行ってみたい島」に変わった。関心というものには妙な引力があり、注意し始めたら島関連の話が目につき、耳に入り、「北方領土返還要求運動」の請願書への署名も求められた。

択捉に生まれた鳴海冨美子さんにお会いする機会も巡ってきて、下北半島のつけ根にあるお宅を、雪がしんしんと降る夜に訪ねて、リンゴをかじりながら体験に耳をすましました。

「露《ろ》助《すけ》もなんもいいもの食べてないからね」

鳴海冨美子　わたしの父の出身地は青森県上北郡横浜町《かみきたぐんよこはままち》です。母は千島列島のうんと北のほうにある、アイヌが暮らしていた小島の出身で、家族で択捉島に渡ったそうです。

そんな父と母が出会ったのは戦争になる二年ほど前のこと。漁師だった父は出稼ぎみたいに、半年は択捉島で働き、残りの半年は青森に帰っていたんですけれども、母と出会って、島に定住して家庭を持ち、やがてわたしが生まれました。択捉島の国後《くなしり》寄り、留別村《るべつむら》の鯨場《くじらば》という集落が生まれ故郷で、鯨がよくとれたところです。うちのすぐ脇の川にカラフトマスがいっぱい上がってきて、その季節は毎日、兄や弟はよく、マスを獲《と》っていたそうです。

日本の連合艦隊が択捉島から真珠湾へ向かったという意味では、まさに太平洋戦争のスタート地点といえるけれど、島自体は平穏で、島民の間で戦争が話題になることはほとんどなかったと聞きます。それが一変したのは、ソ連軍が突然やってきてからですね。

一九四五年八月十一日、ソ連は樺太《からふと》に軍隊を送り込み、二十五日に南樺太を占領して、八月の終わりから九月一日までに択捉と国後と色丹《しこたん》の三島を占領した。択捉では日本人がみんな内保《ないぼう》というところに集められました。それでも、うちの父はまだふつうに漁に行っていましたし、わたしも内保から鯨場まで歩いて父親の船を迎えに行ったんですよ。

内保に移って、わたしたちは母方の祖父母が住んでいたところに間借りしていたんですが、すぐ隣にはロシア人の事務所がありました。その彼らは、うちより貧乏でね、冬でもロシアの兵隊たちは、靴も履かなきゃ靴下も履かない。裸足《はだし》で生活していました。日本人は「露助《ろすけ》」って彼らのことを呼んでいましたが、実際は優しいおじさんたちだったんですよ。

その事務所にわたしはよく遊びに行っていたんです。うちの母も、魚があれば串刺しにして焼いて「露助に持ってけ」って、わたしに持っていかせました。「露助もなんもいいもの食べてないからね」って、母がいっていたのを覚えています。

ところが、ある日を境にそんな状況が変わったのです。ロシアの兵隊に上部から、「日本人から金品をみんな取りあげろ」といったような命令が出たんでしょうかね。いつもわたしが遊びに行っていた事務所の人が、うちにやってきたんですが、顔色がぎゅっと変わっていた。それは「きのうまでやさしかったのに、なんでこんなに顔が変わるのかなぁ」と思うほどで、わが家の中をあちこち開けて、使えそうなものを全部持っていってしまいました。

日本人の「引き揚げ」が決まって、択捉島を離れる少し前のことでした。

「がんばって生きねば、おめも海さ投げられるよ」

わたしたちは、船で樺太に渡ることになりました。引き揚げる人は全員、まず樺太に一回集められたんです。だから、すごい人数だったんですよ。延々と並んで、やっと船に乗り込んでも、子どもたちの間に麻疹《はしか》が流行していたので、わたしもかかってしまいました。

ご飯なんか一日に一回くらいなので、お腹は減るし、死ぬ子が何人も出たんです。

ある親は、死んだわが子を何日も置いていたけど、周りから「臭い」っていわれて、海にザブーンって落として、泣いていたそうです。子どもを亡くした親の泣き声で、船中いっぱいでした。だからうちの母は、わたしに「がんばって生きねば、おめも海さ投げられるよ」って。

わたしは海さ投げられるのがやでな、子どもながら、よくがんばって生き延びたと思います。

まず樺太の真岡《まおか》へ運ばれて、今度は樺太にもともと住んでた日本人といっしょに、函館《はこだて》に送られたんです。船への乗り降りのときには、人も荷物もごっちゃに、縄で編んだ網みたいなのに入れられてクレーンでつり上げられたの。

母は引き揚げ船の中で「択捉に帰りたい」といっていたんですね。「青森に行っても幸せになれそうにない」って。そんな母を、父は何度も何度も「大丈夫だから、兄弟が面倒を見てくれるから」と説得していたようです。

函館にたどり着いたとき、感激とかそういうのはなんにもなかった。ただ荷物のように降ろされた感じでした。引き揚げてから二年ほどして、父は亡くなりました。

「行かね、行かね、あんな島行かね」

わたしが択捉島に再び行ったのは、六十年ばかりたった二〇〇八年です。それまで「おめ、ビザなし交流で行ってみねか」といわれても、「いやだ、あんな島さなんもいい思い出ねえ。行かね、行かね、あんな島行かね」って、行こうとしなかったの。引き揚げてきた多くの人たちも、同じ気持ちですよ。引き揚げ者はみんなに嫌われて生活していました。そういうのがあったから「いやだ、いやだ」と思っていました。いまだに自分が引き揚げ者だって絶対いわない人もいるんです。

でも年数がたつにつれ、わたしも一目見てもいいかなって思うようになって、それで行ったのね。で、実際に行ってみたら、残っているお墓があるじゃないですか。でも墓石はうっちゃられてしまって、あっちごろごろ、こっちごろごろって、それを見れば涙が出てくるんですよ。

単冠湾にも行きました。真珠湾攻撃の出発点。あそこにも人骨が散らばっているんですよ。海岸の洞穴の中に、ラッキョウが生えていて、だれか日本人がかつて持っていって植えたのが、増えているみたいです。そのラッキョウを見て、人骨があっちバラッ、こっちバラッてあるのを見ると、やっぱり涙が出てくるんです。だから「ああ慰めて水かけて線香立てなきゃいけないな」と思って、わたしも元気なうちに、行けるだけ行っておこうって。

だれでもが行けるわけではないし、わたしたちが供養してあげなきゃいけないと思います。

「今、日米が同盟関係にあるうちは、ロシアが北方領土を返還することなんてないんだから、もう北方領土の返還要求運動なんてやめよう」っていう人もいます。

でも、その一方で、根室では八十歳、九十歳になる人たちが「どういうことをしても返せ返せって言い続けなければだめだ」って、一生懸命運動をやっている。そうしなければ、北海道の人は魚も獲れなくなってしまうって。

わたしたちがいえるのは、もう「戦争がいちばんいけない」ってことじゃないですか。択捉の島民たちは、戦争のことなんて知らなかったと思いますよ。それなのに突然戦争がやってきて、最後はソ連軍に島から強制的に追い出されて、すべてを失ってしまった。たいへんな苦労をすることになった、そんな戦争が悪いんですよ。

鳴海一家がサハリンへ、北海道へ、そして青森へ送られたとき、それは「引き揚げ」と呼ばれた。でも本当は「故郷追放」だった。なにしろ母親は千島列島の出身であり、娘の冨美子さんは択捉島の生活しか知らなかったのだから。話に耳を傾けながら、その数か月前に署名を求められた「北方領土返還要求運動」の請願書をぼくは思い浮かべた。

「戦後、未解決であった領土問題の内、奄美《あまみ》群島、小笠原《おがさわら》諸島、そして沖縄が祖国に復帰しましたが、北方領土すなわち歯舞《はぼまい》群島、色丹島、国後島及び択捉島の北方四島は、祖国復帰がいまだ実現していません。終戦当時、北方四島には一万七千二百九十一人の島民が住んでいましたが、領土問題が未解決のため、生まれ故郷に帰ることもできません。北方領土は、私たちの祖先が心血を注いで開拓した日本固有の領土です」

反論するつもりはないが、もし「固有」という言葉を使うのであれば、鳴海さんの母親を含めてアイヌの人びとを中心に据えて考えるべきだろう。

「そもそも北方領土はアイヌの故郷です」という事実を、日本とロシアの両政府が共有できれば、この問題の話し合いが深まる気がする。しかし、それだけでは解決に至らないだろう。

請願書には「沖縄が祖国に復帰しました」と書かれていて、現在の沖縄に目を向けると「復帰」の具体的な意味が理解できる。アメリカ軍の基地が随所にあり、県民の意思に反して巨大な新基地も建設されている。東京にあるはずの「祖国」の政府は、ひたすらワシントンの命令に従い、ついでに自衛隊の基地も増やしている。その実態を踏まえて北方四島のことを考えざるを得ない。もし択捉島の「祖国復帰」が実現した場合、どう扱われるのか、想像しただけでロシアが返そうとしない理由も浮かび上がる。

日本に戻った日には、翌日から米軍基地の建設が始まらないとも限らない。たとえば「三沢《みさわ》基地の移設先」といった名目で。そうなったらロシアにとっては大きな脅威といえる。

青森から、そして北海道からいつの日にか択捉島へ渡って行けるかどうか。それは、日本が本当の意味で独立国家になれるかどうかという課題と、密接に関係している。

第2章 黙って待っていたのでは、だれも教えてくれない

東京の友人が広島へ遊びに来てくれた。前もってこっちからおもしろスポットをリストアップ、尾道《おのみち》めぐり、鞆《とも》の浦《うら》めぐり、三原《みはら》のハイキングなどなど紹介して、ついでにフェリーで大《おお》久野島《くのしま》へ渡るコースもと提案してみた。「いまは国民休暇村になって、ウサギがいっぱいいるけど、一九四五年まで日本政府は島全体を毒ガスの製造拠点にしていた。地図から消して秘密のベールに包み、歴史からも消そうとした」

そんな知ったふうな解説をつけ加えたが、実をいうとそのときぼくはまだ大久野島に足を踏み入れたことがなかった。竹原《たけはら》市の忠海《ただのうみ》の港や砂浜からときどき島を眺めたりして、わかっているつもりになっていただけだ。

「大久野島の歴史は学校で教わらなかったし、ぜひ行ってみたい」と友人がいったので、フェリーに乗って渡島、ピョンピョンウジャウジャいるウサギの合間を縫って散策した。毒ガス製造の現場だったところに立ちどまり、「毒ガス資料館」をめぐってみれば、その矛盾に満ちた兵器のカラクリが残酷なまでに迫ってくる。

大久野島は一九二七年に陸軍の管理下に置かれ、二年後に本格的に毒ガス製造が開始された。製造品目のひとつに「ルイサイト」と称される有機ヒ素化合物があるが、そのようなものを量

産するということは、現場作業員が必然的に猛毒に触れるということ。防護服をまとっても必ずどこからか染み入って、微量でも人体をじりじり破壊する。

いったいぜんたい、こんな有害な施設がなぜ竹原の美しい島に押しつけられたのだろう？

疑問に思い、ぼくは「毒ガス資料館」のスタッフに尋ねた。

「実は地元が積極的に誘致して、中央行政と折衝を重ね、来てもらったんです。もちろん経済効果を期待してのことでした」と話してくれた。

これは各地に原子力発電所が造られた経緯とそっくりではないか。聞こえのいい「雇用創出」とか「地域振興策」が売り文句で、しかも事故の連続、隠蔽の連続、現場労働者の犠牲までも共通している。

さらに展示物を見つめるうちに、ぼくは「ルイサイト」のネーミングが気になりだした。調べると、百年ばかり前にウィンフォード・ルイスというアメリカ人の化学者がカトリック大学で研究を進め、できあがった毒ガスに自分の名前をつけたという。米政府がそれを大量に製造して、兵器としてたくわえた。

日本政府も昭和の時代に入り、本格的に毒ガスの研究を開始。ルイサイトのポイズンレシピーを手に入れて量産を始め、中国大陸などで、不凍性イペリットと混ぜて使用した。そして残った在庫を現地で埋蔵したり、瀬戸内海《せとないかい》にも原料をドッポーンと投棄した……。知れば知るほど日米の共通点が浮かび上がってくる。

資料館の売店をのぞくと、やさしい絵と簡潔な文章で毒ガス製造の体験を語っている本が目についた。その当時、島では多くの女子学徒が動員されて働かされたのだが、そのうちのひとり、岡田黎子《おかだれいこ》さんの著書だった。

まだあげ初《そ》めし前髪の乙女たちは毒ガス島で働いていた

岡田黎子

（おかだ・れいこ）

一九二九年、広島県生まれ。

大久野島《おおくのしま》の毒ガス製造工場に学徒として勤務。

戦後は現・京都市立芸術大学を卒業後、中学・高校の美術教師を務める。

著書に『大久野島・動員学徒の語り』などがある。

『絵で語る子どもたちの太平洋戦争』（岡田黎子 著／文芸社）。
大久野島での体験を含め、戦時中の子どもたちの生活が描かれている。

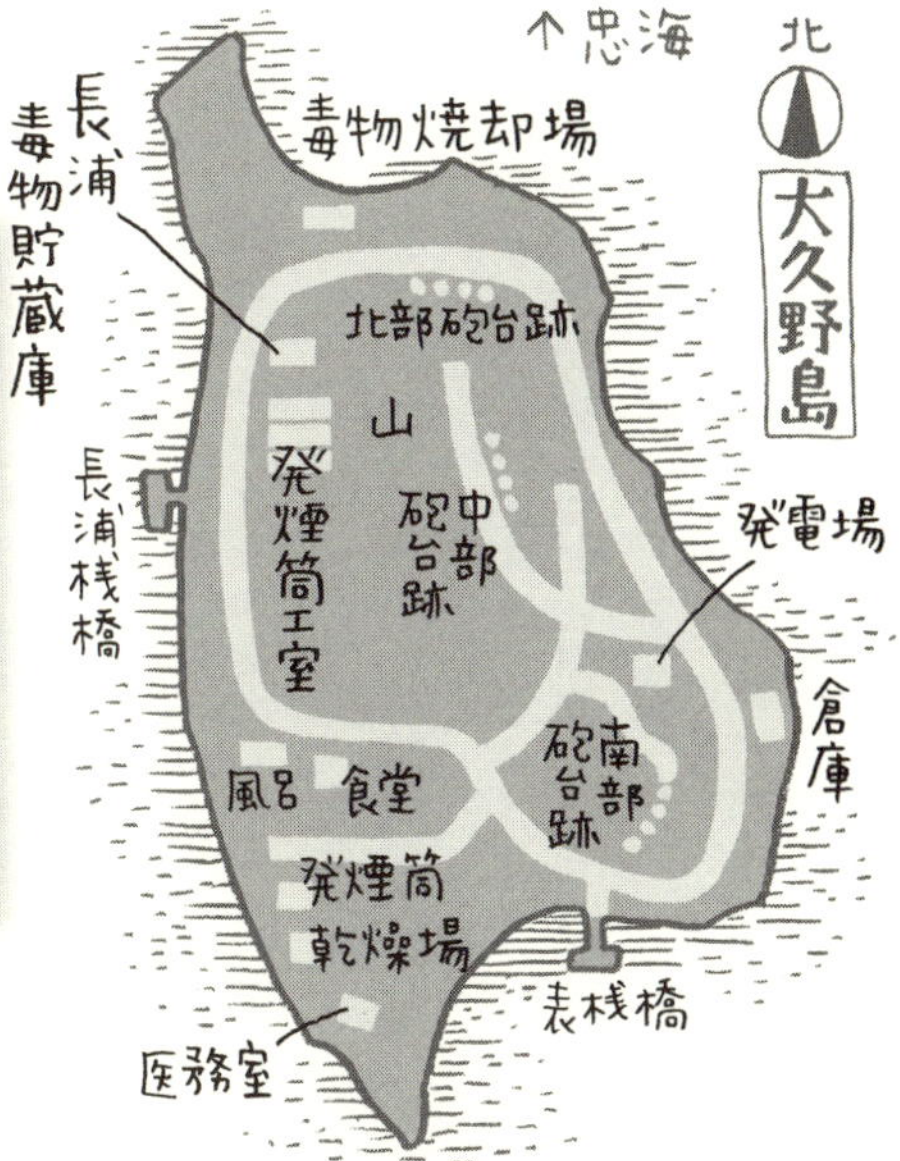

島全体が毒ガス製造施設と化していた。

2015年5月25日、広島県三原市にて。

涙が出るしピリピリする

岡田黎子　一九四四年の十一月、忠海《ただのうみ》高等女学校二年生のとき、わたしたちは大久野島《おおくのしま》へ学徒動員されました。大久野島には上級生から徐々に動員されていましたから、「いよいよ今度はわたしたちや」と思いました。同じ時期には近隣の学校から約六百三十人の子どもたちが集められ、入所したんです。大久野島でなにが行われているのかは、まったく知らされませんでした。

入所して二、三日するとガスマスクが配られました。工員さんの使い古しの大きなガスマスクでした。わたしはなんともなかったんですけど、何人かはそれをつけたら「痛い痛い痛ーい」というて、涙が出る子やらピリピリするという子が続出しました。かぶれたり、チカチカしたりしたんですね。そのとき指導していた工員さんが、「みんなマスクを外せ」「顔を洗いに行け」と大きな声を出したのを覚えています。

他校の引率の先生も「黄色い煙を吸うとのどの調子がおかしくなるし、島の松の葉も枯れとる。ひょっとしてこの島じゃ毒ガスがつくられとるんじゃなかろうか」というてました。その時点でなにかに気づいていたんでしょうか。

最初は、発射発煙筒の発射実験を見ることから始まりました。

発煙筒に込める火薬をつくったり、煙の出る噴煙口を塞いだりする仕事を割り当てられたのです。そしてそのとき受けた説明は「この発煙筒から出る煙は敵の戦力を弱めるための煙幕である。つまり人道兵器である」というものでした。でも本当は、そこに毒物が含まれていたんですよね。わたしたちはそんな自覚もなく、毒ガスの恐ろしさも知らなかった。

長い間、「煙幕に、ちょっと毒が入っていたかもしれない」と思っておったんです。

一か月もたつと、体調を崩す子が少しずつ出てきました。島全体が汚染されていたんです。昼食後に松葉をつまようじ代わりにした子は、頬や歯茎が腫れあがったりしました。

やがて「風船爆弾」も島で製造するようになりました。これは大きい和紙を何枚も貼り合わせて巨大な風船の形にし、その中に水素ガスをいっぱい入れてふくらませ、下へ爆弾をつるしてアメリカまで飛ばすというものです。冬の偏西風へ乗せて打ち上げれば、アメリカまで行ったところに爆発する、といわれました。わたしは、「いい加減やなあ、『行ったところに』って風まかせやないの」と、疑問を感じずにはいられませんでした。

一九四三年から一九四五年までの三年間で、大久野島へは準軍属として旧制の男子中学校や高等女学校、国民学校高等科の生徒が、全部で千四十八人動員されました。

毎日毎日、同じ作業が続きます。勉強して充実感が得られるようなことは、一切ない。バカバカしいなあという気持ちでした。

「わたしたちはなにを運んだんですか？」

島でつくられた毒ガスはドラム缶に入れられて、保管庫に大量に山積みされていました。

敗戦間際には、大久野島が爆撃されたら毒ガス被害が広範囲に及んで大変なことになる、ということで、毒ガスを対岸の大三島《おおみしま》に「疎開《そかい》」させることになりました。この運搬作業に学徒が当てられたんです。「毒ガス疎開」という作業。

上に積まれているドラム缶から順々に下ろしていったんですが、下にあるものは年数がたったせいで、口のところから白や黄色や茶色のドロッとした液が漏れ出ていたりもしました。わたしたちは用意された大八車《だいはちぐるま》にそれらを次々に積んで、桟橋まで運びました。酷暑の炎天下を毎日毎日、一日に十三往復、延べ約十六キロ、朝から晩まで走り通しでしたよ。

その作業を続けるうちに、みんな体調がおかしくなっていきました。鼻水が出るし、涙が出るし……。クシャン、クシャンってくしゃみをするんですが、毒ガスの恐ろしさを知らないから、お互いの顔を見て「おかしい、おかしい」と笑い合いながら作業していました。中には水疱《すいほう》ができたり、視力が低下したりした人もいたので、「これやっぱり、ひどいもんと違うんかな」と、うわさする人もいました。

そしてわたしたちは、一九四五年八月十五日の玉音《ぎょくおん》放送を大久野島の広場で聞くことになりました。全員集合して整列し、しばらく耳を傾けていたんですが「あ、負けたんじゃわ」と気づきました。でも、まわりのみんなを見てみても、だれも顔色を変えてない。終わったら、指揮していた中尉さんが「というわけで、日本はこれから休戦状態に入る。引き続き作業、始め!」と号令をかけたんです。中尉さんも、ようわからんかったんですね。

敗戦後間もなく、わたしたちは校長先生の命令で、原爆が投下された広島市内へ入り、救護要員として働きました。胸がえぐれて蛆《うじ》がわいている女の人や、老人のようにやせ衰えた男の子……。たくさんの被爆者の方の世話をしました。わたし自身も出血が止まらなくなったり、友だちもみな具合が悪くなったりしました。内部被曝《ひばく》ですよね。成人してからも、何度か突然体がだるくなったりしましたが、あれも原爆の後遺症だったんだと思います。

わたしは戦時中の毒ガス工場のことがずっと頭から消えなくて、「いったいわたしたちが運んだものはなんだったのだろう?」と疑問に思っていました。大三島に埋められたドラム缶は、戦後に全部掘り出されて、土佐湾沖の太平洋へ、アメリカの船もろとも沈められたそうです。それは、占領軍が決めた処理法でした。

敗戦から四十五年ぐらいたったころ、学徒全体を指揮していた人がまだ生きていたので、その人に連絡を取ってみたんです。「わたしたちはなにを運んだんですか?」と尋ねると、「学徒は毒ガスには関わらせとらん。だから涙やら鼻水やら出るはずがない」と言い張るんです。「じゃあなにが入っていたんですか?」と聞くと、「ありゃシモリンじゃ」という。

そこで資料館に頼んで調べてもらったら、化学名は「ジフェニール亜砒酸《あひさん》」といって通称シモリン。くしゃみ性ガスの原料だということがわかりました。さらに調べると、もうひとつ「チオジグリコール」と呼ばれるイペリットガスの原料も運ばされていたことがわかったんです。ドイツが開発した毒ガスで、マスタードガスとも呼ばれるものです。

わたしたちはなんも知らないまま、毒ガスに携《たずさ》わらされ、運ばされていたんです。

ぼくは岡田さんの著書『大久野島・動員学徒の語り』を読んで、感じ入った。化学薬品の名称から作業した年月日まで、詳細にわたって実に的確な描写が重ねられている。そして実際にお会いして話を聞き、深くうなずいた。この事実を後世に語り継ぐためには、そういったディテールの積み重ねと検証作業が、避けては通れなかったのだ。

瀬戸内海の島で毒ガスを作っていたという歴史を、日本の政府や企業、工場で働いていた多くの人たちも、できることなら、なかったことにしたかった。でも、なかったことにはできない。一人の市民が大きな組織的隠蔽《いんぺい》にあらがうためには、何度も調査し検証して、裏を取らなければならない。そうしなければ、歴史から消されてしまいかねない。

岡田さんはさらに自らが動員されて関わった物質が、どこでどう使用されたのかということも考え、「加害者」でもある自分を認識した。そして中国大陸で実際に毒ガスが使われた地域の人びとに謝罪の手紙を書いた。その結果、友情も芽生えていったのだという。中国の友人たちとやり取りした手紙の束も岡田さんは見せてくれた。

おそらくその謝罪は、自身の体験と歴史の大きな事実が消されないための、確認作業でもあったのだと思う。おわびして終わりにするのではなく、戦争の無意味さを明確に示して歴史に刻むことが大切だと、ぼくは岡田さんから学んだ。

毒ガスは間違いなく「戦争犯罪」だ。それは国際条約で禁じられているからだ。けれど岡田さんの話を聞いていると、「戦争」そのもののすみずみにまで「犯罪」がしみわたっているという実感が、自然とわき上がってくる。

「君は狭間《はざま》という日本語を知っているか」

飯田 進
（いいだ・すすむ）

一九二三年、京都府生まれ。
太平洋戦争中、ニューギニアに軍属として赴任。
現地住民殺害の罪で、BC級戦犯として重労働二十年の判決を受ける。
スガモ・プリズンに収監され、釈放後は戦争の実相を伝え続けた。

『たとえ明日世界が滅びるとしても』（飯田進 著　梨の木舎）。
ニューギニア戦線で起こった事実と、長い獄中生活で積み重ねた思索とをまとめた著書。

30歳前後の飯田さん。
スガモ・プリズンの獄中から、再軍備反対を訴える手紙を出していた。

2015年11月12日、神奈川県横浜市にて。飯田進さんは2016年10月13日に永眠。

「大きな原っぱと大きな刑務所が隣り合わせ」

来日していろんな偶然が重なり、なにかに導かれるみたいにしてぼくは東京の池袋《いけぶくろ》に泊まり、そのまま住みついた。池袋の街でいちばん目立つのは「サンシャインシティ」という高層ビル。三日目にして見物に出かけ、店をひやかしてから展望台へ上り、東京を見下ろした。曇り空だったので富士山は隠れていたが、宿泊先の外人ハウスをどうにか見つけて、大都会のどこに自分が潜り込んでいるのか、ちょっとつかめた気がした。ビルのネーミングだけは、なんだか奇妙な後味だった。曇っていたからよけいピンとこなかったのだろうが、ソーラーパワーをエネルギー源にしている様子もまるでなく、「サンシャイン」の必然性はどこにも見いだせなかった。

ぼくは高校生のころから英語で詩を書いたりして、大学で英詩を学び、日本語でも詩が作れたらなぁという思いは、来日当初からあった。池袋で出会った木島始《きじまはじめ》という詩人は、あるとき「むかしこの池袋の隣町、西巣鴨《にしすがも》に住んでいた菅原克己《すがわらかつみ》の詩がいいから、読むといいよ」とすすめてくれた。すぐ詩集を入手して夢中になり、菅原さんの作品を毎日読んで、それが日本語習得の道でもあった。中でも「西巣鴨の記憶」という詩が印象深い。「むかし、／ぼくらは西巣鴨二丁目に住んでいた。／大きな原っぱと大きな刑務所が隣り合わせ。／——もちろん、直接それとは関係ないが、／月に一回、私服がやってきた。／誰でもぼくには近よるべからず！」

二聯《れん》目にそう書いてあるが、初めて読んだとき、「池袋の隣にそんな刑務所があったっけ？そもそも西巣鴨ってどのあたりだろう……」と気になり、池袋図書館で豊島《とし》区の地図とにらめっこして、見つからなかった。司書に尋ねたら、「区画整理で地名が変わって、西巣鴨は今の大塚《おおつか》あたりです。そして刑務所はいわゆる『スガモ・プリズン』のことですね。今はサンシャインシティに生まれ変わっています」と教えてくれた。

ぼくはその瞬間、どうして「サンシャイン」と命名したのか、パッと見えた思いがした。暗いイメージを一掃する狙いだったろう。ただ、歴史を消し去ることにもなりかねない。

菅原克己が結婚して西巣鴨に住み始めたのは一九三八年。左翼運動に関わった疑いで、警察は前々から菅原さんを監視下に置き、ずっと圧力をかけていた。当時は「東京拘置所」と呼ばれていた「大きな刑務所」には、反戦運動に関わった宗教家も含めて多くの「思想犯」が入れられていた。一九四五年の十一月にＧＨＱが接収してSugamo Prisonと改名。今度は極東国際軍事裁判などの戦争犯罪人を収監した。このいわゆる「東京裁判」は、一九四六年五月に開廷し、四八年十一月に判決が出され、二十五人が「平和に対する罪」でＡ級戦犯となった。

そのうち元首相の東条英機《とうじょうひでき》をはじめとする七人の絞首刑は、スガモ・プリズンで執行された。サンシャインシティの歴史を知り、ぼくの中では「思想犯」と「戦犯」がしっかり結びついた。思えば、支配者が入れ替わると、きのうの「ヒーロー」がきょうの「犯人」にされるものだ。でも囚人たちが交代しても、一人ひとりの思想はそう簡単に詰め替えできるはずもない。

大日本帝国政府に必死で抵抗していた菅原克己の思想は、少しわかっているつもりだ。しかし「プリズン」にぶち込まれた人たちは、なにを胸に抱いていたのか？

そんな疑問に導かれて、ぼくは飯田進さんと出会い、その思想に触れることができた。

人ひとり殺したことは間違いないのだから

飯田進　わたしはね、一九四三年、二十歳のときに海軍民政府の資源調査隊員としてニューギニアに赴任した。あくまでも軍属という身分でジャングルでの資源探査が任務だったし、最初のうちは戦闘もない平穏な日々がつづいたよ。

しかし戦況は急激に悪化していった。インドネシア語が話せて地元の地理にも明るかったわたしは、第一大隊に配属され、ゲリラ討伐《とうばつ》に駆り出されるようになった。

わたしはゲリラの集落で見つけた四人の女性と子どもを、食料運搬係として徴用していたが、その四人を、隊長だった少佐が問答無用で処刑してしまった。彼らはゲリラなんかじゃなかったんだ。しかしゲリラじゃないかと疑われてしまった。また、わたし自身が、日本軍の師団参謀を殺害したゲリラの首謀者を斬《き》りつけて殺害してしまったこともある。

わたしが敗戦を迎えたのはニューギニアのソロンというところ。そこで日本への送還船を待っているうちに、戦犯としてオランダ軍に拘束されたのだ。オランダ軍の検察は、わたしをゲリラの殺害を含む三件の捕虜虐待の罪で起訴し、死刑を求刑した。

そのときわたしは、「日本は戦争に負けたのだから死刑判決が出るだろう。人ひとり殺したことは間違いないのだから仕方がない」と覚悟を決めた。

判決は、重労働二十年の禁固刑だった。

一九五〇年にインドネシアが独立して、わたしは日本に送還されたが、一九五六年まで東京

のスガモ・プリズンに収監された。拘束期間は合わせて十一年に及んだ。

一九五二年八月に、飯田さんはスガモ・プリズンから「Y君」宛に次の手紙を送っている。

「吉田《よしだ》首相は、警察予備隊の査察にあたって、新国軍は、米軍のように厳正に命令を遵守《じゅんしゅ》する組織とならねばならないと訓示したそうだ。厳正な命令の遵守？　いったい誰のために。ぼくはいま、思い出している。何万人もの兵隊が、司令官からも見捨てられ、土をかきむしりながら死んでいったときのことを。あらゆる憎悪と侮蔑《ぶべつ》の言葉をあびせかけられながら、労役にしたがっていた日々のことを、そしてまた、天皇陛下万歳を叫びつつ、刑場にたおれていった人々の無念の最後を。

ぼくは、怒りのために気が狂いそうだ。ぼくらがスガモから出ていく道は、ふたたびこのような運命を、祖国の青年にたどらせる道なのか。

Y君、ぼくは最近、ヒリッピンに抑留されている死刑囚からの手紙を読んだ。その手紙のなかで彼は、戦犯の釈放運動が再軍備と結びつけられるのなら、このまま死刑になったほうが、よっぽどいいと書いている。またあるヒリッピンの婦人はこう言っているそうだ。

『わたしはヒリッピンの戦犯の一人ひとりには、ふかい同情をよせています。しかしその釈放運動が、日本の再軍備に結びつけられるのなら、反対せざるを得ません』

ぼくは、いまなお異国の牢獄《ろうごく》にいるこの人たちの首を、むざむざと絞めるような政治的な動きには、絶対に左右されたくない。ヒリッピンやオーストラリアの戦犯がいつまでも、日本に送還されないのは、実にこれらの国の民衆の、日本の再軍備に対する根深い恐怖からではないのか。だが、異国にとどまっている死刑囚たちは、いまにわかに盛り上がっている戦犯英雄論によって、じわじわと首をしめられつつある。

シトシトと、いま雨がふっている。八月にしては寒いこの夜、独房に座ってもの思うぼくの心は深い悲しみに閉ざされている。時代の嵐にもまれ、あざむかれ、そしていままた、あらたな軍事的情勢のもとで利用されようとしているぼくら」

（『スガモ・プリズンからの手紙』（倒語社）より）

真実が闇の中に消えてなくなっていく

飯田進　実際に戦場で戦った者は、だれも自分に不利なことはしゃべらん。死刑判決を受けて殺された連中の遺書を読んでも、必ずしも真実を語っていない。

仮に真実だとして語ったとしても、それがどれほどの事実に基づいているのか……。真実を語るのは難しい。語れるか否《いな》かは、自らを俎板《まないた》の上に載せて切りさばいていくだけの勇気と信条があるのかどうかに尽きる。難しいから真実が闇の中に消えてなくなっていく。

「なにもかも日本が悪かった」というのは簡単だ。だが、それは真実を語ったことにはならない。日本は悪いことを大部分、背負ってきとる、間違いない。しかしそれは半分だ。そうでないものも、半分は背負って生きてきた。

自分は正しいことをしてきたと自己肯定に走るのも、いともたやすいことだ。ジャングルの中で戦っていたとき、わたしほど勇気があって勇ましい人間はいなかった。それは事実だ。しかし、どっかでそれは間違っとったんだ。過ちを認めるのは、なまやさしいことではない。このわたしの目を見ろ。もう半分は見えない。耳も半分は聞こえない。それでも肺腑《はいふ》をえぐるような思いで、わたしはしゃべっておる。わかるか。

体験を語るのは、日本に対する愛情があるからだって？　ああそうだ。半分以上、それがある。幼少期の思いを含めて、わたしは愛国の情熱に燃えておった。そのわたしがなぜ、みじめな、惨憺《さんたん》たる思いを背負わなければならなかったのか。それでも日本に対する愛情を捨てるわけにはいかない。それを捨てたらもう日本人ではないし、自分ではなくなる。

その狭間《はざま》で生きてきたんだ。君は「狭間」という日本語を知っているか。

飯田さんにいきなり問われて、ぼくは「はい、知っています」と返事した。が、本当の意味で「狭間」の重圧を理解していなかったのかもしれない。

それでもぼくは言葉を絞り出して、こうつけ加えた。「国家がいっていることとやっていることがかみ合わない中で、自分が国を愛してやったことが、犯罪として裁かれる。とんでもない話だと思います。責任者の国家が責任回避に明け暮れて、飯田さんは個人として責任を背負わされた。そしてそれを果たしつづけてきたんですね」

それまでの険しい眼差《まなざ》しが涙で和らぎ、飯田さんは再び語りだした。

飯田進　君の国籍はどこだ。アメリカか。君は外国人だ。だが、日本人よりは、はるかに俺のいうことをわかっている。言葉少ない会話の中で、それはわかる。外国人の君のほうが、間違いなく日本人の愚かさを理解しているんじゃないかと思うよ。

本日ただ今をもって、俺の友人だ。もう多くを語る必要はない。それを語るだけの時間の余裕もない。もう間もなく俺は死ぬ。あの戦争体験を語れる最後の人間としてな。

アーサー君、君は今日来てくれた。君は武士道とはなにかっていうことを、語るにふさわしい人間だ。年は息子ほど離れておるけど、戦友だな。共感のあまり号泣したい思いだよ。

飯田さんはスガモを出所したあと、社会福祉の仕事についた。戦後四十年を迎えたとき、かつての戦場を訪れて、自分が斬り殺した男性がゲリラの首謀者ではなかった事実を知った。闇の中へ消えていく真実を、どうすれば伝えられるのか。
「勝てば官軍」とか「歴史は勝者によって作られる」とかいわれるが、これこそ真実を葬り去る悪循環だと、飯田さんは鋭く見抜いた。戦勝国となったぼくの母国に、もし飯田さんのような人物がいたなら、太平洋戦争の歴史はもっと真実に近い形で語られていたかもしれない。
取材当日、飯田さんは体調がすぐれず、それなのにぼくに大切なことを惜しみなく手渡し、帰り際、「また会おうな、待ってるからな」と笑顔で見送ってくださった。
ときおりふと、飯田さんの声が聞こえる気がする。「君は狭間がわかったかな?」

それでもくたばるのはイヤだから

西村幸吉
（にしむら・こうきち）
一九一九年、高知県生まれ。
高知一四四連隊の数少ない生還者の一人。
一九七九年からパプアニューギニアのポポンデッタに住み、遺骨収容を続けた。
現地の人びとに機械技術を教え、人材育成に大いに貢献した。

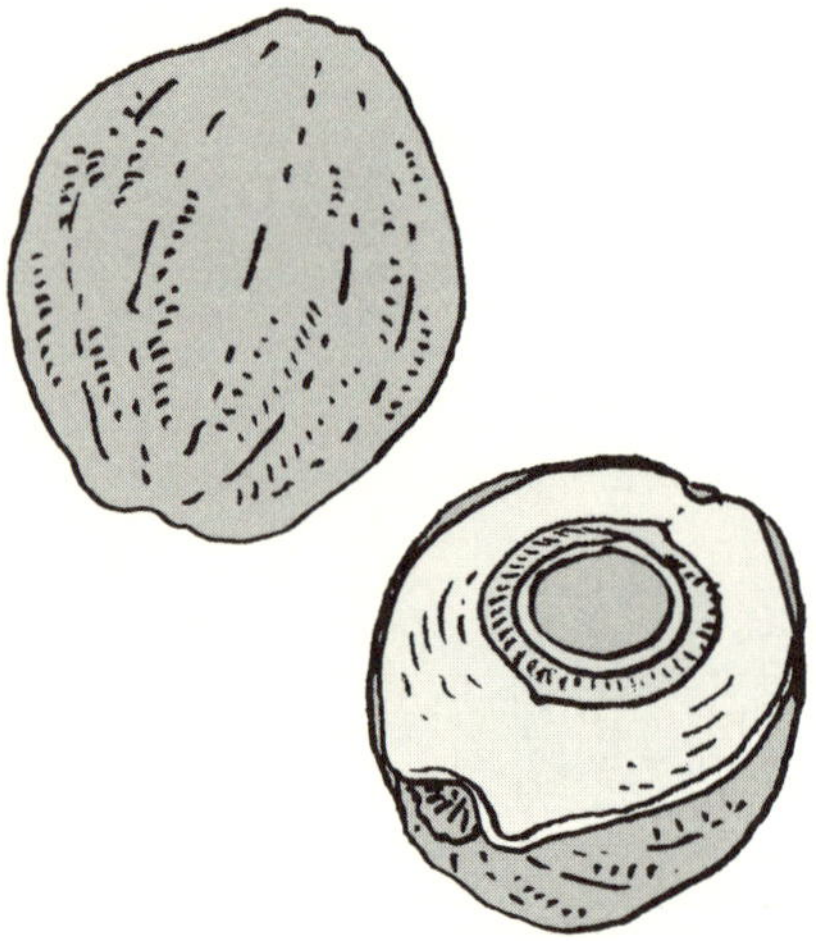

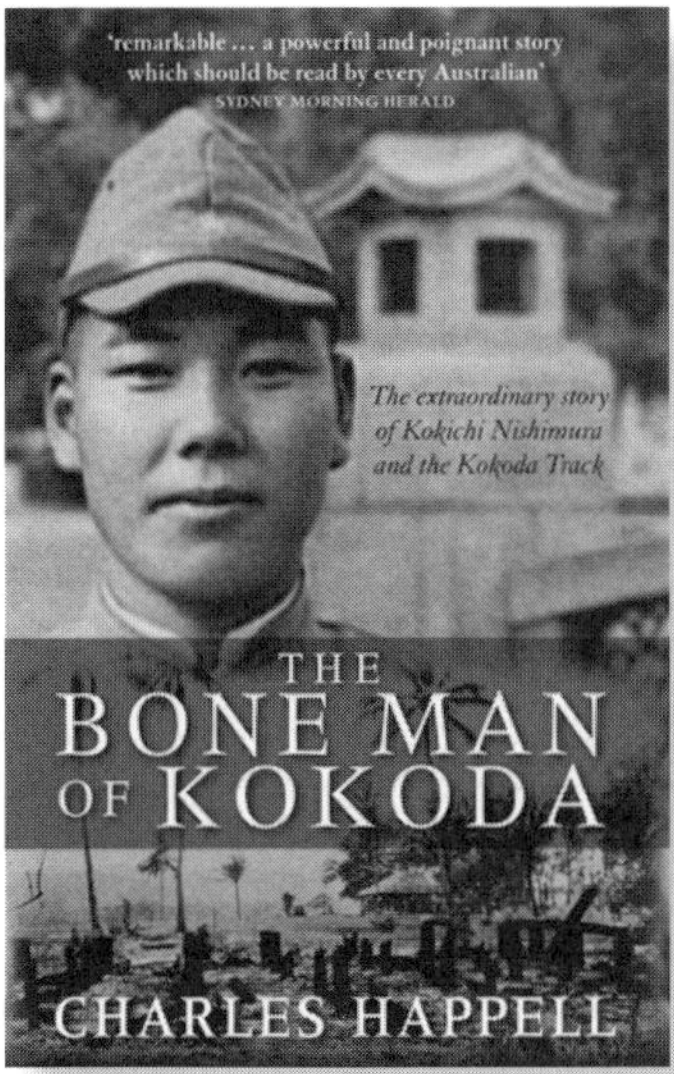

『THE BONE MAN OF KOKODA』
(Charles Happell 著
Pan Macmillan Australia)。
戦後のニューギニアで、仲間の遺体を
収容し続ける西村さんの生きざまを追う。

陸海軍の下士官《かしかん》などが携帯していた
「軍隊手帳」には、軍人勅諭が記されている。
兵隊ならだれでも暗唱できるように
教練された。(史料提供 : 樋口光氏)

2015年5月14日、埼玉県加須《かぞ》市にて。西村幸吉さんは同年10月25日に永眠。

「質素を旨とすべし」

西村幸吉さんの家にお邪魔して、ジャングルでの戦いの話を聴き、ニューギニアの部族の槍《やり》を見せてもらい、少し振り回させてもらった。どんどん体験にひきこまれていき、そこで西村さんは「一《ひとつ》、軍人は忠節を尽くすを本分とすべし……」と、量感ある声で「軍人勅諭《ぐんじんちょくゆ》」をそらんじ始めた。

ずっと以前に読んだことはあった。ジャパンの軍国主義のおまじないとして、破綻した組織の化石みたいな言葉として、今とつなげることもせずに「軍人勅諭」をぼくは解読してみた。ところが、西村さんはぼくの目を見返しながら、化石としてではなく、生きた信条を力強く発したのだ。「一《ひとつ》、軍人は礼儀を正しくすべし……」

自らの道しるべを唱え、その説得力は「軍人」の域にとどまらず、むしろ「人間勅諭」として響いてきた。

なるほど「軍人勅諭」の成り立ちを調べれば、明治十五年に発表された。それはまだ日本の国家の形が、憲法も含めてなにも定まらない時期だった。七年後、つまり一八八九年に欠陥だらけの劣悪な憲法がこの列島に押しつけられ、「国民」ではなくみんな「臣民」にされてしまった。大日本帝国の暴走はそこからエスカレートして、歯止めにならない形ばかりの憲法のおかげで、「軍人勅諭」も悪用され放題だったわけだ。

高知県で編成された歩兵第一四四連隊の一員として修羅場をくぐり抜けた西村さんは、負傷した仲間を大勢、ニューギニアのジャングルに残さざるを得なかった。「一《ひとつ》、軍人は信義を重んずべし……」

西村さんはみんなに約束したことを忘れず、戦後は起業して自らの機械技術を大いに生かし、そして還暦を迎えたとき約束を果たすべくニューギニアに移り住んだ。

本格的な遺骨調査と収容を開始して、行方不明になっていたオーストラリア兵の遺骨も発見しては家族のもとへ帰し、それが和解の流れにつながった。現地の人びとの教育と人材育成に惜しみなく尽力して、それも和解の道を切り開いた。

「一《ひとつ》、軍人は質素を旨とすべし……」西村さんにそういわれて、ぼくは「詩人も質素を旨とすべし」と答えたくなった。しかし、なんというたくましい「質素さ」だろう。戦場でも、戦後でも、命を粗末にしない哲学まで、西村さんは掘り下げたのだ。

「勘弁せえや」

西村幸吉　日本軍が負けて、ニューギニアから撤退することになったとき、動けない重傷兵がおりましてね。わたしは彼らに「必ず迎えに来るからな。もし死んでいたら遺骨を拾って内地へ届けるから、それで勘弁せえや」、こう言い残して日本に帰ってきたんです。その約束を守って実行したまでで、特別にどうこうという話ではないです。

ビナードさん、あなたは軍人勅諭というものをご存じですか。

一《ひと》、軍人は忠節を尽くすを本分《ほんぶん》とすべし
一、軍人は礼儀を正しくすべし
一、軍人は武勇を尚《たっと》ぶべし
一、軍人は信義を重んずべし
一、軍人は質素を旨とすべし

この五か条は今でもわたしの頭と心に入っています。これに反する行動は自分に嘘《うそ》をつくことになる。それはできんかったということです。

当時、わたしは二等兵でした。山の中の戦いでは、オーストラリア兵と取っ組み合いの殺し合いまでやりましたよ。わたしの頭が相手の顎《あご》の下までしかない、そんな大男と取っ組み合いになりました。相手に抱きついたとき、腰にある剣に手が触れたから、それを引っこ抜いて彼の腹に刺してやった。

サイレンが鳴り終わるとき、ウーッっていう音が聞こえるでしょう。相手はそれと同じような声を出して倒れた。でも、わたしは最後のとどめを刺す体力が残っていませんでしたから、倒れてる敵兵のそばで、倒れたまま一夜を明かしました。

朝になったら敵は息をしてなかったです。そのときの戦いで、わたしは肩に機関銃の弾を三発受けました。二発は体を抜けて、一発はまだ今でもここに残ってます。戦後、ニューギニアへ行くとき空港でいつもセキュリティーチェックでね、係の人間に止められました。「あんたの肩には鉄が入ってるが、いったいなんですか」と聞かれて、「敵の弾です。気にしないでください」と答えると、「はい、わかりました」と通してくれましたよ。

肩だけでなく、右足にも敵の投げてきた手榴弾《てりゅうだん》の破片が食い込みましてね。それで撤退する際、達者な者は船が停泊しているところまで歩いていけるんですが、わたしは歩けなくなっていたから、船の出航には間に合いませんでした。それでもくたばるのはイヤだから、一週間かけて、海岸線に沿ってずっと海水に足を浸して歩き通したんです。

海のほうが砂地が多く、体も少し浮くので歩くのは楽だったんです。傷口に海水がしみるけど、あまり痛みも感じない。神経が鈍くなっていたんでしょうね。その間、ヤシの実ばっかり食べていました。お腹《なか》が減ったら、ヤシの実を落として石にポンポンぶつけて汁を飲んで、身をほじくり出して食べました。そうやって命をつないで、なんとか救助隊がいるところまでたどり着いたんです。着いたのは、救助隊が撤退する日の朝でした。

どうにか間に合って、撤退の船に収容されたから今日があるわけです。しかし、動けない重傷兵は連れていけませんでした。上官はそのとき、まだ意識がしっかりしている重傷兵に機銃と弾薬を残して、「ここを死守せよ」と言い渡しました。軍の命令は絶対でしたからね、見るに見かねたわたしは、「必ず迎えに来るから」と約束せずにはいられませんでした。

「星の数より飯の数」

その後、ビルマに送られてからは兵長に昇進しました。五十七名編成の部隊を指揮する立場になりましたからね。もう頭ごなしに叱られることもなくなって、いちばんいいポストに座りました。でも一九四三年九月には、乗っていた船が魚雷を受けて沈没したのです。沈む船から脱出して、筏《いかだ》に上がって生き延びたわけです。

部隊の中に、プロの浪曲師がひとりおりましてね。わたしは「おい、おまえ、浪花節《なにわぶし》を一席やれ。そうすれば気休めくらいにはなるだろう」というたんです。でもその部下は命からがら逃げてきて「すみません、隊長、声が出ません」って。結局、浪花節はやらずじまいでした。

現場の指揮官にされてからは、自分のことより部下の命を守るのを優先するようになりましたね。当時わたしはひとり者だったから、死んでもどうってことはない。だけど所帯持ちで、奥さんがいる、子どもがいる、という兵隊が大勢おる。そういう連中をなるべく殺されないような戦いをしなきゃいかん。

もちろん上からの命令には従う。そして命令通りに動く。ただし絶対に無茶はやらん。「俺が偵察に行ってくる」と言い残して、自分ひとりで迂回《うかい》しながら敵の陣地の後ろへ回りこむ。偵察して、どこにどういう設備があるか調べてから、自分の陣地に戻る。それで作戦を立てて攻撃する。何回もそういう戦法をとりましたね。

なんのために戦ったかって？　そんなことは総指揮官の考えること。わたしらのようなぺえぺえの兵隊はそんなこと考える必要もないし、また考えられないんです。

もちろん、実戦の戦略に関しては観察して、偵察して、どうするかということは考えます。それは現場の責任者としての任務。でも「なぜ戦うのか」なんていう大義名分を考えるのは、もっと上のほうの人間の責任でしょう。

軍隊の現場にはね、「星の数より飯の数」という言葉があります。つまり、偉そうに肩に星がついていて位が上でも、若くて経験のないヤツは現場ではなんの役にも立たん。それより古くから軍隊にいて、軍隊で食べた飯の数が多い兵隊のほうがよほど戦争を知っている。だから「新米のくせに大きなことをいうな」ということです。

実際に階級が上の人も、戦地ではわたしのいうことには逆らえなくなりました。そのうち「こうしたいと思いますがどうしましょうか」って、必ず相談がくるようになりましたね。

そんなわたしが故郷の高知に帰ってきたのは一九四五年一月十七日のこと。

階級が下のわたしに、階級が上の者がヘイコラするのはたまらんでしょ。だから早いとこ、こいつを日本に帰せということだったんだと思います。そういう上官の気持ちもよくわかるから、はいはいと命令を聞いて部隊の戦死者の遺骨を持って内地に帰ってきました。

だから玉音《ぎょくおん》放送は入院していた高知陸軍病院で聴くことになりました。

放送を聴いたとき思ったのは「これで自由の身だ」ということ。

「アメちゃんたちにひと泡吹かせてやろう」

「悔しい」という思い？　ないない、そんなの全然ない。やれやれという感じ。

「これで俺も軍隊というガンジガラメの枠から解放された」と、こう思いました。

中隊長のところに行って「戦争は終わったから、もう上からの命令は聞きません」と宣言しました。そうしたら中隊長も「はいはい、そうしてください」って。

やはり「星の数より飯の数」ですよ。

おもしろい話があるんです。戦争が終わって米軍が進駐してきたあと、わたしたちは「アメちゃんたちにひと泡吹かせてやろう」という計画を練ったんです。まだ隠し持ってた手榴弾を一気に爆発させて、脅かしてやろうということ。そうしたら、それをアメリカ側に密告したのがおってね。「ニシムラというヤツがなにか企んでるらしい」と、わたしを探し始めた。

でもわたしは偽名を使っておったんで、ばれなかったんです。そうしてある夜、寝てるときにでっかい地震が来た。アメちゃんたちは地震を経験したことがないから、みんな飛び起きて「ニシムラが来た！　ニシムラが来た！」と叫んでおった。大笑いでした。

わたしは戦争が終わって、これで自由な身になったという考えを優先しました。でもね、戦地に残してきた仲間への思いだけはありました。それは今も同じ。いつなんどきも、わたしの頭から離れたことはありません。

仲間たちの遺骨を拾うのは、上から命令されてやるわけじゃない。その行為は戦争につながっているように見えるかもしれんけど、そんなことも、わたしには関係ない。残してきた戦友たちとの約束を守るためにだけ、自由の身でやっていること。それだけです。

オーストラリア人のジャーナリスト、チャールズ・ハペルは、ニューギニアで西村幸吉に出会い、その取り組みにほれ込んで、一冊の本を書き上げた。

原書のタイトルは、地元で尊敬をこめてみんなが西村さんを呼ぶときに使った「ボーンマン」が入ってThe Bone Man of Kokodaだ。なるほど「骨をさがす男」か。

それを読んでいたとき、ぼくの中では「信義を重んずべし」と「骨をさがす男」は、絶えず響き合っていた。そして『ココダの約束』と題した日本語版に、西村さんご本人が寄せた短い文章を読んだとき、日本語の鋭さと正確さに鳥肌が立った——。

「私は『遺骨収集』という言葉に大変悲しい思いをしております。たとえば航空機事故などの場合、まさか『遺体を収集』しましたとは申しませんでしょう。普通ならば『遺体を収容』しましたと申すのではありませんか。逆に、市がゴミを回収するときに、『ゴミを収容する』とは言いません。『ゴミを収集する』と言うのが普通です。日本政府は大東亜戦争で負けたときに、海外にある全ての財産を放棄すると宣言したそうですが、日本兵の遺体もそれに含めたのではないでしょうか。いまだに厚労省は『遺骨収集』という言葉を使っておりますが、これは私にとっては、戦死者を『ゴミ芥《あくた》』同等に扱っていると解釈せざるを得ません」

こう書いた西村幸吉は戦争のことを放棄せず、引き受けて国家の代わりに背負ったのだ。

ちょうど戦後七十年のときに永眠して、西村さんのお骨はニューギニアの土となっている。

硫《い》黄《おう》島《とう》は墓場である

秋草鶴次
（あきくさ・つるじ）

一九二七年、現在の栃木県足利《あしかが》市生まれ。
横須賀《よこすか》海軍通信学校卒業後、海軍通信兵として、硫黄島に派遣される。
重傷を負うが九死に一生を得て捕虜となり、アメリカで戦後を迎える。
『十七歳の硫黄島』などの著書がある。

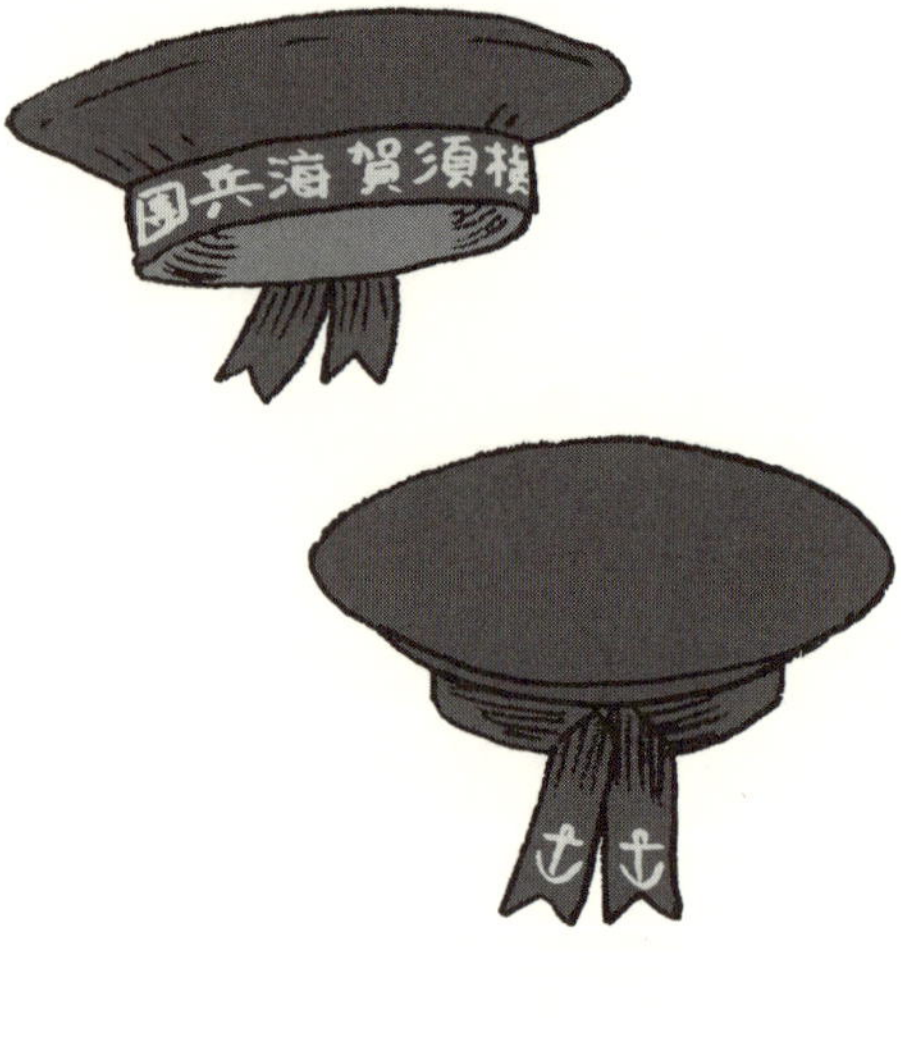

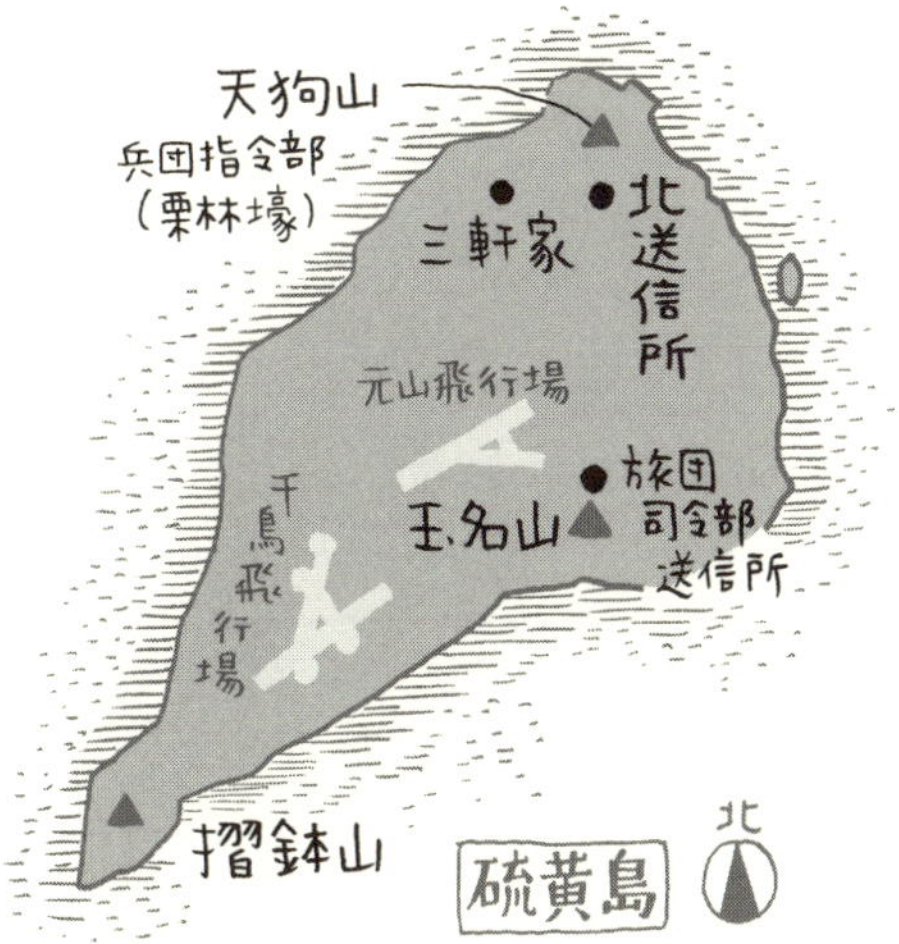

当初「北送信所」に詰めていた秋草さんだが、のちには玉名山の送信所に異動した。

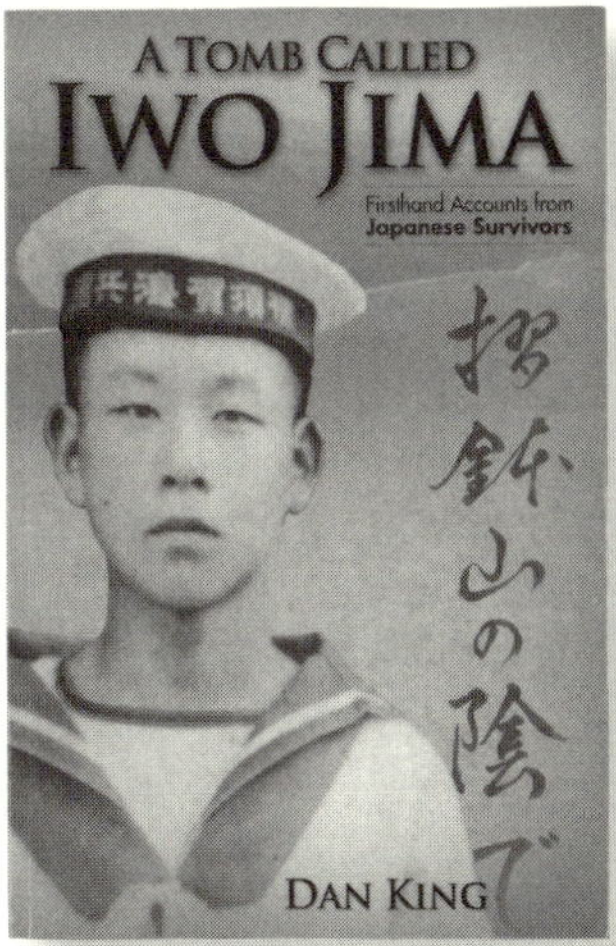

『A TOMB CALLED IWO JIMA』
(Dan King 著　Createspace Independent Publishing Platform)。
硫黄島の戦闘を日米両方の視点でとらえたダン・キング氏の著書。
若き日の秋草さんが表紙を飾る。

2016年1月15日、栃木県足利市にて。秋草鶴次さんは2018年３月30日に永眠。

「玉」の意味はケース・バイ・ケース？

数年前、女優として活躍している大阪出身の友だちに久しぶりに会い、『さがしています』という拙著をプレゼントした。広島を語る写真絵本だが、そのあとの会話で原爆のこと、終戦のことも話題になった。友だちが「やはり『玉砕《ぎょくさい》放送』にもいろいろ裏がありそうやね」といって、ぼくは一瞬うなずき、すぐさま首を横に振って「玉砕？　玉音《ぎょくおん》とちゃうの？」と返した。「そうや玉音や！」と彼女は赤面したけれど、その天然の混同のおかげでぼくは初めて気づいた。同じ「玉」であり、時代も重なり、両方の奥になにか潜んでいそうだと。

つづいて彼女は「英語で玉音放送のことをどないいうの？」と聞いてきた。

「そうだな、声としての『玉音』をEmperor’s voiceと呼ぶけど、八月十五日のラジオ放送は、事務的に『降伏発表』にしてAnnouncement of Japan’s Surrenderと訳したりする。ただアメリカでは、放送としてではなく、当日の新聞に英文が載ったので、公式なタイトルはもっと長かったはずだ」

ぼくはそう答えて、後日調べだした。英字新聞にはProclamation of Unconditional Surrender by Hirohito, Emperor of Japanという題で掲載されていた。和訳すれば「日本の天皇による無条件降伏宣言」といった感じか。やはり「玉音放送」と比べても、正式名称の「終戦の詔書」と比べても、英語は説明的でドライな印象だ。美化する表現がないからだろう。

「玉砕」の英訳も探ってみた。同じ「玉」ととらえて「玉音」の例を踏まえて置きかえるならば、当然Emperorが登場するはずだ。ところが、和英辞典にそんな表現は一つも見受けられない。出てくるのはdeath for honorとかdie in honorとかhonorable deathという「名誉の戦死」に近い言い方だ。それから「降伏せず死ぬまで戦う」ことを表すfight to the deathやdie but never surrenderや「死力を尽くした戦い」を意味するlast-ditch battleも。

どれも「玉砕」のほんの一側面を端的になぞっているだけで、仕組みも心理も表現していない。全然「玉砕」じゃない。不利な戦いにも当てはまるし、そんな英訳では一九四四年の夏にサイパン島で三万人近い人間が命を絶たれた実態を、これっぽっちも伝えられない。

「玉砕攻撃」なら米軍関係者が戦争中から使っていたbanzai chargeの呼び名がある。「天皇陛下万歳!」と解釈すれば、一応Emperorは含まれるが、そこまで読み解けるアメリカ人は極めて少ない。多くはそのbanzaiの意味もわからないまま、日本人の奇妙な行動をエキゾチックに描いた変わり種の単語として覚える。不可解なkamikazeと同類といって差し支えなかろう。

なんとか理解したいと思ったぼくは、秋草鶴次さんに会う機会を得た。硫黄島で生死の境をさまよい、命をつなげた秋草さんは、「玉音放送」のころにはもうアメリカで生活していた。

敵は鵜《う》の目鷹《たか》の目

秋草鶴次　十七歳で硫黄島に派遣されたわたしの最初の持ち場は「北送信所」でした。

菊池《きくち》さんという方の家の庭につくられていました。現地の男がかなり徴用されましたが、それ以外の島民は強制疎開させられ、島から離れなければなりませんでした。そこでわたしたちに「兵隊さん、家族が帰ることはないから、要るものがあったら使ってください」と言い残してくれたんです。

北送信所は島の北部にありました。南へ通じる道と、分水嶺《ぶんすいれい》の尾根へ抜ける道の交差するところに民家が三軒建っていて、「三軒家《さんげんや》」と呼ばれていたんです。菊池家はそのうちの一軒でした。

クリント・イーストウッド監督の「硫黄島《いおうじま》からの手紙」という映画がありますよね。あの中に栗林忠道《くりばやしただみち》中将が、北送信所の近くにあった司令部の壕《ごう》から、南海岸の船を眺めるシーンがあるけれど、実際にはありえない。分水嶺が立ちはだかって、尾根の向こうの海は見えないんですよ。

年が明けた一九四五年一月二日、わたしは北通信所から玉名山《たまなやま》通信所に配置転換となって、二月十五日にはアメリカ艦隊がマリアナ諸島付近に集結しているという無線を傍受しました。十七日から十八日にかけて、百隻以上の艦船による艦砲射撃と艦載機による爆撃が行われ、二月十九日には、ついにアメリカ軍の硫黄島上陸が開始されたんです。

玉名山は周囲に裾野がない山ですから、戦車はなかなか上がれない。でも摺鉢山《すりばちやま》の北東側はスロープになっていて、どんどん上がっていける。わたしは玉名山の上から、上陸してくるアメリカ軍を「ああ千人上がった……二千人上がったな」と見ていました。そして二月二十三日、摺鉢山に星条旗が揚がったんです。

その後も激戦はつづきました。日本軍はゲリラ戦で抵抗したんですが、アメリカ軍は戦車のほかにブルドーザーも投入して、火炎放射器などを使って地下壕を一つずつつぶしていきました。わたしたちは「来た者には応戦するが、敵を見つけて先に撃っちゃならない」と命令されていました。陣地を知られないためです。

敵は撃つところがないかと鵜の目鷹の目で探しているが、こちらはあくまでもゲリラ戦に徹して、本土への攻撃が少しでも遅くなるようにせよ、というわけです。

しかしそもそもわたしたち通信隊は、非戦闘員だから、武器を持たされていませんでした。とにかく「いつまで待つんだ？　ゲリラ戦で対抗するというが、ブルドーザーでバーッとやられれば終わりだ。このままじゃ生き埋めになってしまうぞ」と、そんな思いでした。

服は一張羅《いっちょうら》だからボロボロ。雨が降ってくるとバシャって洗って木の枝にひっかけといて、それで夜になったらまた着る。その間は褌《ふんどし》一丁だけど、壕の中は暖かい。

飲み水が悪いからみんな、まともなウンチが出ない。最初は壕の奥のほうでやっていたが、だんだんだんだん手前でするようになって、踏んづけたりするようにもなったんです。

それに臭いもひどかった。壕のいちばん奥が霊安室になっていて、次々に戦死した仲間の遺体が運び込まれていましたが、遺体が腐敗してなんといっていいかわからない臭いが漂って、反吐《へど》が出そうだった。そこを歩いているうちに、遺体の手や足を踏んづけてしまうんですが、すると、栗《くり》の皮を剥ぐように、皮と肉がいっしょにベロッとむけてしまうんです。

アメリカ軍が打ち上げる照明弾で夜中も明るい

三月一日、わたしらが潜んでいる地下壕の上をとうとう戦車が通過していきました。とにかく身じろぎもせず、アメリカ軍が通り過ぎるのをじっと待ちました。

地べたにはいつくばって音を探っている敵がいる。だからしゃべっちゃいけないし、動いちゃいけない。通り過ぎるのを待って、わたしは玉名山の北にあった旅団司令部に、敵の動きを報告しに行きました。もう夜になっていましたが、アメリカ軍の駆逐艦から照明弾が常時上がっていて、新聞が読めるんじゃないかというぐらい明るかったんです。

司令部の周辺は、艦砲射撃で草木一本もなくなっていました。

そこへさしかかったとき、再びアメリカ軍の艦砲射撃が始まりました。稲光のようにあたりがさらに明るくなって、グッと身を伏せるとドカンと来た。どんどんこっちへ近づいてくるなと思ったとたん、やられてた。痛みも感じないまま、意識がなくなった。気がつくと、左脚と右手に砲弾の破片が食い込んでいて、重い、冷たい、苦しい。

どのくらいたったかわからない。「だれかぁ」って呼ぶけど、だれも返事しない。自分じゃ精一杯声を出しているつもりだけど、聞こえないのか、応答がまったくなかった。

艦砲射撃はめちゃくちゃ撃ってくる。そのとき、近くに真っ黒い筋が見えたので「ええいッ」と飛び込んだら、堀割でした。でも水なんかないので「痛《いて》えっ」てなって、どういうふうに落ちたのかもわからないけど、とにかく動けなくなりました。

それからの時間の経過はわかりません。向こうのほうからだれかの声が聞こえたので、「ここだあ!」と力を振り絞って叫んだら、「だれかぁ、だれかいる!」という声が返ってきました。山口という、通信科の同年のやつでした。わたしは壕に運び込まれ、一命をとりとめたのですが、右手の指は三本なくしていました。それから間もなく日本海軍が総攻撃をかけることが決まったんですが、わたしは重傷を負っていたので置いていかれました。

食べ物はおろか水もなく、蚤《のみ》や虱《しらみ》、炭や蛆《うじ》さえも口にしました。

アメリカ軍がある日、壕の中へ液体を大量に流しこんできたんです。海水とガソリンを混ぜたものを。その水面が燃え上がり、仲間は火だるまになって死んでいきましたが、わたしはなんとか逃れたんです。

ただ、意識が朦朧《もうろう》となって倒れていたようです。やがてアメリカ軍の犬二匹に発見されて、気がついたときにはグアムの収容所のベッドの上でした。捕虜となっていたんです。

ドイツ人とイタリア人と働いてアメリカ政府から給料

それからわたしはアメリカの西海岸へ運ばれ、鉄道で大陸を横断してバージニア州の収容所に送られました。太平洋戦争はいっそう激しさを増していきましたが、こっちは捕虜として新しい生活が始まっていました。収容所の所長はアメリカ人女性の大尉でした。

わたしは厨房《ちゅうぼう》で働くことになりました。ドイツ人のシェフと、下働き下ごしらえのイタリア人、そしてわたしの計三人で切り盛りをしました。足と手が不自由だったわたしはウエイター、おもに給仕と掃除を担当。捕虜は全部で五百二十人から五百三十人ほどいて、日本人は六十人くらいだったでしょうかね。同僚のドイツ人もイタリア人もわたしも、みんなそれぞれの母国語でしゃべってましたが、会話はなんとか通じましたよ。

収容所とはいえ、大きな一軒家でした。ドイツ人やイタリア人なら、いつでも逃げられそうでしたよ。でも日本人は言葉がダメだし、髪が真っ黒だったからとても無理。だいいち今どこにいるのかもわからないし、自分の命が明日どうなるかもわからない。日本兵がいちばん荒れてましたね。気にいらない相手がいると、夜中に引っ張り出してリンチするようなやつもいた。トップの肩書を持った日本人の大佐も止めようとしないし、見回りのアメリカ兵の伍長《ごちょう》も愛想だけはいいが、知らないふりをして帰っちゃう。

そんなわけで日本人同士は仲間って感じじゃなかった。でもドイツ人とイタリア人とは仲よくできた。戦争が終わって帰国するときには、アメリカ政府から給料ももらった。日本じゃ考えられないことでした。

十把一《じっぱひと》からげに「玉砕」

硫黄島では五十万発の爆弾と百五十万トンの砲弾が使われたそうですよ。それらを地面に並べれば、島全体を埋め尽くすほどの量です。そういう戦場だったのです。

中国や南方で戦った日本軍は、だいたい地方の師団とか連隊とかで組織的に編成されていましたが、硫黄島に投入された部隊はそうではありません。わたしだって、出兵するちょっと前まではうちで百姓してたんです。それが、どこへ行くかわからん船に乗せられて、気がつくと硫黄島に到着。そこで初めて一〇九師団に入れられた。栗林中将があれだけ「弾をくれ」「兵器をくれ」っていっても、来なかった。日本の本土決戦は沖縄からだということで、武器や弾を沖縄へ沖縄へと運んだんです。硫黄島は敵に取られてもやむを得んということで、鉄砲の撃ち方も、弾の入れ方も知らないような素人のわたしたちが戦わされたんですよ。それでも懸命にやった。

十把一からげに「玉砕の箍《たが》」をはめ込まれたんじゃ、あまりにも不公平だ。

硫黄島には、鳥取県の弓ヶ浜《ゆみがはま》みたいな美しい海岸線があったんですよ。その浜では畳一枚の広さにつき、二人か三人の日本兵が死んでいきました。「玉砕の地」だなんて礼賛《らいさん》されるような場所ではない。硫黄島は墓場であり、聖地なんですよ。

「玉砕」の英訳を探っていく途中、ぼくは「玉」と「砕」の原義を生かしたバージョンはないかと、文学作品に目を向けて、すぐに見つかった。作家の小田実《おだまこと》が綴《つづ》った小説『玉砕』を翻訳したドナルド・キーンは、題名をThe Breaking Jewelにした。きっと悩んで試行錯誤の末、文学的直訳の道を選んだのだろう。さらに調べて、日本兵の体験を英語で紹介している人もShattered Jewelsと、ストレートに「砕かれた宝石」と置きかえていることがわかった。

しかし英語の読者は当然「まず玉があって、それが砕ける」という順序で理解する。そしてそこが勘違いの入り口になる。「玉が散る」のではなく「玉と散る」ものだ。つまり一人ひとりが最初から「玉」であるわけがなく、「砕けて」初めて「玉」となり得る可能性が出てくる。生きたままだと価値がなく、死をもって美しく貴い存在に化けるというのが「玉砕」のカラクリ。むかしから「死人に口無し」といわれるが、「玉砕」の作用によって「生存者も口無し」といった状況ができる。秋草さんが語った体験は六十年以上、彼の体内に封印されて、身内にも語らなかったという。「玉砕」と呼べば、生き残った人の命が否定される。なぜなら一種の美学であり、生存者は「玉砕」の美の完成度を下げる。生き残ってはならない掟《おきて》が無意識のうちに日本語に組み込まれ、秋草さんはその残忍な掟を破ることに成功した。

だれが「玉砕」の口封じ効果で得するのか？ それは、想像を絶する無駄死にをもたらした責任者たちだ。生存者すら告発できない言論空間にしておけば、どんなに無能なリーダーでも追及されずにすむ。

硫黄島にアメリカ軍が上陸するよりずっと前に、日本の本土中に「一億玉砕」というキャッチフレーズが広まっていた。当時の人口は七千万人ほどだったはずだが、どうやら朝鮮半島も台湾もみんな「一億」に束ねていたらしい。

同時に、帝国の中枢《ちゅうすう》を占めていた連中は、自分たちをその人数の計算に含めていなかったような印象だ。彼らにも「砕ける」チャンスはあったのに、「玉と散る」道を選んだ者は唖然《あぜん》とするほど少なかった。最初から、自らが「玉」だと思い込んでいたからなのだろうか。

十五歳で日本海軍特別年少兵

西崎信夫

（にしざき・のぶお）

一九二七年、三重県生まれ。

海軍特別年少兵の第一期生。魚雷射手《しゃしゅ》として駆逐艦《くちくかん》「雪風《ゆきかぜ》」に配属され、戦艦「武蔵」「大和」などとともに多くの海戦に加わる。

終戦後も復員船に生まれ変わった雪風に乗り組み、多くの人を日本に連れ帰った。

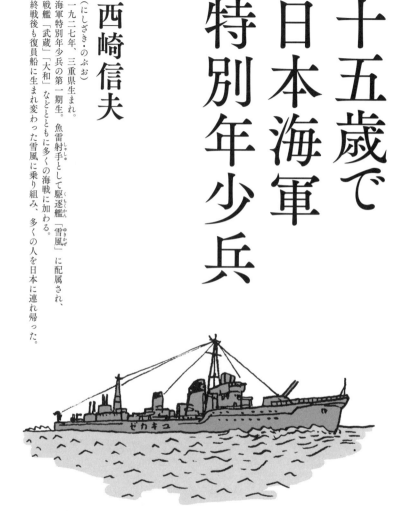

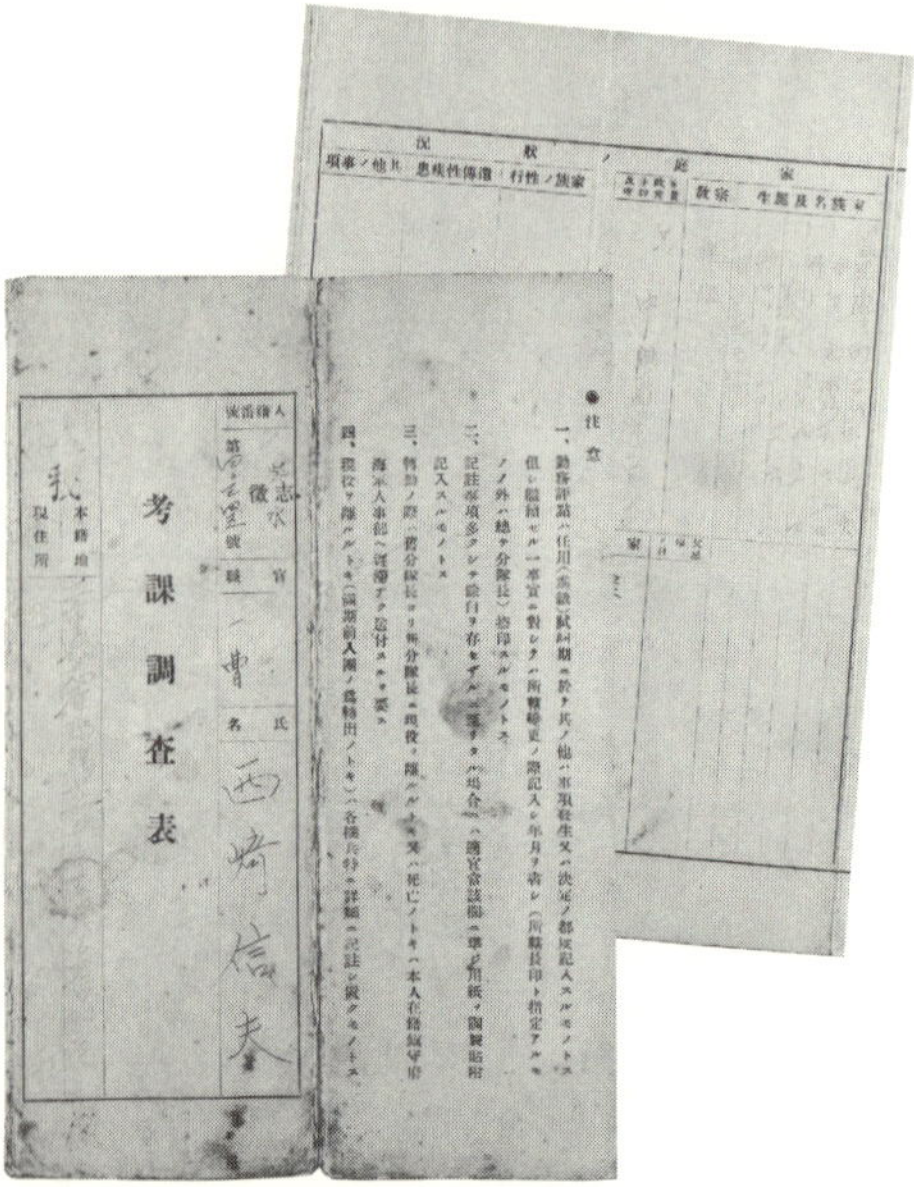

西崎さんの「考課調査表」の一部。
勤務評定や家族構成、健康状態などが記されている。

大竹海兵団《おおたけかいへいだん》に入団したころの
西崎さん（左）と、いとこ。

2015年7月9日、東京都豊島区にて。

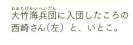

花鳥風月の軍事利用？

「雪風《ゆきかぜ》」という言葉はなかなか風流だ。

だれが最初に「ゆき」と「かぜ」を組み合わせたのか、風に舞う雪花を見つめながら造語したのか、ともかく国語辞典の『大辞泉』によれば「雪と風。また、雪まじりの風」と、素直に意味を表している。冬の季語にもなっているので『歳時記』を開くと「雪風」の俳句に出会える。漢字の並びを逆にすると、烈《はげ》しさが増して気象庁が発表する「風雪《ふうせつ》注意報」のイメージが強まる。でも「雪風」の場合は、まず自然美が伝わってくる。

あるいは軍国主義が伝わってくるか？

一九三九年に完成した駆逐艦《くちくかん》を海軍は「雪風」と名づけたのだから。来日して日本語を学びながら、ぼくは歴史に少しずつ分け入り、繰り返し大日本帝国の言語感覚に驚かされてきた。魚雷や高角砲など恐ろしい攻撃力を満載した艦艇《かんてい》を destroyer と英語で呼び、日本語では「駆逐艦」となる。どうしてそんなものを「雪風」と命名できるのか？

いや、「初霜《はつしも》」という冬の季語も駆逐艦のネーミングに使われた。それから「冬月《ふゆつき》」も「時《しぐ》雨《れ》」もしかり。開発の流れを一九三〇年代からたどると、早くに「初春《はつはる》型」の駆逐艦が六隻《せき》造られ、つづいて「白露《しらつゆ》型」が十隻、それから「朝潮《あさしお》型」も十隻ほど建造されて、やがて「雪風」が属する「陽炎《かげろう》型」が造られて十八隻に達して、敗戦を迎えた。一貫して破壊力、殺傷能力を高めるプロセスだったが、「初春」「白露」「朝潮」「陽炎」と名称だけ並べれば、それはまるで耽美《たんび》的な日本画の世界、あるいは和歌集の目次みたいな雰囲気だ。

戦争を美化するマヤカシの技術は各国の言語にあり、英語でもさまざまな表現が利用されてきた。たとえば、凛々《りり》しい響きの地名を軍艦のネーミングに抜擢《ばってき》する。「アリゾナ号」だの「ミズーリ号」だのはその部類に入り、大日本帝国の戦艦「武蔵《むさし》」も「大和《やまと》」も同じだ。

また猛禽《もうきん》類のようなカッコいい動物の名を借用することもむかしからされている。米空軍の空対空ミサイルをfalconと名づけ、それは日本語でいえば「隼《はやぶさ》」のことで、旧日本陸軍の単座戦闘機のネーミングにも「隼」がかつて使われた。「オスプレイ」だってタカ科のospreyの名を米軍が無断使用しているわけで、日本にも生息する「鶚《みさご》」のことだ。

しかし戦争の飛び道具を、美しい風物のイメージに包むのは、日本語独特の流儀といえる気がする。考えれば「桜」をさんざん使って「戦死」を「散る」と美化するやり口も、同じ「花鳥風月型」のＰＲ技術か。

「雪風」は撃沈されず、戦後は復員輸送船として働き、やがて中華民国の海軍に引き渡された。一九四三年からずっと乗り組んでいた西崎信夫さんに、ぼくは会える機会を得て、筋の通った戦後へつづく体験に、目を開かされる思いがした。

「のぶちゃん、死ぬなよ！」

西崎信夫　わたしは三重県の九人兄弟の貧しい家庭に育ちましてね、それで軍人になろうと決心しました。

一九四二年九月、十五歳で海軍特別年少兵として、広島の大竹海兵団《おおたけかいへいだん》に入団したんです。郷里を去るときには村長、校長、駅長など村の六百人が盛大な出征式を開いてくれました。「一命にかえてお国のためにご奉公してきます」と挨拶をしました。いよいよ列車が動きだすと、友だちが数人追っかけてきて、いちばん仲のよかった友だちが「のぶちゃん、死ぬなよー！」と叫んだんです。あのとき初めて「死」というものを意識しました。自分が戦死することを考えていなかったですから。でも実はその朝、家を出るとき母親にもいわれました。「信夫、生きて帰りなさい。生きて帰ってくるのが名誉な軍人さんですよ」

横須賀《よこすか》の海軍水雷《すいらい》学校に入学して、わたしは魚雷について学び、あくる一九四三年十一月に駆逐艦「雪風」に魚雷射手《しゃしゅ》として乗り組んだのです。空母や戦艦などとともに一九四四年のマリアナ沖海戦、レイテ沖の艦隊殴り込み作戦、いろいろなところで戦いました。のちに撃沈された空母「信濃《しなの》」の護送作戦にも参加しました。そして一九四五年四月六日、戦艦「大和」を旗艦とする第二艦隊の沖縄水上特攻作戦に加わることになりました。

「今度会うのは靖国《やすくに》だな」

連合艦隊最後の作戦でした。燃料は半分しか積まないので、弾を撃ち尽くしたら敵に突っ込んで、積んでいる爆薬で自爆するという話でした。

それまでは、絶対生きて帰ってやると思って任務についていたんですけど、さすがにもう覚悟するしかありません。考えると急に動悸《どうき》が激しくなって、外の空気を吸いに甲板に上がったんです。すると、そこには同年兵の野間《のま》がいました。野間はわたしに「おい西崎、これで内地も見納めか。今度会うのは靖国だな」といったんです。

翌日の四月七日に敵の哨戒機《しょうかいき》に発見されて、戦闘配置に入りました。鹿児島県坊ノ岬《ぼうのみさき》の沖です。全部で七回の攻撃があったんですが、雪風は三回目に後ろから威嚇射撃をやられたんです。

弾丸というのは、陸上だとプシュプシュという鋭い音がするんですが、船の場合は船体に当たってガンガンガーンと破裂音が響く。飛行機の衝撃波も、海上だとよけい強くて、ブワッと圧力がかかりますから、全身で「来たなっ！」と感じるんですよ。

三回目に来たら、わたしの隣にいた上官が呻《うめ》き声を出して、こっちへ倒れてきました。と同時に、わたしも太腿《ふともも》に、かつて経験したことのない激痛を覚えました。

窓から敵の弾丸が次々に飛んできて当たったんです。その痛さったらなかった。

上官を見れば、あばらの上から全部やられていました。「内田《うちだ》さんがんばって！」と声をかけて、手で触れたんですが、そのまま亡くなりました。

内田さんは本当に気立てのいい方でね。なぜか気のいい人が早く死ぬんです。

一方、わたしは看護長に診てもらい、「骨はやられてないから安心せい」といわれましたが、貫通銃創した傷口の周辺、四か所に弾の破片が刺さったままでした。

「自分で抜け」と指示されました。歯を食いしばって肛門《こうもん》を締め、鉗子《かんし》で破片をつまんだんだけど、手が震えて痛くて、戦闘帽を口にくわえて一、二、三と自分で自分に声をかけて、ぽこって抜いた。でもそれができたのは一つだけ。残りの破片は今も膝の中に入っています。梅雨時には必ずうずいて、戦争を忘れさせてくれません。戒《いまし》めのようにも思えます。

包帯を巻いて足を引きずりながら戦闘部署へ戻ったら、水雷長から「最後部の二十五ミリ機銃の射手が戦死したから、西崎おまえが交代に出ろ」というんです。わたしは水雷専門で、機銃なんて練習したのは学校時代だけで、空砲でちょっと撃った経験しかないんですよ。

とにかく機銃席に座り、操作法を聞いているうちに、四回目の攻撃が始まりました。

駆逐艦の最後部は一八〇度見晴らしがよく、ほんとの青天井です。薄っぺらな防弾チョッキを身につけているだけで、とにかく怖い。敵機のプロペラの間から弾が飛んできて、耳のすぐそばをピュンピュン通っていく。生きた心地がしなかったですね。機銃を慌てて撃つと、弾が海面をパシャパシャたたく。それで慌てて上げると、今度は天井にぶつかる。

そうなると、本当は相手に憎しみなんてないのに、「この野郎!」って撃ち殺す執念に燃えるしかない。向こうも同じです。すさまじい形相で突っ込んできます。操縦席のその顔が見えるんですが、みんな同年代の若い兵士たちでした。

雪風は戦艦大和の左舷にいましたが、大和が敵機の大群に時間差でやられているのが見えました。最後は空からの魚雷攻撃。ズーッと下りてきては、海面すれすれに魚雷を落として上昇していく。

敵は大和の左舷ばかり集中して攻撃したから、転覆するのが早かったです。

フーッと熱気を感じた瞬間、ズシンと腹の底から突き上げる爆発音とともに、大和は真っ二つに折れて、船底が並列してそびえました。それから落ちていったんです。重油が大量に流出して、それに火がついて海面がぽかぽかと燃えてるんですよ。ヒョーヒョーと磯笛《いそぶえ》に似た声が風にのって漂《ただよ》ってきて、あれは沈没する大和の最後の息だったかもしれません。

階級問わず往復びんた

雪風は大和の将兵を百人ほど救助しました。ロープに瘤《こぶ》をつくって垂らし、すべらないようにするんですが、みんな自力ではなかなか上がれません。ロープは油まみれ、人間も油まみれですからね。どうにか引き上げたら、すぐジャックナイフで衣服をきれいにはぎ取る。重油を飲んでる者は、口の奥まで指を入れて吐き出させます。そうしないと肺炎にかかるんです。

中には「助かった」と安堵《あんど》して、気を失うのもけっこういるんです。階級問わず「寝るな!」と往復びんたを張ってしまいます。上官クラスもかまわずです。一度意識を失ったら、もう戻らないから。あとは浴室の蒸気で、みんなの体についた重油を取り、作業着と毛布一枚を支給。

海から若い兵士を一人、引き上げようとしていたら、彼は片方の腕をなくして、残った一本の腕でロープに必死でつかまっていました。いくら引っ張ってもなかなか上がれない。

よく見ると、その兵士の足に太った下士官《かしかん》がつかまっていて放さないんです。こちらもすでに何人も引き上げつづけて、疲れ果ててますから、火事場の馬鹿力にも限度がある。わたしは救助用の鉤棒《かぎ》で、足をつかんでいる下士官の腕をたたきました。すると彼は波間に沈んでいき、それからなんとか片腕の兵士だけ助けることができたんです。

ずっと気になってね、落とした下士官のこと……海は見渡す限り亡くなった兵隊でいっぱいでした。シャツに空気が入って浮き輪みたいな感じで、顔を海面につけたまま浮かんでいました。わたしには全員、あの下士官に見えて、うらめしそうに訴えているようでした。

四月八日の朝、雪風は鹿児島沖を疾走していました。三日ほどして、わたしの膝の傷が腫れあがり、蛆《うじ》がわくわ高熱も出るわで、大変なことに。そうなるまでは、ケガのことを一切口にしませんでしたね。船から降ろされ、仲間に置いていかれるのがイヤでしたから。

雪風は初霜とともに舞鶴《まいづる》軍港を経て、天橋立《あまのはしだて》で知られる宮津《みやづ》湾へと移動しました。その初霜も、沖縄水上特攻に参加した駆逐艦ですが、雪風同様、生還していました。

「西崎、残務整理を手伝え」

雪風と初霜の二隻は、宮津湾の警備艦として任務につきましたが、七月二十九日にB29が投下した機雷で湾口を封鎖されてしまいました。翌日、敵機三十機による空襲があって、機雷のせいで湾口から出るに出られないので、ぐるぐる逃げ回るしかない。

そのとき初霜は機雷にやられて沈没しましたが、雪風には弾が当たらず、生き残りました。

しかし艦長からは「明日から戦う燃料がない」と告げられました。そこで湾口の伊根《いね》村の岸壁に雪風を横づけして、夜中に舟屋《ふなや》に見せかける偽装をすることになったんです。「舟屋」とは、その地方独特のもので、船の収納庫の上に住居を備えた建物です。

漁師から網を買ってきて、暗い中でそれをマストから百十三メートルも広げてかぶせました。木を伐採してきて、網目にどんどん刺して作業しました。それから何日かして、終戦になりました。日本海軍の駆逐艦主力六十隻の中で、雪風だけが残ったのです。

玉音《ぎょくおん》放送は流れたんですが、甲板の上だったので、風が強くて聞き取れませんでした。

きっと「一致団結して本土決戦に備えよ」という言葉だろうと、わたしは思い込んだんです。ところが、中には「バンザイ」という者がいたり、「終戦なんてとんでもない」と怒るやつがいたりして、もう収拾がつかないんです。「本当はどうなんですか」と部下たちに詰め寄られました。そこで暗号長に電報を見せてもらいながら説明を受けてみると、新型爆弾が広島と長崎に落とされ、ものすごい数の人が亡くなったという。ほかの都市は全部B29の落とす焼夷弾《しょういだん》で焼け野原と化していて、東京の隅田川《すみだがわ》には死体がごろごろしていると――。

ずっと洋上で戦っていましたから、陸上でなにが起きているか知らなかったんです。

正直いってそのとき、天皇陛下にだまされたと思いました。勝ち戦《いくさ》の情報ばかりで、今日の今日まで「本土決戦」といわれてたんです。それ以外の情報がまったくない。とはいえ、内心では不沈艦《ふちんかん》のはずの大和が沈んだとき、これはもうだめだなとは考えました。でも職業軍人ですから、「最後は本土決戦で戦うんだ。そこまで行かなきゃしかたがない」とも思ったんです。

日本の敗戦を知って、泣いたりわめいたりしましたが、そのうち気を取り直して「明日からどうしたらいいものか」と、頭の歯車が回り始めました。

故郷に帰ろうと決めかけていたところ、水雷長から「西崎、ちょっと残って残務整理を手伝え」といわれました。しかも「船にある機密書類を一切焼却せよ。おまえに任すからひとりでやれ」というんです。わたしは命令に従って、裏山へ資料を運んで燃やしました。

海軍の作戦司令や、雪風に乗って戦ったみんなの人事関係の記録など、全部焼くという「残務整理」ですよ。それは雪風の歴史であり、われわれが生きた証《あかし》なんです。穴を掘って火をつけて、めらめら燃え上がる炎とパチパチはじける音が、まるでわたしに怒っているようでした。「おまえはこの期《ご》に及んでまだ軍隊に協力するのか」と、問い詰められているみたいな……。

実は書類の中に自分の考課調査表も発見して、それはそっと懐に忍ばせました。

戦後、雪風は「復員輸送船」となって、わたしは故郷へ帰らず、船に残る道を選びました。当時は「職業軍人と左翼系統の人間はGHQに嫌われているから、就職先も見つからないよ」といわれていましたから。甲板長になって、一九四六年十二月二十八日までに、十五回に上る復員輸送任務につきました。およそ一年間で一万三千六百名を日本に運んだんです。

その中に漫画家になられた水木《みずき》しげるさんもいらしたようですよ。

軍服を着て列車に乗ると

中国の壺蘆《ころ》島が五回、沖縄が二回か三回、それから台湾の台北《タイペイ》、さらにはポートモレスビー、ラバウルなど、ずっと東南アジアを中心に行きました。

その仕事を終えたら、雪風は戦時賠償として連合国へ引き渡されることとなりました。わたしたちは最後まで入念な整備を行い、「敗戦国の船でかくもみごとに整備されたのを見たことがない」と、相手にいわせたんです。中華民国の船になって「丹陽《タンヤン》」と改名され、海軍旗艦として活躍しましたが、一九六九年の暴風雨で壊れて、雪風はその一生を終えたそうです。

雪風から降りて本土へ戻ってから、幾度となく罵声を浴びせられましたね。軍服を着て列車に乗ると、面と向かって「おまえら軍人のせいでどれだけ俺たちが苦労したと思うのか」となじられることもありました。そのときは腹が立ちましたが、敗残兵ですからね、なにもいえません。「村をあげて見送られ、戦場へ行って精一杯務めを果たした。それなのに戦争に負けたらこのざまだ」と、母親に愚痴をこぼしたこともあります。

「おまえは生きて帰って、それだけお国にご奉公できたんだから、世間さまに恥じることなどない」と、母はねぎらってくれました。

軍人の遺骨引き取りも、戦後は役所が裏口から渡していました。葬儀も身内だけでこっそりやりなさいということだったんです。こっちは職業軍人の自負もありましたから、ばかげた話だと思いましたね。

考えたら、十五歳で実戦に出ていた人はそう多くないんです。最初から最後まで雪風に乗っていられたので、わたしは恵まれました。でも亡くなった連中のことを思うと、なんでもっと助けてあげられなかったのか、罪悪感に駆られて、脳裏から離れないのです。

ときどき「奇跡の駆逐艦」という触れ込みで「雪風」は紹介される。それも一種の美化であり、大げさな表現だと思う。数々の海戦に参加し、沖縄特攻にも随伴《ずいはん》しながら撃沈されなかったのは、たしかに珍しいことだ。しかし「奇跡」ではなく、アメリカ軍にとっては「沈めなくてもいい」存在だったので、最後まで浮かんでいたともいえる。

ただ、西崎さんと雪風の話は奇跡的だ。なにしろ、「駆逐艦」が一隻「引き揚げ船」に生まれ変わり、「魚雷射手」は一人「甲板長」に変身して、多くの人の命を預かって戦後へと送り届けたのだから。

また、上官から「残務整理」を命じられ、書類を一切合切焼く任務だったというエピソードは、日本の支配層の歴史の扱い方を如実に表していると思う。マヤカシの美化と記録を消す証拠隠滅とは、同じ体質から生じる現象だろう。

「本土決戦」「一億火の玉」と庶民に残酷なプロパガンダを浴びせつつも、自分たちだけが助かる出口戦略を用意して、責任をとらずに再就職もできる準備をぬかりなく進めていたのだ。

ちなみに日本の防衛省は現在、多数の駆逐艦を展開させているが、そうとは呼ばずに「護衛艦」というネーミングを利用している。

第3章

初めて目にする「日本」

日本には、かつて「内地《ないち》」と「外地《がいち》」という呼び方があったが、外国人のぼくはそれを知らずに、日本語とも出会わずに育った。

　ただしぼくもまた、実はアメリカの「外地」と「内地」の境界線をまたぐ存在になっていった。現在のアメリカ五十州のうち、建国をなしとげて一七八七年の憲法制定に参加した本家本元は、マサチューセッツ州、ニューハンプシャー州、ロードアイランド州、コネチカット州、デラウェア州、ペンシルベニア州、ニュージャージー州、メリーランド州、ノースカロライナ州、サウスカロライナ州、ジョージア州、バージニア州、ニューヨーク州という十三の州だけ。これらたったの十三州が「オリジナル・アメリカ」という名の会員制クラブに加入している。

　彼らから見れば、ぼくの故郷ミシガン州などは境界線の外、新参者で、そもそも未開の地だ。

　ニューヨーク州の大学に入学したぼくはその「由緒正しきアメリカの空気」に、ほのかな違和感を覚えた。にぎやかなマンハッタンではなく、ハミルトンという田舎町だったから、なおさらそう感じたのかもしれない。しかしこの居心地の悪さをどう表現していいのか、まるでわからなかった。まだ日本語の「内地」と「外地」を知る前だったから。

　ぼくは大学で英米文学を学んだ。

イギリスに対して、植民地アメリカの詩人たちはどのような立ち位置で創作活動を行ったのか？　それは時代とともにどう変わったのか？　多くの作品を掘り下げてずいぶん検証したつもりなのに、まだ靄《もや》がかかっている部分もあった。

卒業論文を書き始めたころに、ぼくはひょんなことで日本語という不思議な言葉に出会った。縁もゆかりもなかったはずのこのランゲージに、自分でも意外なほど興味がわいてきて「ビギナーズ・ジャパニーズ」の授業にもぐり込むようになった。本来の専攻科目以上にのめり込み、大学院に進む予定を途中で変更して、日本へ渡り、そして根づいたというわけだ。

ぼくが「内地」と「外地」という言葉に初めて出会ったのは、日本滞在四年目、東京の友だちといっしょに北海道を旅したときのことだ。スキー場で仲よくなった大学生たちが使っていたのだ。ただ、北海道が「外地」で本州が「内地」なら、どうして四国の島とか九州の島を「外地」と呼ばないのか？　最初はそんな「別扱い」がナゾだったが、日本の歴史が徐々に理解できてきたころ、再び北海道を訪れて悟《さと》った。「なるほど、あとから本国に組み込まれた北海道とわが故郷ミシガンは、同じ『外地』なんだ！」――ハミルトンで感じたあの「もやもや」に、やっと名前をつけてもらった気がした。

「内地」と「外地」という単語は、それぞれの実体験によって意味の深度と切実さの度合いが異なる。大日本帝国の歴史に分け入れば、「内地」の政府によって「外地」へ送られ、日本人でありながら見捨てられて、「外地」と「内地」の狭間《はざま》で死線をさまよった人が大勢いたことがわかる。「国ってなんだろう？」という問いは、命にかかわる恐ろしい命題だ。

ちばてつやさんは、東京に生まれ、「希望の大地」と宣伝されていた満州《まんしゅう》へ幼くして渡った。そして「日本」を見つめた。

「外地」は一瞬にして「外国」となった

ちばてつや

（ちば・てつや）

一九三九年、東京生まれ。漫画家。二歳で満州国の奉天《ほうてん》に渡る。敗戦を境に混乱の中、一家は力を合わせて命をつなぎ、引き揚げ船で帰国を果たす。高校時代から漫画の執筆を開始。『あしたのジョー』『のたり松太郎』ほか名作多数。

マラソン選手「城太郎」を
主人公にした『走れジョー』
（ちばてつや 作　小学館『別冊
少年サンデー』1964年秋季号）。

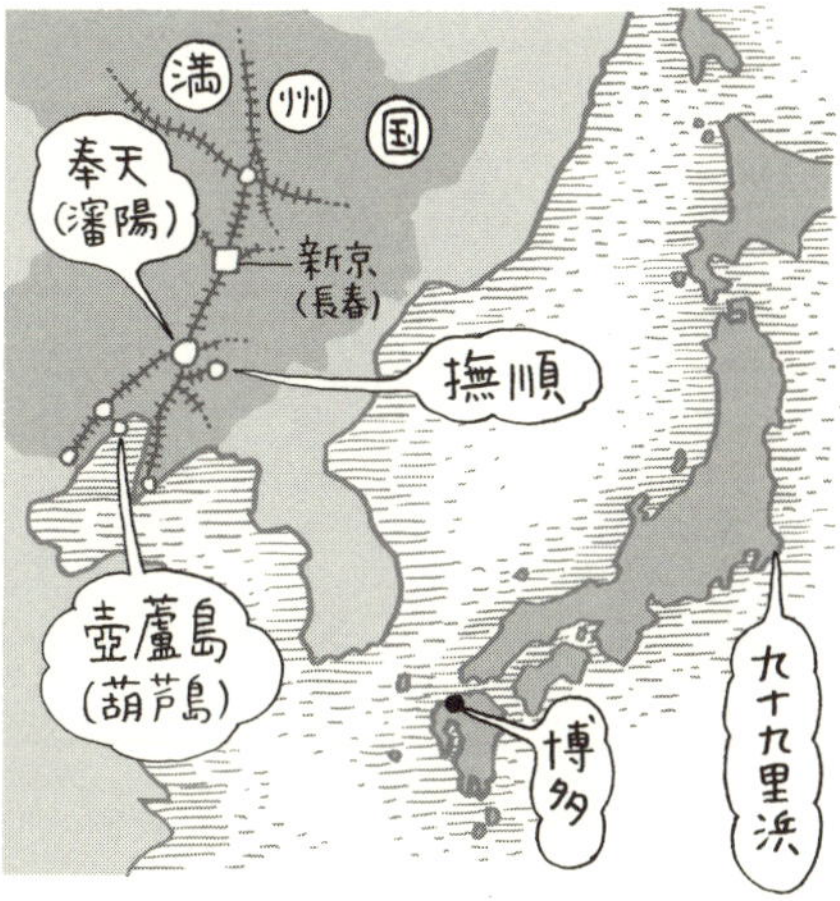

満州国の奉天に住んでいたちば一家は、
引き揚げ船の出航する壺蘆島《ころとう》の港をめざした。

2015年9月1日、東京都練馬区にて。

「あれ？　嫌われているのかな？」

ちばてつや　わたしは一九三九年に東京で生まれたのですが、両親に連れられて二年後の一九四一年に満州国の奉天《ほうてん》、今の瀋陽《しんよう》へ渡りました。当時の満州には、日本からおよそ二十七万人の満蒙《まんもう》開拓移民たちが入植し、農地の開拓や工場の建設などを盛《さか》んに行っていました。多くの人は日本国内よりむしろ豊かな暮らしを送っていたのです。

わたしの父は、奉天の印刷工場に勤めていました。大きい工場だったので、敷地は高い塀で囲まれ、大きなお風呂屋さんや売店などもあり、外へ出なくても暮らせたのです。

でも、子どものわたしにとってはその塀の中はどうにも退屈でした。だからしょっちゅう塀をよじ登って、外へ抜け出していたんです。大人たちからは出ちゃいけないっていわれていたんですけど、気にしません。

中国人の市場や商店街などをウロウロするのが好きだったんですが、ときおり迷子にもなりました。でも中国の人たちはみんな優しかったんですよ。ふらふら歩いていると「うちはどこなの？」なんて声をかけてくれたりして。ときには家まで送り届けてくれたりしました。

それが、わたしが六歳になる一九四五年の初めぐらいから、ちょっとずつ街の雰囲気が変わってきたんです。日本人の子どもに対しても、見る目が少し厳しくなったというか。

それまでは日本の兵隊がザッザッと歩いていると、中国の人たちはみんなパッとよけていたんですよ。でもだんだんとよけなくなった。中にはすれ違いざまにペッと唾を吐くような人もいて、子ども心にも「あれ？　日本人は嫌われているのかな」と感じました。

あるとき、奉天の町から日本の兵隊が急に姿を消しました。春ごろでしたね。わたしたちは要するに、捨てられたんです。日本からも、日本軍からも。

でも当時、子どもだったわたしにはそんなことは理解できなくて、「兵隊さんがもっと激しい戦地へ行ったのかな」などと思っていました。考えてみれば、ようやくそのころから「日本って戦争していたんだ」ということを意識し始めたんです。

そもそもわたしには「日本」というものがなんなのか、よくわかっていませんでした。物心がつく前に満州へ来たので、自分の目で「日本を見た」という意識がない。

大人たちはいつも「日本」のことを「内地」と呼んでいました。だからあるとき親に、「内地ってなに？」と聞いたんです。そうしたら「内地っていうのは日本のことだよ」という。「じゃあ日本ってなに？」と聞くと、親は「おまえが生まれたところだよ」と。それでも理解できないわたしに、「おまえのおばあちゃんが住んでいるところが日本なんだよ」というんです。それでなんとなく、感触がつかめたような気がしました。

「お父さんは日本のここで生まれたんだよ」、「お母さんはここで生まれたんだよ」と。

それでようやく、自分はちょっと遠くへ来ているのかなと思えて、ここ以外のところに「内地」があるのかなと想像できるようになりました。

そのとき街中から歓声が上がった

「よくわからないけど、正午になにか大事な放送があるみたいだよ」

大人たちはそういいながら、工場長の家の中へゾロゾロゾロゾロ入っていきました。真夏の暑い日でしたね。蝉《せみ》が鳴いていて、わたしは木の下の日陰で泥遊びをしていたと思います。

しばらくするとバタン！　いきなり大きい音がして、工場長の家の扉が開いたんです。中からは大人たちが次々に出てきて、おのおのの家へと引き上げていく。みんな青い顔をしていて、女の人などは泣いています。

「あれっ、なにかあったんだな」と思ったちょうどそのとき、塀の外から「わーっ！」という地割れのような叫び声が響いてきました。かん高い笑い声や叫び声に交じって、爆竹が破裂する音まで聞こえます。正月やお祭りのときしか鳴らさない爆竹が八月に鳴るなんて初めてでした。

やがて日が暮れてきました。満州では砂漠の土の関係なんでしょうか、本当に熟れきった果実のような、赤々とした空になって夕日が沈むんです。その夕日を見つめていると塀の向こうから一人、また一人と中国の人たちがよじ登って、なだれこんできます。手には棒を持ったり石を持ったりして、「わーっ！」となにごとか叫んでいる。

わたしはぼんやりと眺めていました。人の群れが、まるで川のうねりのようでした。その中に顔を知っている飴《あめ》売りのおじさんがいたので、わたしは「李《り》さん」と呼んで近づこうとしました。すると後ろからグッ！　とだれかに背中をつかまれたんです。母でした。

「なにしてるの！　こんなところにいたら危ない！」

わたしは母に引っ張られ、家の中へ放り込まれました。母は家じゅうのたんすや机などでバリケードを作り、必死で押さえ始めました。

わたしはわんわん泣いている弟たちを押し入れに入れて布団をかぶせ、自分もいっしょに入りました。そして「徹弥《てつや》！　弟たちを見てなさい」と。

あっちでもこっちでもガシャーン！　ガシャーン！　とガラスの割れる音が響いてきます。悲鳴や叫び声などが、夜中じゅうずっと聞こえていました。

天秤棒《てんびんぼう》をかついだ男が近寄ってきた！

夜が明けて、日本人の何十家族かが集まり「しばらくしたら警察へ逃げよう。きっと守ってくれるにちがいない」ということになりました。数日後の夜中に集合して、やっとの思いで警察署へたどり着いたんですが、ガラスが全部割られていて、中にはだれもいない。実はいちばん憎まれていたのは、警察だったんですね。警察署が最初に狙われていたんです。

一週間ほどたって撫順《ぶじゅん》で兵隊になるための訓練を受けていた父が戻り、わたしたちは家を離れる準備を始めました。わたしはまだ六歳の子どもでしたから、親の服の裾をつかんでいればどこかに連れていってもらえます。でも、生まれたばかりの赤ん坊を抱え、三人の子どもの手をひいて逃げまわらなければならなかった親は、どんなにか心細かったことでしょう。

はじめは何家族かでいっしょに動いていたのですが、ある夜、気がつくとわたしたち一家だけになっていました。仲間を探しても見つかりません。暗がりに身をひそめていると、天秤棒をかついでいる男が近づいてくるので「まずい！」とみんなで隠れました。

その男の人はいったんはそばを通り過ぎたのですが、なぜかもう一度戻ってきます。

「チバさんじゃないの！　どうしたの、こんなところで」

父の友だちで、中国人の徐集川《じょしゅうせん》さんでした。ふたりは会社の同僚で、ふだんから漢詩や歌を作っては見せ合ったり、本を貸し借りしたりしていたのです。「日本人がこんなところにいては危ない。いっしょに来なさい」と徐さんは、わたしたちを物置き小屋のようなところへ連れていってくれました。裏手には梯子《はしご》が備えつけられ、狭い屋根裏部屋へのぼれるようになっています。そこでわたしたちは、しばらくかくまってもらうことになりました。

徐さんはそのころ、市場で食料を仕入れては、あちこちに身を隠している日本人に売っていました。天秤棒をかついでいたのは、仕事中だったからです。

やがて父は徐さんといっしょに天秤棒をかつぎ、手伝いをするようになりました。値段の交渉をするのは徐さんで、父は日本人とわからぬようだまって物を出し入れしたりする係。売れ残った野菜を父が持ち帰ってきてくれ、わたしたちは命がつながりました。

「大日本」という名の帝国は、なんの説明も警告もないまま、満蒙開拓移民二十七万人の忠良なる臣民を切り捨てて、姿を消した。そのとき、一介の庶民の徐さんは、友情を尽くして民族の垣根を越え、ちば家を救った。

「国」はだれのために存在するのか？　そんな問いとともにぼくにはもうひとつ気になっていたことがあった。それは「徐さん」という名前だ。

「あのう、もし違っていたらごめんなさい……。『あしたのジョー』のジョーのそもそもの源って、ひょっとして徐さんのジョだったりしますか？」

ちばさんは一瞬驚いて宙を見上げ、少し沈黙があって「ああ」と笑みを浮かべて答えた。

ちばてつや　びっくりしたあ！　そんなこと、初めていわれましたよ。いやあ、気がつきませんでした。でも、そうか……そうかもしれないです。考えたことなかったなあ。

そういえば以前、戦闘機のパイロットを主人公にした『紫電改《しでんかい》のタカ』という漫画を描いたことがあるんですけど、主人公の名前は滝城太郎《たきじょうたろう》なんです。それから東京オリンピック出場をめざすマラソン選手を描いた『走れジョー』という作品もあるんですが、その主人公も城太《じょうた》郎《ろう》です。確かに、無意識のうちに「ジョー」という名前ばかりで描いていますね。刷り込みみたいなものなんでしょうか。それほどわたしは徐さんに恩を感じているんですね。

一九四五年の冬にやっと日本人会なるものができました。現地の中国人たちと交渉して、使っていない家の一角や学校の校舎などに入れてもらって、寒さをしのげるようになったんです。中国大陸ではすぐに零下二十度、三十度にもなりますからね。最初は机や椅子などを、最後には床板なども燃やしました。そうやってなんとか冬をしのいだんです。

そのうち日本が引き揚げ船を出し始めたらしいという情報が入ってきました。わたしたちのいる奉天からいちばん近いのは壺蘆島《ころとう》の港でしたが、三百キロぐらい離れています。

本当に歩きどおしでした。途中、いろいろなところで人がうずくまっているのですが、死んでいるのか生きているのかわからない。みんな、そういう人を見つけると、そばへ寄って「大丈夫か」といいながらポケットを探り、食べ物を取っていく。死んでいたら、着ているものをはいで奪う。そういう様子をたくさん見ました。日本人同士がそういうことをするんですから。

今考えると、人間ではなかったですね。もう鬼です。

食べ物もなく震えながら飢えながらめざした「日本」

印刷工場でいっしょに遊んでいた子どもたちもコレラや疫痢《えきり》などにかかって、亡くなっていきました。蚤《のみ》も虱《しらみ》もひどかったし、衛生状態は最悪。わたしは一年ぐらいお風呂に入れなかったと思います。また、行く道の途中に牛や馬の糞《ふん》があるのですが、湯気が立っていておいしそうなんですよ。饅頭《まんじゅう》に見えちゃう。それぐらい飢えていました。

ようやく壺蘆島の港に着いて引き揚げ船に乗ったときに、乾《かん》パンとすいとんが出てきました。具なんてほとんどないんですが、それが本当においしくて。今でもときどき食べたくなります。

船の中では、衰弱して亡くなってしまう人がたくさんいました。夏なので遺体はすぐに腐敗し始めて虫がわくので、数人が亡くなると船を止め、船尾からすーっと滑らせて海に流しました。家族が死んだ子どもや老人の名前を呼んで別れを惜しんでいると、船はその沈みかけた遺体の周りを三回回ってボーッと汽笛を鳴らすんです。お別れの儀式みたいでした。

そうやってわたしたちが日本へ帰ったのは、終戦からほぼ一年後の一九四六年七月のことです。政府によると、引き揚げ者のうち、「十八万人から二十数万人」の日本人がたったひと冬で死んだそうです。誤差が数万人って、ものすごくいい加減でしょう。正確な統計がない。そんなことってあるでしょうか。

わたしたちが着いたのは博多《はかた》でした。「内地が見えたぞー！」っていう声が甲板から聞こえると、みんな「うわーっ！」と梯子をのぼっていきました。大きな鉄の船が傾くんじゃないかっていうぐらい、みんな内地側の甲板に立って、見ようとするんです。

わたしにとっては、初めて見る内地。博多港の手前には島があって、それが本当にきれいな緑色だったのを覚えています。「なんか日本ってきれいだな」と思いました。

父の生まれた家は千葉県の九十九里浜《くじゅうくりはま》の近く。博多から列車を乗り継いで行ったんですが、わたしたちはもう本当にボロボロでしたね。服は汚れて破れているし、まるで骸骨みたいでした。夜、駅から歩いたんですが、とにかく遠い。半分眠りながら「まだ？　まだ？」「もう少し、もう少し」と、引きずられるように歩きました。

そのころ父の実家にはおばあちゃんが住んでいたんですが、真夜中なので家に着いても真っ暗です。父はトントンと静かに戸口をたたいていたんですが、だれも出てきません。だんだん、ドンドンドンと大きくたたくようにすると、中から少し人の気配がしました。でも向こうも警戒して、なかなか姿を現さない。そのうち「だれ？」という小さい声がしました。

父は「マサヤだよ」といった。「えっ?」「マサヤだよ。帰ってきたんだよ!」

そうしたらバタバタバタと騒がしい音がして、パッと明かりがつきました。ガラガラガラ!と雨戸が開いて、おばあちゃんが出てきました。おばあちゃんは、やせこけてボロボロの息子とその家族を見つめて息をのみ、大声で叫びました。

「あんのこったあや!」

千葉の方言で「なんてことなの!」という意味です。みんな半分笑って、半分泣いていました。真夜中でしたけど、近所に住んでいる父のいとこや親戚なども駆けつけ、食べ物を作ってくれたり、お風呂に入れてくれたりしました。わたしはほとんど眠りかけていましたが、みんなの顔を見て「ああ、敵ではないんだな」ということがわかって、安心しました。そして穏やかな気持ちで、いつの間にか眠ってしまったんです。

毎年、夏が来ると戦争の話をする機会があって、「また戦争の話?」という顔をされることがあるんです。それでもいいので、わたしは年に一度ぐらいは話したい。夏だけでもいいから、戦争のことを思い出してほしい。今でも世界中で、同じことが繰り返し起こっていますよね。テレビの画面に映る難民たちの姿が、まさに七十年前に引き揚げてきたわたしたち自身の姿なのです。

ちばさんと別れて家に帰ってから、ぼくは国語辞典で「引き揚げ者」を引いてみた。「外地での生活を引き払って内地に帰って来た人」とあった。首をかしげながら、この「引き

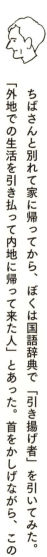

払う」という動詞をしばらく反芻《はんすう》した。けれど、どうにも飲み込めなかった。

「東京を引き払って」北海道に移住した友人がいるし、大学を卒業して「下宿を引き払った」話も聞いたことがあるし、ぼく自身、結婚して池袋のぼろアパートの「古巣を引き払って」妻といっしょに暮らし始めた。しかしどんなに意味の範囲を広げようとしても、ちばさん一家が「奉天を引き払って」内地に帰ったとはいえない。「引き揚げ」の実相は「引き払う」とはまったく次元が違う。「着の身着のまま」「命からがら」「死線を越えて」といった表現を補っても、実体験には遠く及ばないと思う。見捨てられてすべてを失い、命がぎりぎりつながるか断ち切られるか、幾度も修羅場《しゅらば》をくぐり抜けて奇跡的に生還を果たした人物が「引き揚げ者」だ。

和英辞典で「引き揚げ者」を引けば returnee と出る。「帰還者」か「帰国者」といったストレートな表現だが、同じ辞典で「帰国子女」を調べると、同一の returnee が出てくる。つまり幅が広く、実態が伝わらない呼び名だ。響きもスペルも returnee に近い refugee という言葉もあるのだが、それを英和辞典で調べると、真っ先に「難民」が出る。

満蒙開拓移民のみんなが抱えるトラウマは refugee のほうにつながること請け合いだ。シリア、リビア、スーダン、アフガン、ミャンマー、世界を見渡すと今も、統計の誤差の狭間《はざま》に命が万人単位で消されている。生活の場が、ある日を境に「外国」と化し、殺されるか離れるかと選択を迫られ、やむなく別の「外国」へ移り、生き延びようとする……。

昔ヨーロッパからアメリカに渡った自分の先祖の中にも、そんな状況をくぐり抜けた人物もいた。振り返れば、ぼくはこれまで恵まれた身分で「外国」を体験することができたのだ。

「日本という国が本当にあった！」

宮良 作

（みやら・さく）

一九二七年、沖縄県与那国島《よなぐにじま》生まれ。九歳から十八歳まで台湾で暮らし、学生時代を東京で送る。東京都狛江《こまえ》市議会議員をつとめたのち、一九七一年に沖縄本島に帰る。国会議員団の仕事を経て、沖縄県議会議員として活躍した。著書に『湖南丸と沖縄の少年たち』など。

宮良さんが生まれた島には独自の
象形文字「カイダ・ディ」があった。
『国境の島　与那国島誌』
（宮良作 著　あけぼの出版）より。

『忘れな石』（宮良作 文、宮良瑛子 絵
草の根出版会）。
戦時中、八重山《やえやま》諸島では強制疎開によって、
「戦争マラリア」が引き起こされた。

2015年6月7日、沖縄県那覇市にて。

「日本」は池袋《いけぶくろ》から始まる？

一九九〇年六月、ぼくはデトロイトから東京行きの国際便に乗って、初めて日本に上陸した。ものすごいコンクリートジャングルだと聞いていたが、上空から見下ろすと牧歌的な感じだった。あとになって東京だと思っていた一帯は千葉の三里塚《さんりづか》だったことを知った。

来日前に大学の先輩から、安く泊まれるところを教えてもらった。それは「外人ハウス」と呼ばれる無許可営業の宿泊施設。経営者の「ボブ」というアメリカ人に、空港から公衆電話でかけてみたら、「うちに空きベッドがあるので池袋行きのリムジンバスに乗れ」といわれた。もちろん英語で。テレホンカードなるものを初めて知ったのはそのときだ。

ぼくが日本ですごした最初の夜は、池袋のはずれの外人ハウス。そして池袋の日本語学校に入り、池袋の英会話スクールで教師のアルバイトを見つけ、池袋図書館の近くに六畳一間《ひとま》風呂無しのアパートを借りた。池袋の人びとと触れ合いながら日本語にどっぷり浸《つ》かり、自分にとっての「東京」も「日本」も完全に池袋が土台となった。

これを「奇縁」というのだろうか。宮良作さんにとっても、初めて降り立った「日本」の本土は、同じ池袋だった。大笑いしながら宮良さんはぼくにいった。

「わたしのほうがうんと先輩だよ！」

一九四六年、ぼくが生まれる二十一年前に、宮良さんは「外地」の台湾から引き揚げてきた。いや、「外地」ではなく、その時点ではすでに「外国」となっていたのだ。

沖縄の与那国島《よなぐにじま》に生まれた宮良さんは、家族とともに台湾へ移り住んだ。日清戦争の結果、下関《しものせき》条約によって一八九五年から台湾は大日本帝国の植民地にされていた。与那国島から、台湾はわずか百十一キロしか離れていない。当時は沖縄の島々から多くの人が仕事を求め、あるいは教育を受けるために台湾へ渡った。

その歴史の流れを抜きには、今の沖縄、今の日本を理解できないと思う。

夏の太陽に照らされながら、那覇《なは》市の首里《しゅり》城のそばに建つ宮良家にお邪魔した。そこでぼくの「日本」、とりわけ「大日本」のイメージを大きく変える物語を聴いた。

「二等国民」と「三等国民」の線引き

宮良作 わたしが父親の仕事の都合で台湾へ渡ったのは一九三七年。満九歳のときです。台湾の基隆《キールン》港に着いたのは明け方だったかなあ。船が港に入ったんで表へ出てみたら、明かりがサーッと飛ぶわけです。ずっと向こうのほうに。与那国島ではそういうのは「人魂《ひとだま》」だと、人の魂が飛ぶんだと脅されてましたからね。びっくりして「この島には人魂がいっぱい飛んでる」なんていってたら、船長が「作、おまえはばかか！　あれは自動車っていうんだ」って教えてくれました。与那国島では自動車なんて見たこともないから、ライトが動くなんてこともわからないんです。それまでは草履《ぞうり》を履いて生活をしていましたから、靴などというものは見たことがなかったし、当然履いたこともなかったんです。

台湾での生活が始まっていちばんつらかったのは「言葉」ですね。「与那国語」という独立した言語があるんですが、これは日本語とは全然違うんです。

台湾へ渡って新しい学校に入った日にね、先生に自己紹介しろといわれたんです。だから自分の言葉で、つまり与那国語まざりの自製日本語で自己紹介したら、みんなが笑いだしたんです。「おまえ、それはどこの言葉なんだ」と、先生にまでいわれました。

台湾では、日本の「本土」から来ている日本人たちを「一等日本国民」、沖縄から来た人を「二等国民」、そしてもともといた台湾人を「三等国民」と呼んでいたのです。先生からも、そう教えられました。そういう序列が公然とまかり通っていたんですよ。公的な機関の人たちも、そんな言い方をしていましたから。

そうすると、わたしの親たちの世代は、あまりいい気はしない。「本土」に対しての反発心は強かったですね。そういうランクづけは、本土の意向でしょうから。子どものわたしたちに対しては直接なにもいわない。「日本の軍国主義はけしからん」とかいうわけでもない。それでも、やはり「二等国民」と呼ばれるわけですから、いい気持ちはしなかったはずです。

わたしは次第に台湾人への共感を持つようになりました。まだ子どもでしたが、台湾人と仲がよくて、味方しましたね。

当時はよく「なんだ！　おまえは台湾人か！」と殴られたりもしました。

十数年前に、女房と戦後初めて台湾へ行ったんですが、そのとき、わたしが卒業した中学校も訪ねました。むかし体育館の裏手には、大きな木があったんですが、半世紀ぶりに訪ねたら、そいつはそのままの姿でちゃんと立っていましたよ。実は、校庭のその大木の下でわたしは先輩三、四人に囲まれてね、制裁を受けたことがあります。思えば、当時はそういう体罰ばかりでしたね。

陸軍から台湾の学校にも幹部が送られてきて、子どもに「軍事《ぐんじ》教練《きょうれん》」を受けさせました。中学を出たらすぐに鉄砲を撃ちに行けるような人間をつくろうということで、特に厳しかったのかもしれません。

でも、中にはおもしろい配属将校もいましたよ。少尉でしたが、訓練で野っ原を行くでしょ。そうすると急に「止まれ」「全員ひっくり返って寝ろ」と命令するんです。そして「なんのためにおまえたちはこんな行進をしているのか。本当に戦場へ行って人を殺せるのか？　ばかばかしい。ここで寝ろ」ってね。軍事教練なんて役に立たないと思っていたんでしょう。京都大学を出ている秀才の将校だと友だちがいっていたけど、あの人、その後どうしたかなあ。

ぼくが日本語を話せるようになって、池袋の商店街で惣菜屋《そうざいや》のおじいさんと四方山《よもやま》話をしていたら、こんなふうにいわれた。「おたくの国は戦時中でも娯楽映画が盛んだったんでしょ？　日本の場合は余裕がなかったなぁ。俺たち子どもも軍事教練をやらされてたんだ」

ぼくはそのとき初めて「教練」という単語を教わったが、「訓練」との違いがわからなかった。ずいぶんたってから、「軍事教練」は一九二五年から二十年間、全国津々浦々《つつうらうら》の学校で行われたことを知った。

敗色が濃くなるにつれ、精神力がいっそう強調された。戦車に模したリヤカーに向かって突撃を繰り返したり、空に向けて竹槍《たけやり》をひたすら振ったりといったエピソードをたくさん聞いた。国威発揚というより、むしろ反乱防止の効果が大きかった気がする。庶民をみんな、まったく余裕のない状態にしておくということ。そう考えるとこっけいどころか、ただ物悲しい。

しかしそのような時代でも、「外地」の台湾は少し違っていた。窮屈な「内地」を離れて台湾に赴《おもむ》き、生徒たちを野っ原に連れて行って寝転がるよう命じた青年将校もいた。

もしかして彼もまた、「あのミヤラ君は今ごろどうしているのかな?」と気にしつづけていたのかもしれないと、想像してみた。

台北《たいほく》帝大で軍靴《ぐんか》をボイコット

宮良作　わたしは一九四五年の三月に、台北帝国大学予科に進学しました。すると、中学校とはまるで違う。とても自由な校風だったんです。

戦争が長くつづいて日本中が緊迫した空気で詰まっているけれど、抜け出そうと思っても外国へは行けない。だったら台北帝大があるじゃないか。ということで自由な雰囲気を求める連中が全国から集合していたんです。戦後しばらくして発刊された旧制高校の「歌唱紹介集」にそのようなことが書いてありました。わたしは入学して青春時代が変わりましたね。

わたしたちはいろいろな形で体制に抵抗しました。たとえば、絶対に軍靴《ぐんか》を履かないという運動とか。軍靴を拒否して、下駄《げた》を履くんです。それからズボンをきちんとはかずに、わざと片一方の裾だけ上げるとか。つまりファッションで軍国主義に抵抗していたんですね。

生意気な上等兵がいて「おまえたちは学生のくせに」などというのですが、われわれは「学生だからやってるんだ」って叫ぶ。すると相手は逃げていきます。こっちは二、三百人の屈強な若者だから、かなうわけがない。

一九四五年八月十五日の玉音《ぎょくおん》放送は聴いてませんし、幅をきかせていた兵隊たちも、いつの間にか見かけなくなりました。みんな、学生たちが怖くて逃げるように帰っていったそうです。

戦争が終わったときは「とにかくよかった」という思いです。みんなニコニコしてましたから。親父なんて喜んで大酒を食らって、大声で「日本が負けたあ！」とか叫んでいましたもん。さすがにまずいと思って、弟と二人で親父を押し入れの中に突っ込んだ。布団をかぶせたりして、声が外に漏れないようにしましたよ。

「日本」ってあるんだな！

終戦の翌年に台湾から東京へ向かいました。親父は「いいよ。勉強したいんだったらやりたいだけやってこい」って。本当は家族みんなで与那国島へ帰って息子二人と三人で、尖閣諸島《せんかくしょとう》付近で漁をやりたかったらしいです。でも東京に送り出してくれました。

アメリカ軍の輸送船ＬＳＴに乗って、いったん和歌山県の田辺《たなべ》へ。そこから東京へは電車です。

東京に着いて最初に感じたのは、「ああ、やっぱり日本という国はあるんだな」ということです。「本土」とか「大和」とか「一等国民」とかいろいろいってはいたけれども、「日本は本当に存在していたんだ」と。だって日本を初めて見るわけです。それまで与那国と台湾しか知らなかったから「ああ、ここが日本なんだな」って思いました。

もっとも、初めて見た東京はほとんど瓦礫《がれき》でした。降り立ったのは池袋駅。池袋の町はつぶれて、ひしがれて崩れていたのを覚えています。

それから二年間勉強して、体を壊して与那国島にいったん帰島したのですが、そのころ奄美《あまみ》と沖縄は米国領にされていましたからね。わたしたちが簡単に行き来できる状況ではなかったんです。「密航」のような形で帰るしかありませんでした。それから一年ほどして、また勉強しに「密航」して岡山へ上陸、東京へと向かいました。ところが一週間くらいたった朝に、岡山署の刑事の訪問を受けたんです。「与那国から密航して上陸しましたね」というので、「しましたよ」と答えると、そのまま連行され、三日間、取り調べを受けました。

「わたしは日本人だぞ」と主張し続けたのですが、刑事はひと言も反論しませんでした。「宮良くん、まったくその通りだ。だけど捕まった以上は、沖縄で手続きをし直して戻ってきなさい。そうしたら大歓迎しますよ」といってくれました。さすがにかわいそうにと思ったんでしょうね。手錠《てじょう》はいっさいかけませんでした。

結局、長崎にある密入国者を収容する大村《おおむら》収容所というところに連れて行かれることになり

ました。収容所では『コンサイス和英辞典』を引きながら、米軍に「東京に返して勉強をさせろ」と主張してやり合っていました。ある日突然「東京へ行っていいよ」と伝えられたのです。きょとんとなりましたが、相手の気が変わる前に東京にすっ飛んで行きましたよ。

宮良さんの生き方は「自由」を求める力が常に働き、絶えずその方向へ進んだように思う。宮良さんの目は「大日本帝国」を鋭く見抜き、その支配システムが、はじっこでほつれ始めて、「自由」が顔をのぞかせていく流れをあぶり出してくれた。

「与那国人」の宮良さんは「台湾人」にもなり、それから「日本人」が生息するらしい東京へ密航して渡った。たどり着いた池袋は、焼け野原に闇市場がうごめく街だったのにそこでも自由に学び、のちに拘束されたら、今度は岡山署の刑事と米軍に対しても果敢に自由を求めつづけた。「アメリカ人」のぼくの母語は英語だが、それと同等に、与那国語も独立した言語だ。宮良さんと今回は日本語で会話をしたけれど、別れる時間になってぼくは一瞬、突飛なことを想像した。もしぼくが池袋じゃなくて、与那国島へ最初に「上陸」して、そこで言葉を学んだならば、宮良さんの体験を、彼の母語で聴くことができたのに……。

首里駅からモノレールに乗って揺られながら、頂戴した『国境の島　与那国島誌』を読み始めたら、与那国島独自の象形文字「カイダ・ディ」の生き生きした線にひき込まれた。そのページの向こうに、台湾の教室に立って与那国語で自己紹介をする宮良少年がちらっと見えた。

「疎開」の名の下《もと》に「うっちゃられた」

平良啓子

（たいら・けいこ）
一九三四年、沖縄県生まれ。
一九四四年に約千五百人の犠牲者を出した対馬丸事件の生還者。
戦後は教師となり、多くの子どもを教育してきた。
著書に『海鳴りのレクイエム』がある。

疎開船に使われた対馬丸は、軍艦ではなく、古い貨物船だった。
（写真：日本郵船歴史博物館所蔵）

2015年6月8日、沖縄県東村にて。

もしものとき、だれを当てにする？

地震が起きたときどう生き延びるか。津波が押し寄せてきたらどう逃げるか。避難経路も耐え忍び方も、家族とどこで落ち合うのかも含めて、ぼくはふだんから考えている。リュックには常に飲み水と梅干し、岩塩、懐中電灯、手袋、靴下、腹巻も忍ばせて持ち歩く。妻の防災意識はぼくよりも高く、どんな建造物が危険か、交通網のどこが脆弱《ぜいじゃく》か、瓦礫《がれき》の下敷きになったらどうしたらいいか、生存率にかかわるポイントが日常的に夫婦の会話に入ってくる。いざというときの民間療法も、ぼくはいろいろ伝授を受けている。

わが家の「防災基本計画」の基本のキは、いっさい政府を当てにしないこと。救援を待つとか指示を待つとか、正しい情報を期待するとか、そんなおめでたい発想は最初からない。とにもかくにもサバイバルのために自分でできることをすべて実践して、みんなの命がつながることをひたすら天に祈る。

政府の防災対策や避難計画がいかに本末転倒か、二〇一一年三月十一日の東日本大震災によってあぶり出された。福島第一原子力発電所がメルトダウンをきたし、放射性物質が放出される中で、多くの市民が政府の指示に従い、よけいに被曝《ひばく》の危険にさらされてしまった。

一九四五年八月六日の広島でも、八月九日の長崎でも、人びとの命を救う指示も情報も皆無だった。強制労働の建物疎開などを命じた当局が、子どもたちの犠牲を劇的に増やした。対馬丸《つしままる》は「疎開船」と称して戦災を回避する名目で航行が決まり、およそ千八百名の子どもと老人と教員を乗せて、沖縄本島那覇《なは》港から一九四四年八月二十一日に、九州の長崎港へ向かった。「撃沈」は予想できたはずだ。が、政府の避難命令に従った対馬丸は、まんまと米軍の罠《わな》にはまり、魚雷を食らった。生き残ったのはわずか三百名。

沖縄県の安波村《あふぁむら》に住んでいた平良啓子さんは、想定外の生存者の一人だ。

いかにして命をつなげたのか？　その教えを請うつもりで、ぼくは沖縄県東村《ひがしそん》へ出かけた。ヘリパッドの建設に抗議する座り込みのテントの中で、平良さんの話に耳を傾けていたが、ちょうど上空にオスプレイがけたたましく飛来していた。

雪が見られるかも！

平良啓子　九歳だったわたしにとって、本土はあこがれの土地でした。雪が見られるかもしれないとか、汽車や電車に乗れるとか。父といちばん上の兄が東京の会社にいたので、よけいにあこがれが増していました。

母に「行きたい！」と何度もせがんだのですが、なかなか話を進めてくれません。危険を避ける「疎開」といっても、むしろ本土のほうの空襲が危ないかもしれないし、向かう途中で船が米軍の潜水艦に狙われるかもしれないというウワサがあったからです。

わが家からは結局、おばあちゃんと長兄の許嫁《いいなずけ》、女学生の姉、六年生の兄とわたしが疎開することになりました。すると、同じ学年で隣に住んでいたいとこの時子《ときこ》も「啓子が行くならわたしも行きたい！」と駄々《だだ》をこねましてね、いっしょに行くことになったんです。

一九四四年八月二十一日の十八時半ごろ、わたしたちを乗せた対馬丸は那覇を出港しました。風が強くて、雨も降っていました。親たちは軍艦で運んでくれと要望を出していて、当局側も「わかった、用意する」と約束していたはずなんです。ところが当日、待っていたのは対馬丸という名のポンコツの貨物船でした。

だからみながっかりして「大丈夫かね」と心配していたんです。出港したときには「和浦《かずうら》丸《まる》」と「暁空丸《ぎょうくうまる》」という疎開船、そして護衛の軍艦も二隻《せき》ついて計五隻でしっかり船団を組んでいたんです。ところが翌朝、目が覚めて甲板に上がると、対馬丸以外の四隻の姿がないんですよ。みんなアメリカの潜水艦の動きを察知して、逃げたんだそうですよ。でも対馬丸は三十年も前につくられた老朽船でのろかったので、うっちゃられたんです。

置いていかれた対馬丸は、朝の陽ざしの中をポンポンポンポンとゆっくり進んでいました。わたしと時子は甲板に上がったまま話していました。まだ子どもですから、沖縄を離れてみると急に寂しくなって「来なければよかったね」とか、「お母さんに会いたくなったさ」とか言い合っていました。

台風で波が荒くなるし、風も強くなってきました。そこへ兄が甲板に上がってきて、「みんな集まっているぞ。早く降りてこい！」って、大きな声でいうんです。

みんな救命胴衣を身に着けていました。すると兵隊が三人ばかりやってきて「今晩は危ないぞ」というんです。「何が危ないんだろうね」って、時子とひそひそと話しているうちに夜が来て、いつの間にかおばあちゃんに抱かれて寝ついてしまいました。

ボーン！　ボーン！　という轟音《ごうおん》で目が覚めたときには、まわりには家族が一人もいません。船室にはゴォーッと水が入ってきていて、どこからか火の手も上がっています。

船全体はもう傾き始めていました。子どもたちの「お母ちゃん助けて！」とか「兵隊さん助けて！」という叫び声が聞こえてきます。わたしも、「お姉ちゃーん、おばあちゃーん！」と一生懸命に家族を探しましたが、だれもいません。

死体がどんどん流れていくし、ベトベトした重油が口や鼻や目にかかります。空っぽの醤油《しょうゆ》樽《だる》がゴロンと浮いてきたので、わたしはそれを抱きしめたまま浮いていました。

隣からは「うちの子の頭が割れた」と泣き叫ぶ母親の声が聞こえますし、押しつぶされている母親を引き出そうとして「お母ちゃん！」と叫んでいる子どもの姿も見えました。

そのとき、また大波とともに女の子がボーンとぶつかってきたのですが、見ると、時子でした。時子は大声で「怖いよ！　どうしたらいいの！」って叫んでいます。わたしは醤油樽を押し出して「しっかり握っておくのよ！」と声をかけたんですが、時子は「怖い、怖いよ」というばかり。また大波がドーンと来て、時子の手は離れてしまい、死体の中に引きずられてしまいました。「どこ行くの！」

でも時子は戻ってきませんでした。

五十メートルほど離れたところで、人が騒いでいるのに気がつきました。助かるかもしれない。わたしは醤油樽を捨てて、死体やいろんな物をかき分け、声のするほうへ泳ぎはじめました。大波に引っ張られてしまうので、体を寝かせてバタ足にして、波が来たときに頭で反動をつけながら両手を伸ばして進むようにしました。故郷の川で男の子たちと泳ぎを競っていたときに、自分で考え出した泳ぎ方です。

なんとかたどりついたところには、竹でしっかり編まれた畳二枚ほどの筏《いかだ》が浮いていました。その筏を、何十人かで奪い合っているんです。

わたしが筏に片手をかけると、大人の男の人がわたしの両足をつかんで引っぱりました。水の中に引きずり込まれて息ができなくなり、両足でその人を思いっきり蹴りました。するとその手が外れたんです。わたしは筏に潜り込むことができました。

「いいからあなたが食べなさい」

夜が明けて数えてみると、筏に乗っているのは十人。そのうち、九人は女で、あとは小さな男の子がひとり、お母さんに抱えられて座っています。

遠くのほうには、たくさんの漂流者が浮き沈みしているのが見えました。

「向こうに家族がいるんじゃないかな……おばあちゃんもお姉ちゃんも」と思ったんですが、怖くて行けません。人食い鮫《ざめ》が漂流者をボンボンと引きずっていくのを見ましたから。漂流するしかなく、夜が明けてまた日が暮れる。

筏からは一人落ち、二人落ちして減っていく。睡魔に襲われて落ちると、もうはい上がれない。わたしは筏の真ん中で、その竹を結わえている頑丈な縄をずっとつかんでいました。

水も食べ物もなにもありません。三日ほどたったとき、海になにか浮いているのを見つけたおばさんたちが「食べ物かもしれないから取ってきて」というんです。それは竹筒で、中には小豆ごはんがいっぱい詰まっていました。みんなで分けて食べたのですが、ひとりのおばあさんが「わたしの分はいいからあなたが食べなさい」というんです。

「ありがとう」といって食べたのですが、おばあさんは次の日、目を見開いたまま倒れて海に落ちてしまいました。必死で手を握ったんですが、ずるずると海に落ちていく。「ごめんなさい」と手を合わせるわたしの目の前で、おばあさんはゆっくりと沈んでいきました。

こんなこともありました。筏のふちにしゃがんで用を足そうとしたときのこと。なんと、海中からトビウオが胸ビレを広げて飛んできたんです。わたしはとっさに手を出して、素手で鷲《わし》づかみにすることに成功しました。うれしかったですよ。

それでわたしは「あずかってください。あとでいっしょに食べようね」と同舟《どうしゅう》の親子にそのトビウオを渡したんです。そして用を足してふと見たら、もうその親子が全部食べてしまったあとでした。悔しくて悔しくて泣きました。

沈没から六日目の夜中に、岸を打つようなドドドドッっていう波の音が聞こえてきました。音がだんだん大きくなって、筏もどんどん進みます。やがてガラガラと波打ち際に乗り上げました。そのとき残っていたのは、わたしを含めて五人だけでした。

その島は、奄美大島《あまみおおしま》の向かいに浮かぶ枝手久島《えだてくじま》という無人島でした。飢え死にするかもしれないと思って、わたしは小高い岩に上がって必死で船を探しました。

漂流者を探していた漁船が気づいて、救助されてわたしたちは命を取りとめたのです。その後、奄美大島にあった診療所に収容されたのですが、そこからは帰れません。

国の命令で、対馬丸に乗った子どもたちが大勢死んだことを、政府としては伏せておきたかった。わたしたちは口止めをされました。さらに情報の拡散を防いで隠蔽《いんぺい》するために、同じ島内の別の場所、古仁屋《こにや》というところに移されました。

違う島に上陸した人たちもいて、わたしの姉と、いちばん上の兄の許嫁も生き残りました。でも祖母と六年生の兄といとこの時子は戻ってきませんでした。安波村から疎開した四十人のうち、生還したのはわたしたち三人だけ。

今でも時子のことが頭から離れません。時子の母にいわれました。「あなたは帰ってきたのに、なんで時子は帰ってこないの。あなたが太平洋に置いてきたの」って。

家にやっと戻れたのは一九四五年の二月末です。助かったという喜びもつかの間、すぐに沖縄戦が始まりました。わたしは母といっしょに、小さい弟と妹を連れて山へ逃げなければなりませんでした。上陸した米軍のパンパンという銃声が絶え間なく聞こえるなか、やんばるの山奥へ山奥へと逃げて、なんとか命をつないだのです。

アメリカ海軍は疎開船団の予定航路をおおよそ把握していたという。日本軍の暗号を最初から解読していて、敵国の臣民で満杯の対馬丸を手際よく海底に沈めた。

作戦が成功したといえるが、果たして「戦争」と呼んでいいのかどうか、疑問が残る。単なる「大量殺戮《さつりく》」だったのではと、ぼくは思う。

その思いは、平良啓子さんに会ってからさらに深まった。量感のある声と、生き生きした表情で、ぼくを一九四四年の夏にぐいぐい引き込んでくれた。

ぼくは時子に会い、おばあちゃんに会い、女学生のお姉さんにも会っている気持ちになって、そこで平良さんが全身これまさに「生き証人」であることを実感した。持ち前のたくましさと生き抜く覚悟を、自分一人のものにはせず、海に沈んだみんなを背負う原動力にしている。

「対馬丸はうっちゃられた船だ」

「わたしたちはうっちゃられた」

平良さんのその言葉の向こうに、だれをもうっちゃらない基本姿勢が輝いている。

ぼくが平良さんに会って話を聴いたのは、沖縄本島北部のやんばるの森、東村高江という場所だ。その貴重な森を伐《き》り倒し、日米両政府がオスプレイのための広大なヘリパッドを建設している、まさにその高江。

平良さんは座り込みに身を投じて、やんばるをうっちゃらないのだ。

農民の着物に着替えて出ていった参謀たち

大田昌秀

（おおた・まさひで）

一九二五年、沖縄県久米島《くめじま》生まれ。十九歳で鉄血勤皇隊《てっけつきんのうたい》に動員され前線を駆け巡る。戦後は早稲田大学と、ニューヨーク州のシラキュース大学の大学院で学ぶ。琉球《りゅうきゅう》大学教授を経て一九九〇年から八年間沖縄県知事をつとめた。

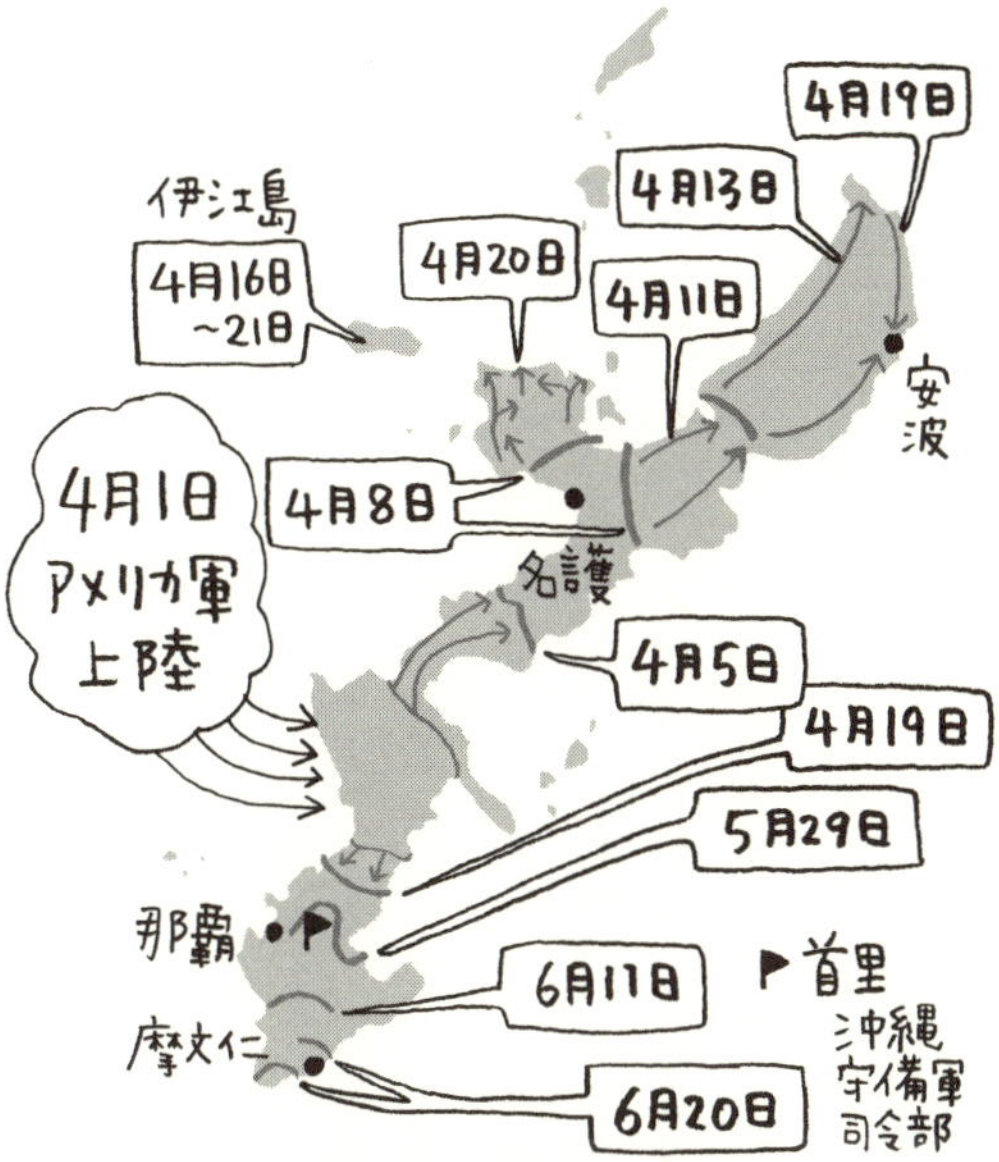

米軍は、1945年4月1日に沖縄本島に上陸。
5月下旬には首里の沖縄守備軍司令部が陥落した。

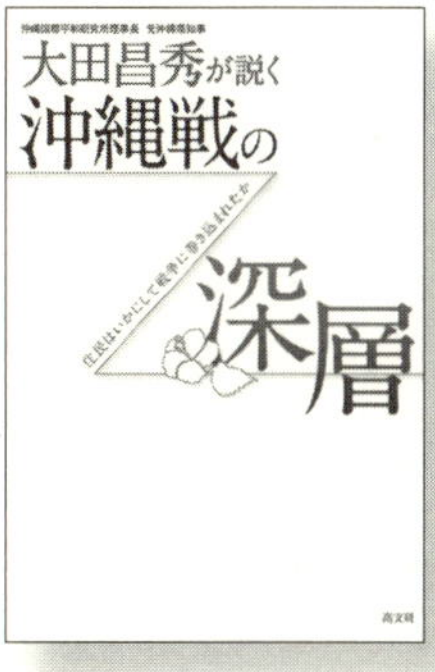

『大田昌秀が説く
沖縄戦の深層』
（大田昌秀 著　高文研）。
沖縄の民間人が戦場に
駆り出されたいきさつを、
膨大な資料をもとに明かす。

2015年6月9日、沖縄県那覇市にて。大田昌秀さんは2017年６月12日に永眠。

艦《かん》砲《ぽう》ぬ喰《く》ぇー残《ぬく》さー

沖縄本島の読谷村《よみたんそん》に住む友人が、自分のいちばん好きな民謡を教えてくれた。昭和四十年代に作られ、ゆったりしたメロディーに合わせて「艦砲《かんぽう》ぬ喰《く》ぇー残《ぬく》さー」というリフレーン。

そのやわらかい沖縄口《うちなーぐち》を、東京の言葉に置き換えれば「艦砲射撃の喰い残し」となる。

一九四五年の春から戦場にされた沖縄。県民の四人に一人が死亡したという統計があるけれど、読谷村に限っていえば犠牲者の割合はもっと高いはず。アメリカ軍の容赦ない艦砲射撃にさらされた村民は次々と殺され、地形まで変わり、命がつながった者はただ偶然だったり奇跡だったり……。つまり大切な人はどんどん艦砲射撃にむさぼり食われ、たまたまあなたとわたしは「艦砲ぬ喰ぇー残さー」なのだという。ひょっとして一見、自虐的に思われるかもしれない。

しかしなんともたくましく、カッコいい歌だ。自らが受けたむごい仕打ちを、大胆に逆手に取り、鮮やかな比喩で表現して一〇〇パーセント引き受ける。歴史から目をそらす気などさらさらなく、逃避もせずに、むしろ相手を「喰い残しで悪い？　文句あるか？」と見返している。「自虐」ではなく「自覚」を持って声を張り上げる歌だ。

友人の抑揚をどうにかまねようとしながら、ぼくも歌ってみて、アメリカ人の自分もしょせん「軍需産業ぬ喰ぇー残さー」とだんだん感じられた。よくよく考えれば、日米を問わず、特権階級以外、庶民はほぼみんななにかの「喰い残し」の分類に入るといえる。

人をむさぼり食う組織にあらがう力は、歴史からくみ取れると思う。

沖縄は大日本帝国の中で「前縁地帯《ぜんえん》」と呼ばれ、「本土防衛」の捨て石に使われた。「艦砲ぬ喰ぇー残さー」の歌には、その歴史が潜んでいる。

大田昌秀さんは、だれよりも先人たちと真摯《しんし》に向き合い、忘却をものともせずに歴史を掘り下げてきた。そもそも十代のとき、大本営からの情報を前線の壕《ごう》に伝える「千早隊《ちはやたい》」に配属され、死線を幾度も越えた。戦後は社会学者の道を歩み、沖縄県知事として八年にわたりアメリカ政府との激しい駆け引きをつづけた。大田さんが那覇《なは》市内に開いている沖縄国際平和研究所を訪れて、ぼくはその充実した展示に見入り、沖縄戦の写真に圧倒された。それから奥の研究室にお邪魔して、話に耳をすました。

「三八式《さんぱちしき》歩兵銃一丁と、手榴弾《しゅりゅうだん》二個を持たされたわけ」

大田昌秀　当時の沖縄は非常に特殊な環境にあったと思うんです。本土なら、いくら民主主義や自由主義の本を読んではいけないといわれても、東京・神田《かんだ》の古本屋街などに行けば読めないことはなかった。ところが沖縄では、それがまったくできない。「危険な本は上陸させない」といって船の中で処分してしまうので、完全に締め出せたんです。学校現場でも、生徒を試験管に入れて純粋培養するように「皇民化《こうみんか》教育」が行われ、「天皇のために命をささげることが人間としていちばん正しい生き方だ」と教えられました。

沖縄県下には男子の旧制中学校が十二校、高等女学校が十校あったんですが、そのすべての学校の生徒たちが、戦場に駆り出されて行きました。

沖縄戦が終結した一九四五年六月二十三日に、本土では「義勇兵役法《ぎゆうへいえきほう》」という法律ができて、初めて十五歳の子どもを戦場に出すことが可能になったわけですが、沖縄では法的根拠のないまま防衛隊とか義勇隊とかそういう隊を編成されて戦場に出されたわけです。

わたしは十九歳のときに沖縄師範学校の生徒で編成された鉄血勤皇《てっけつきんのう》師範隊《しはんたい》に入って、その中の、情報宣伝を任務とする「千早隊」に配属されました。一九四五年三月のことです。「千早」とは楠正成《くすのきまさしげ》の千早城からとった名前で、隊員は全部で二十二名。東京の大本営から戦況を伝えるニュースが沖縄守備軍の司令部に入ってきますよね。それを、二名から三名の組で、戦場の地《ち》下壕《かごう》を回って伝え歩くんです。ですから、弾丸が飛び交う戦場に絶えず出ていかされました。

最初のころは、訪ねる壕で大歓迎されましたよ。しばらく食べていなかった白い米や、缶詰をもらったりもしました。ところが戦況が悪化すると、東京の大本営のニュースと沖縄の戦場の実態がまったく違うんです。だから、どれだけいいニュースを持っていっても、信用してくれなくなった。「嘘《うそ》つくなよ」っていわれて、非常に苦しみました。

わたしたちは、三八式歩兵銃一丁と百二十発の銃弾、それに手榴弾二個を腰に結わえつけて、半袖半ズボン姿で戦場に出されました。手榴弾二個は、「絶対に捕虜になるな。捕虜になりそうになったら一個は敵に投げつけ、残りの一個で自決しろ」という意味です。その手榴弾で仲間がずいぶん自決しました。

そのうち、戦況はますます厳しくなって、わたしたちは、単なる情報宣伝係だったのに、戦闘員そのものに組み込まれてしまったのです。しかし銃は持たされても、なかなか撃てるものではありません。しかも一発撃ったら百発以上返ってくる。最後になると敵の倉庫地帯に火をつけて爆弾を爆発させろとか、敵の飲み水の井戸に毒を入れろとか、そんな地下工作ばかりを命令されました。といっても簡単には敵陣には潜入できない。失敗して、多くの仲間が殺されていきました。

やがてわたしは、沖縄戦最後の激戦地となった、現在の糸満《いとまん》市摩文仁《まぶに》で任務につくことになりました。摩文仁には小高い丘があって、その中腹の自然壕に、首里《しゅり》から逃げてきた守備軍司令部があったんです。

一九四五年の六月十八日にその摩文仁の司令部で、参謀たちが司令官といっしょに軍服を着て最後の酒盛りしているのを、わたしはそばにいて見ていました。翌日の夜、本土出身の参謀たちは軍服を脱いで、沖縄の農家の人たちが着る黒い着物に着替え始めました。そして「俺たちは東京の大本営へ行って戦況を報告してくる」というのです。彼らは「北部へ突破する」といい残し、わたしの同僚三人を道案内にして壕を出て行きました。参謀たちの着物から突き出た足は、夜目にも白く映っていました。アメリカ軍が上陸したあと、壕の奥に引っ込んだまま一歩も外に出なくなったので、日焼けもしていないんです。彼らの白い足首を眺めながら、わたしは「ああ、戦争に負けたな」とはっきりと感じました。

壕を出て行った参謀たちがその後どうなったかというと、全滅したそうです。彼らの最後が具体的にわかるのは、道案内をした三人のうち、仲真《なかま》君という隊員だけが奇跡的に生き残ったからです。アメリカ軍が摩文仁岳の東端を占領し、千人近い日本兵が捕虜になったのは、その翌日の二十日のことです。

白井さんだけが知っていた

摩文仁の壕で、東京文理科大学の英文科を出た白井《しらい》さんという兵長に出会いました。彼はウェブスターの英英辞典を隠し持っていて、ときどき引いていたのです。

六月二十三日以降も、アメリカ軍はわたしたちが隠れていた壕の近くにテント小屋を張ってラジオをかけたりレコードをかけたり、どんちゃん騒ぎをしているんです。守備軍の敗残兵たちはそのテントへ忍び寄って、手榴弾を投げ込み、相手が逃げたすきに缶詰などを奪って生き延びていました。あるとき、わたしは遅れて行ったものですから、缶詰なんて手に入りませんでした。でも英文の雑誌や新聞などは残っていたので、それを取って帰り、白井さんに読んでもらったんです。彼は英文をすらすらと読んで、いろいろな情報を聞かせてくれました。

そんなある日、摩文仁の海岸近くに敵の軍艦がいっぱい浮かんでいました。そして色とりどりの信号弾を空に打ち上げているんです。敗残兵たちは「日本の特攻隊が反撃に出た!」と手をたたいて喜んでいるんですよ。ところが白井さんはわたしを離れたところに連れていっていいました。「反撃なんかじゃない。日本が無条件降伏したお祝いだよ」。そして「だれにもいっちゃだめだ。日本が負けたなんていったら、ふたりとも味方に殺されてしまうからね」。一九四五年の八月十五日のことでした。

そのとき、わたしは戦争に負けた悔しさよりも、自分の学問のなさをつくづく思い知りました。学校では英語の勉強を禁止されていましたから、英語が全然読めなかったのです。

白井さんは、わたしにいってくれました。「大田君。君がもし生き延びられたら、英語を勉強するといいよ。東京に出て学びなさい」

この白井さんの言葉が、わたしの人生を変えました。戦後、わたしが早稲田大学で学び、アメリカのシラキュース大学へ留学したのも、この経験があったからです。

沖縄では、八月十五日を過ぎても、戦闘態勢は解かれませんでした。わたしも摩文仁の戦場跡で岩と岩の間に身をひそめるなど、周りに合わせた行動をとるしかありませんでした。

そのころのわたしは、人間不信に陥っていました。日本兵が食べ物を持っている同じ日本兵に手榴弾を投げて簡単に殺し、相手の食べ物を奪う。こんな光景を毎日見ていたからです。

あるとき、海軍の兵曹長《へいそうちょう》クラスの人が岩の上に座って、雑嚢《ざつのう》を外して自決しようとしたのです。すると一人の兵隊が手榴弾を投げて、その人を殺してしまいました。それから雑嚢に足を乗っけて手榴弾を構え、安全ピンに手をかけて周りをうかがう。つまり、食糧を狙っている敗残兵たちをにらみつけ、威嚇しているんですね。

そんなのを見たら、どう思いますか。わたしは人生に絶望しましたよ。「なにも生きている意味がない。死ねばよかった」って、そういうことばかり考えていました。

その後わたしが戦場から出てきたのは、日本が降伏してから二か月以上がたった一九四五年十月二十三日のことでした。

そのちょっと前、元守備軍の将校が、敗残兵のひそむ壕を訪ねて「日本は戦争に負けて、無条件降伏したんだ。みんな、出てきなさい。命を大切にしなさい」と、天皇の終戦の詔勅を持って、説得して歩いたんです。ところが、わたしのいる壕の敗残兵たちは「こいつは敵のスパイだ」といって、将校を殺そうとしたんです。それを、医師でもあった陸軍中尉が止めました。「天皇の詔勅というのは、独特の文体で書かれているから、ふつうの人にはでっちあげなんてできない」と説得してね。こうしてわたしたちは、壕を出ることができたのです。

沖縄戦で心に刻んだ最大の教訓は「軍隊は民間人を守らない」ということです。非戦闘員の命を軍隊は守りません。これが、わたしが身をもって体験した沖縄戦です。

沖縄の学校で、自分がかつて受けた教育を振り返り、大田さんは「生徒を試験管に入れて純粋培養」とたとえて語った。思想の自由とは相容《あいい》れない「皇民化」が、その教育の最大の狙いであり、純度の高いカリキュラムを組み立てた政府は、社会の多様性を忌《い》み嫌っていた。なぜなら、古今東西の哲学者や政治家や宗教家や篤農家《とくのうか》や文学者の幅広い知恵に、人びとがアクセスできてしまうと、学校を通じた愚民政策はうまくいかないからだ。

「お国のために命をささげることが人間としていちばん正しい生き方だ」と、しっかり教え込むためには、まず人間と動植物と地球と宇宙の過去と現在の大部分をシャットアウトする必要がある。「試験管に入れて純粋培養」とは言い得て妙だ。

そしてその対極をなす豊かな言論空間の源として、大田さんは神田の古本屋街を挙げた。「神田」という地名が大田さんの口から出た瞬間、急に表情が和らいで声も楽しく震え、目は明らかに笑っていた。大田さんが戦後、上京して古本屋街に入り浸り、たくさんの有意義かつ愉快な発見をしたことを、ぼくは容易に想像できた。また、沖縄国際平和研究所に並ぶ豊富な資料は、大田さんが古本屋街の多様性を自ら育て上げた成果だと思った。

ありし日の愚民政策の純粋培養は、水際《みずぎわ》作戦の上に成り立っていた。外から入ってくる本も情報も検閲のフィルターにかけた。今はインターネットがあり、言論の自由も保証され、なんでもアクセスできるはずだ。が、はたして多様な思想が日本に根づいて生かされているのか？ 言葉があふれ返っていることは間違いない。映像に至っては洪水状態だ。それらにアクセスする飛び道具も激増して、でも、多様性につながっている形跡がない。

現代社会の議論が活発というわけでもなく、むしろ思想が萎《な》えてしまっている印象が強い。大事な情報が一般に伝わっているとはとうていいえない。

日本の学校に目を向ければ、一種の純粋培養が行われているようにも感じられる。「お国のため」というより「お受験のため」が名目だが、深く考えて本質を探る教育にはほど遠い。古本屋街に積まれている人類の英知が、宝の持ち腐れになってはいないか。スマホで簡単にタッチできるアイコンのほうが、ぼくらの思考回路において支配的かもしれない。

試験管の中から抜け出て、現実を直視してきた大田さんと語り合って、最新型の試験管から抜け出るにはどうすればいいのか、ぼくは大きな宿題をもらった。

戦争に勝ったら修学旅行でニューヨークへ？

郡山 直

（こおりやま・なおし）

一九二六年、鹿児島県奄美《あまみ》群島の喜界島《きかいじま》生まれ。

詩人、東洋大学名誉教授。

一九五〇年から米国に留学し、英語での詩作を始める。

詩集に『詩人の引力』など多数。

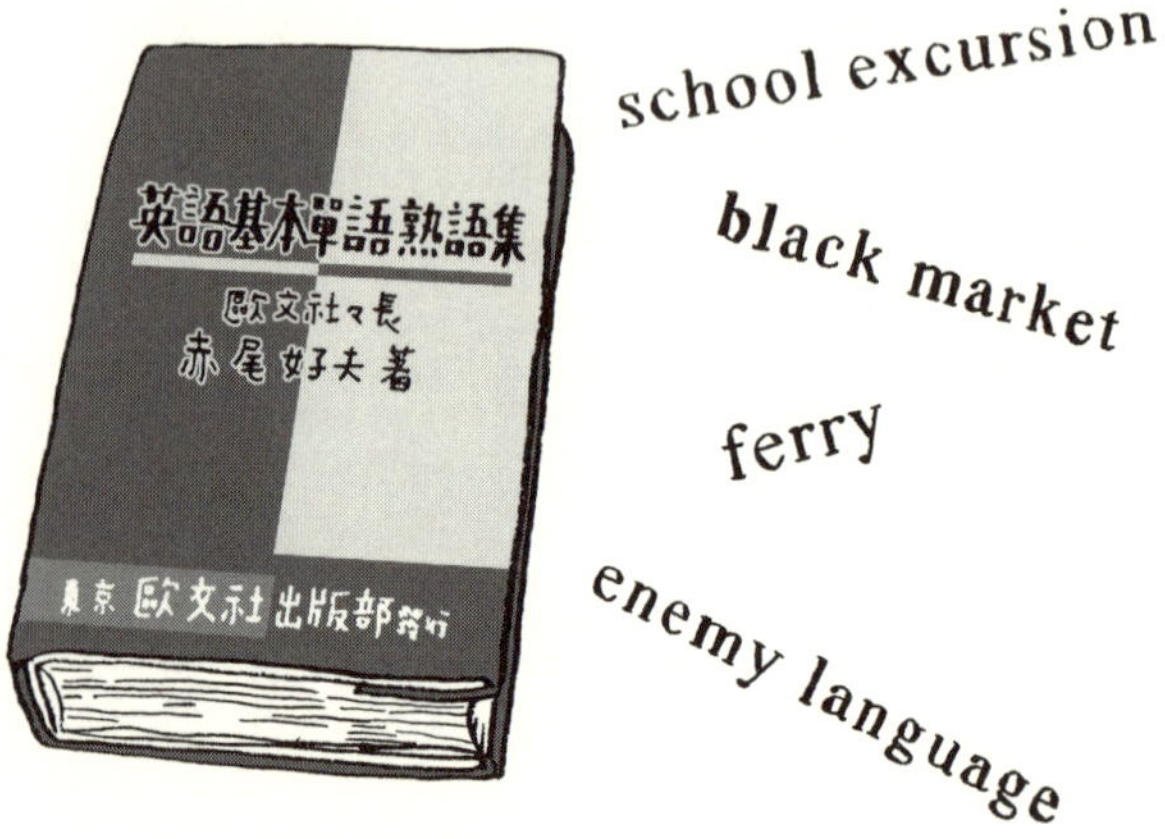

『JAPANESE TALES from TIMES PAST』
（郡山直、ブルース・アレン 共訳
タトル出版）。
「今昔物語集」の英訳本が
2015年に刊行された。

『Selected Poems 1954-1985』
（郡山直 著　北星堂書店）。
郡山さんの、精選版の英詩詩集。
アメリカなどの教科書に
載っている作品も含まれている。

2015年4月23日、神奈川県相模原《さがみはら》市にて。

喜界島生まれの英語詩人

郡山直という詩人は、鹿児島県奄美群島《あまみぐんとう》の喜界島《きかいじま》に生まれ育った。島に根ざした日本語を母語として、二十歳すぎてからアメリカへ渡り、英語でも輝かしい作品を書き始めた。

詩人のハシクレのぼくにとっては、師と仰ぎ見る大先輩だ。自分自身も、一風変わった「詩的越境」を試みているが、郡山さんはもっと早い時期に言語の境界線をみごとに越えた。まさに「バイリンガル・ポエット」の草分けといえる。ミシガン州の英語の中で育ったぼくは、ときどき「アメリカ生まれの日本語詩人」といわれることがある。その肩書きをひっくり返して「日本生まれの英語詩人」とすると、合わせ鏡のように郡山さんに当てはまるのかもしれない。

「越境する文学」であり「世界に広がる詩」ではあるけれど、郡山さんの作品を「グローバル」と称してピンとくるものではない。一篇《いっぺん》一篇に太い根っこがはりついていて、英語で綴《つづ》ろうが日本語で表現しようが、いずれも題材そのものをつかんでいる詩だ。「グローバル」の大風呂敷とは違い、土着の「ローカル」な話が地下水脈を通じて広がり、言葉の壁を、国家の壁をも地中へくぐり抜けていく感覚か。

この詩人のいちばんの源は、世界のどのあたりに位置しているのかと、気になってさぐりたくなる。そんな疑問符を抱きながら、郡山さんの詩集を読みなおしてみたら my grandfather と題した一篇が、心にしみわたった。

my grandfather

my grandfather
who had lived ninety-four full, long years
on the island
whose shoulders were broad
whose arms were big and strong
who drove his horse
plowing his small, hard, rocky farms
on the hill
under the scorching island sun
with his sun-tanned body half-naked
whose spirit no violent typhoons
nor untimely family deaths could bow down
has been at rest
in our family tomb
at the foot of the hill
for more than thirty years now

but he would jump to his fleshless feet
and stamp
and raise his bony arms
and clench his toothless jaws
and stare at me
from the depth of his dark eyeholes
and then howl and spit
with his tongueless mouth
as mad as he could be
if he saw me sneaking
like a faint-hearted hare
in the corner of the world
afraid of people....
afraid of winds and hailstones....
（『Selected Poems 1954-1985』）

僕のお祖父さん

島で満九十四歳まで生きた
僕のお祖父さん
肩幅は広く
腕は太く、強かった、お祖父さん
焼けつくような島の太陽の下で
日焼けした上半身を裸にし
岡の上の
小さい、石ころだらけの固い畑を
馬を使って耕したお祖父さん
台風の暴力も
悲しい家族の者の若死にも
彼の精神を打ち負かすことはできなかった
彼はもう
三十年以上も岡の麓の
家族の墓に休んでいる

しかし、彼は肉の無い脚で急に立ち上がり
地団太ふんで
骨だけの腕を振り上げ
歯の無い顎を食い縛り
黒い眼の穴の奥から
僕を睨《にら》みつけ
カンカンになって怒り
舌の無い口で
怒鳴りつけ、ツバを吐きかけるだろう
僕が人間を恐れ、風を恐れ、霰《あられ》を恐れ
世間の　すみっこを
臆病な野兎《のうさぎ》のように
こそこそ歩いているのを見たら
（『詩人の引力』）

国境線が幾度も引きなおされる中、喜界島に「根っこ」を持つ郡山さんは、どうやってそれを保ちながら越境したのか？　後輩のぼくの興味はいよいよ膨《ふく》らみ、会いに出かけた。

さあ島へ帰ろう

郡山直　わたしは島が本当に好きでね。生まれ育った喜界島の景色も海も空気も。一九四一年の春、進学のために島を離れることになって、とてもさみしかったですよ。鹿児島師範学校に入学して、十二月には太平洋戦争が始まった。それから在学中の一九四五年六月十日には徴兵検査を受けました。入隊したのは鹿児島の西部第十八部隊で、二か月だけ軍隊も経験したんです。

終戦の日には、指宿《いぶすき》にいました。中隊長がみんなを集めて玉音《ぎょくおん》放送を聞いたんです。わたしは、「とにかく早く島へ帰りたいな。終わったなら帰ろう」という思いでいっぱいでした。なにしろ戦時中は、鹿児島湾の沖合にアメリカ軍の潜水艦がうじゃうじゃ潜んでいたので、夏休みにも冬休みにもまったく島へ帰れなかったんです。同じように喜界島から来ている仲間たちにさっそく声をかけ、小さな漁船を雇って、密航みたいな形で渡航することにしました。

敗戦直後ですから、本土と島との行き来をどうしたらいいのか、しっかりとした決まりごとはなかったんです。奄美がどういうふうに統治されるのか、決まっていなかったはずです。わたしたちは鹿児島港から出る船便もなかったので、薩摩《さつま》半島の端にある山川《やまがわ》という小さな港で、いわゆる「闇船《やみせん》」を頼んで出航しました。島へ帰って両親やきょうだいに会い、生きていることを互いに喜びました。

さあ二年半ぶりに島に帰るには帰ったが、まだ鹿児島師範学校本科二年在学中だったので、学校へ戻らなければいけません。まともな船便はないので、鹿児島へ戻るのも大変でした。

喜界島に守備隊として来ていた陸軍の兵士たちが一九四五年秋ごろ本土へ帰るとき、奄美大島の南部にある古仁屋《こにや》に集結したのです。その船に便乗させてもらって喜界島からいったん古仁屋へ渡り、古仁屋で闇船を探すことにしました。本土行きの船がうまく見つかって乗りましたが、途中で台風に遭ったため屋久島《やくしま》の港に避難して天候のおさまるのを待ち、鹿児島に着いて復学しました。

あくる一九四六年の夏休み、まだまともな船便はなかったのですが、喜界島へ戻る復員軍人の船にうまく便乗させてもらって帰りました。帰れたはいいが、今度は鹿児島へ戻るのが大変。このころは島と本土との交通の規制がいっそう厳しくなり、闇船も来なくなっていました。卒業を翌年三月に控えているのに、鹿児島へは簡単に渡航できません。わたしは役場に行って渡航許可証の発行を申請したのですが、その申請すら受けつけてもらえなかったのです。

それで唯一の方法は、復員軍人を沖縄へ輸送して、その帰りに喜界島で黒砂糖を仕入れて本土で商売をする、海防艦《かいぼうかん》の寄港を狙うことでした。わたしは黒砂糖を竹籠に入れて家で待っていました。するとある日、本土へ帰る海防艦が喜界島の早町港《そうまち》へ向かっているのが見えました。早町港とわたしの実家のある花良治《けらじ》集落は六キロほど離れています。さっそく父と母の手を借りて三人で重い竹籠を持ち、花良治から早町港まで一生懸命運びました。そして海防艦の艦長に「来年の三月には、どうしても学校を卒業したい。お願いですから乗せてください」と砂糖を手土産に交渉しました。艦長は航海長と機関長と三人で相談して、うまく乗せてくれました。

ところが鹿児島に到着したのに、今度はどういうわけか船からなかなか降ろしてくれない。どうやらわたしが密航のことをしゃべるのではないかと、おそれたようです。「ぜったい口外なんてしません」と固く約束して、なんとか降ろしてもらいましたよ。渡航許可証のない人間を乗せたら、乗せた艦長の責任にもなりますからね。今となっては昔話なので、もう話しても大丈夫でしょう。とにかく、密航は無事に成功しました。

「どっちみち必要だぞ」

年が明けて一九四七年の二月。鹿児島県知事の令達《れいたつ》で、アメリカ軍の許可を得ていない船や、公海での漁を許可されていない漁船は「密航船」と見なされ、ときには軍事裁判にかけられるようにもなりました。「奄美群島出身の人で帰りたい人は、今のうちに帰るように」という令達が出されたのも、このころです。わたしは鹿児島県の野方《のがた》村の小学校に就職が決まっていました。迷いました。この先、島へは帰りづらくなる。ちょうどそのとき、喜界島の高校で、英語教員の口があいているという話を耳にしました。迷った末にわたしはすでに決まっていた本土の就職を断って、とうとう帰郷することにしたのです。

そもそもわたしが英語を得意とするようになったのは、師範学校二年生のころからで、当時英語を教えてくれた桐原《きりはら》先生のおかげなんです。

二年生だったのは一九四二年ですから、開戦の翌年です。「敵性語」である英語の授業はどんどん減って、週に二時間しかありませんでした。わたしたちも、英語なんて全然勉強したくなかった。だからある日、みなで授業をボイコットしたんです。

そうしたら桐原先生が怒りましてね。

「おまえたち、よーく考えろ！　日本が戦争に勝ったら、おまえたちは修学旅行でニューヨークへ行けるんだ。そこで英語が必要になるじゃないか。あるいは逆に、もし戦争に負けてしまったら、占領軍が入ってきて統治される。やっぱり英語ができなきゃ困るだろう？　どっちみち英語は必要だぞ」

それを聞いて思ったんです。「まったく先生の意見は正しいな」ってね。それからは、旺文《おうぶん》社《しゃ》の『豆単《まめたん》』で必死に勉強しました。『英語基本単語熟語集』です。

今でも桐原先生には感謝していますよ。あの一言がわたしの人生を変えたのですから。

「敵性語」といったキャッチコピーは、筋が通っているように見えて、実態は矛盾だらけだ。「鬼畜米英《きちくべいえい》の言葉など学んではダメだ！」と、大日本帝国政府はキャンペーンを張ったが、その真の目的は、一般市民が日本語以外の情報源にアクセスできないようにすることだったのだろう。意地悪な言い方をすれば「愛国のパッケージに包んだ愚民政策」であった。しかし桐原

先生は教え子たちを愚民にしない教育者だった。そこで「ニューヨークへの修学旅行」という突拍子もない話題を提供しながら、戦時ムードの中、あおられていきり立つ若者をちゃんと諭《さと》したのだ。

英語に分け入って、英語に導かれて

郡山直　英語の教師として喜界島で働き始めたのですが、人に教えるよりも、もっと自分で英語を使いたいと思うようになりました。それで高校を辞めて沖縄本島に渡り、外語学校で猛勉強しました。卒業後は嘉手納《かでな》基地で働いて、それから軍政府に移り、沖縄で仕事を続けました。両親は、喜界島へ戻って教員をしてほしいと思っていたようなんですけどね。

そして知念《ちねん》の占領軍政府で翻訳係をつとめているときに、ガリオア資金の第一期生としてアメリカへ留学する話が持ち上がりました。

「ガリオア資金」とはGovernment Appropriation for Relief in Occupied Areas Fundの略で、アメリカ政府の「占領地域救済政府資金」のこと。占領した国の社会不安を防ぐために、軍事予算から教育、福祉、医療方面などへ捻出した援助資金です。

試験を受けて合格したのは、わたしを含めて五十二名。みな琉球列島、つまり奄美群島・沖縄諸島・宮古《みやこ》列島・八重山《やえやま》列島から来た若者ばかり。留学の期間は一年間と決まっていました。一九五〇年七月四日、アメリカの独立記念日にわたしたちは出航しました。沖縄のホワイトビーチから軍用輸送船で向かったのです。最初の寄港地はフィリピンでした。マニラ湾で一泊することになっていたので街に行けると思っていたんですが、結局船から降ろしてもらえず、船上で一夜を過ごしました。日本軍が戦時中にフィリピンを占領して、市街戦などで多くの市民を犠牲にしたため、日本人への反感が強かったのです。

航海中、船内では「ミンドロ島に近づいています」とか「レイテ島の近くを通ります」とか、何度もアナウンスが流れました。ミンドロ島もレイテ島も、太平洋戦争の激しい戦場でしたからね。そのあとグアムで二泊し、ハワイのパールハーバーへ向かいました。

現地では、沖縄出身の方たちが出迎えてくれました。評判のいいチャイニーズレストランでの歓迎会も催してくれましたよ。やがてサンフランシスコに着いて五週間のオリエンテーションを受け、その上でアルバカーキのニューメキシコ大学で学び始めました。

アメリカでは、自分たちが「ジャパニーズ」だからといって差別を受けるようなことは、あまりなかったですね。そもそも「日本人」とは名乗らなかったんです。「リュウキュウ・アイランドから来た」といっていました。もっとも「リュウキュウ」といっても、ほとんどの人が知らなかったので「琉球は沖縄を中心とした列島なんです」とつけ足すと、少しは通じました。「オキナワ」という単語は、すでにアメリカ人にも通じたんですよ。

アメリカ政府が、琉球列島の優秀な若者を選りすぐった上で、意味深長な戦跡めぐりツアーに連れ回したということか？　ミンドロ、レイテ、グアムといった大日本帝国が敗北を喫《きっ》した

島々、さらには卑怯《ひきょう》な奇襲攻撃の現場とされる真珠湾に至るまで、わざわざ実地見学をさせる理由はなんだったのか？　「見せしめ」とまではいわないが、「見せつける効果」を狙った演出だったことは間違いないだろう。「教育」といえば立派な「教育」か。「百聞は一見にしかず」のインパクトを与えたことは容易に想像できる。ニューメキシコの留学は、そんなツアーの延長線上にあったわけだ。

郡山さんの渡米の話にも、占領政策のディテールが透《す》けて見える。とはいえ、奄美群島はとっくに日本から切り離され、行政区としては違う扱いになっていた。郡山さんたちは「ガリオア資金」が決まる前から、無意識のうちに「日本の奄美群島」というよりは「琉球列島の奄美群島」という意識のほうへ、切り替わっていたのではないだろうか。

大先輩との出会い

郡山直　そのあと運よく、同じ喜界島出身の大先輩に出会うことができました。ニューヨークのロングアイランドの温室で花を育てる事業を成功させていた政井謙吉《まさいけんきち》さんでした。同郷のよしみもあって、一年で終わるはずだった留学を、政井さんの援助で思いっきり延長できたのです。ニューヨークのオールバニー教育大学へ転校して、四年間も勉強することになりました。英語をなんとか自分の表現の道具箱にしたい、そんなふうに考えていたわたしはもう天にも昇る気持ちでしたよ。その一年後には、すでに英語で詩を書き始めていました。一九五三年に奄美群島が日本に返還されたときには、わたしはひとり英語の詩作に励んでいたんです。

戦争に負けて悔しい思いもしましたが、アメリカ政府に対しては、怒りの気持ちがほとんどないんです。大学まで行かせてもらい、むしろありがたいという気持ちですね。戦時中は「敵性語」の授業をボイコットするぐらいの軍国青年でしたが、その英語に目覚めてからは、人生が大きく変わりました。いっしょにアメリカ留学に行った仲間たちも同じだと思います。一九五四年に日本へ戻りましたが、大学で教えながら英語での詩作は続けたんです。英語がわたしの人生を支えてくれました。

「終戦の詔勅《しょうちょく》」が発布《はっぷ》されて、郡山さんは「やっと島に帰れる」という希望が、まっさきにわいてきたという。ところが、ほどなくして島と本土の間には、国境線が引かれて、再び容易には渡れなくなった。渡れない国境をどうすれば越えられるのか。「越える」ことが無理ならば、では「超える」方法を編み出そうではないかと、詩人は工夫をこらして立ち向かう。
立ちはだかるボーダー、権力者が定める区別や差別のラインを前に、諦めない生き方、学び方、そして語り方。郡山直の創作と翻訳は、そんな人生の実践の積み重ねでもある。
日本語から英語へ渡り、英語から日本語へ戻り、言葉の壁はそもそも越えるために存在するのだと教えてくれる。手続きを踏んで許可を取り、白日の下《もと》に大船で渡るときもあれば、暗喩を使って闇船よろしく読者にも気づかれずに越境するときもある。いずれにせよ、郡山さんの文学は、言葉を船にしながらつながるほうへ、つながるほうへ航海しつづけている。

第4章
「終戦」は本当にあった？

二〇一四年の終戦記念日を、ぼくは沖縄本島の名護《なご》市ですごした。早起きして海水パンツをはき、とびっきり美しい辺野古《へのこ》の海へ出かけた。ちょっと潜《もぐ》るとドキドキするほど透明度が高く、生き物が多くて泳ぎながら目移りしてしまう。

辺野古あたりの大浦《おおうら》湾には、千種類を超える魚と何百種類もの珊瑚《さんご》が生息しているという。ただ、魚たちといっしょに泳ぎ回ろうとすると、「立ち入り制限水域」にぶつかってブイに邪魔される。境界線を越えようものなら、海上保安庁のゴムボートがサーッと駆けつけ、拘束されかねない。

この海域は自然保護の対象でもなく、日本国の領土ともいえない。アメリカ国防総省の海兵隊基地があり、日米両政府は合意して湾を埋め立て、巨大な滑走路と軍港を建設する腹づもりだ。生態系の全滅は、どうやら些細《ささい》なことらしい。

日本政府は近い将来、瀬戸内海《せとないかい》の島などから大量の土砂を運んできてドッボーン、ドッボーンと埋めるつもりのようだ。

まばゆいばかりの白砂《しらすな》を踏み踏み、辺野古の美しい砂浜を散歩しようとすると、ここでも有刺鉄線にぶつかる。陸地の大部分はキャンプ・シュワブなる基地に組み込まれているので、当然「立ち入り禁止」。沖縄は一九四五年からアメリカの統治下に置かれ、一九七二年に日本国に加わったあとも広大な土地が米軍に供《きょう》されたままだ。

キャンプ・シュワブのゲート前で、アメリカ軍の兵士と日本の警察と防衛局の職員とセキュリティー会社のアルバイトの面々と向き合っていると、「終戦記念日」という日本語がいかに現実離れした名称であるか、実感がわく。破壊の歯車は止まらず、新基地建設の埋め立て着工に合わせて「開戦懸念日」と改名したくなる。

日米両政府も大手マスコミも、この問題を「アメリカ軍普天間《ふてんま》飛行場の名護市辺野古への移設」という表現に包む。しかし「移設」は手の込んだ詐称だ。なにしろ巨大な出撃基地と軍港をつくる辺野古の計画と、内陸にある普天間飛行場は、比較対象になり得ないのだから。普天間には港などないし、珊瑚も生息していないし、使い勝手が悪く老朽化しているだけのこと。

「移設」ではなく「新設」であり、「先行投資」ととらえるべきだ。莫大《ばくだい》な予算を辺野古に投入する計画は、「二十一世紀もずっと沖縄を拠点に戦争をつづけるぞ」という意思表示でもある。

同じ八月十五日に、東京では追悼式が執《と》り行われ、戦没者の冥福を祈り、黙祷《もくとう》をささげていた。焦土と化した東京を、高層ビルの林立する今の東京からきれいに切り離し、昔話として神妙に片づけてはいないか。本当は現在のすべてが、あの焦土と地続きであるはずだ。

思えばぼくは、一九四五年八月十五日の東京の体験をじっくり聴く機会が少なかった。国民服に身を包み、正座をしてうつむく一人ひとりの心の内を、本気で考えてこなかったのだ。

東京っ子の八月十五日の心象風景が知りたくなり、むしろ「江戸っ子」とお呼びしたい人物の家に向かった。落語家の三遊亭金馬さんだ。

金馬師匠は一九四一年の開戦直前、娯楽がどんどん禁じられていく時代に落語界へ入った。永《なが》田町《たちょう》や兜町《かぶとちょう》ではなく、市井の人びとは「終戦の日」をどのように迎えたのか。さあ、前座は終わり。真打ち、金馬師匠に高座へお上がりいただこう。

八月十五日は引っ越しの日？

三遊亭金馬

（さんゆうてい・きんば）

一九二九年、東京生まれ。

一九四一年、十二歳で三代目三遊亭金馬に入門し、金時《きんとき》を名乗る。

一九六七年、四代目三遊亭金馬を襲名した。

現在も落語協会顧問として活躍中。

左：CD『〝昭和の名人～古典落語名演集〞三代目三遊亭金馬 3』(キングレコード)。戦中も戦後も人気を博した先代の三代目金馬師匠。右：DVD『落語の極 平成名人10人衆 三遊亭金馬』(ポニーキャニオン)。人情廓噺《くるわばなし》も充実している。

東京・浅草に建てられた「はなし塚」。ここに53の名作落語が「埋められた」。

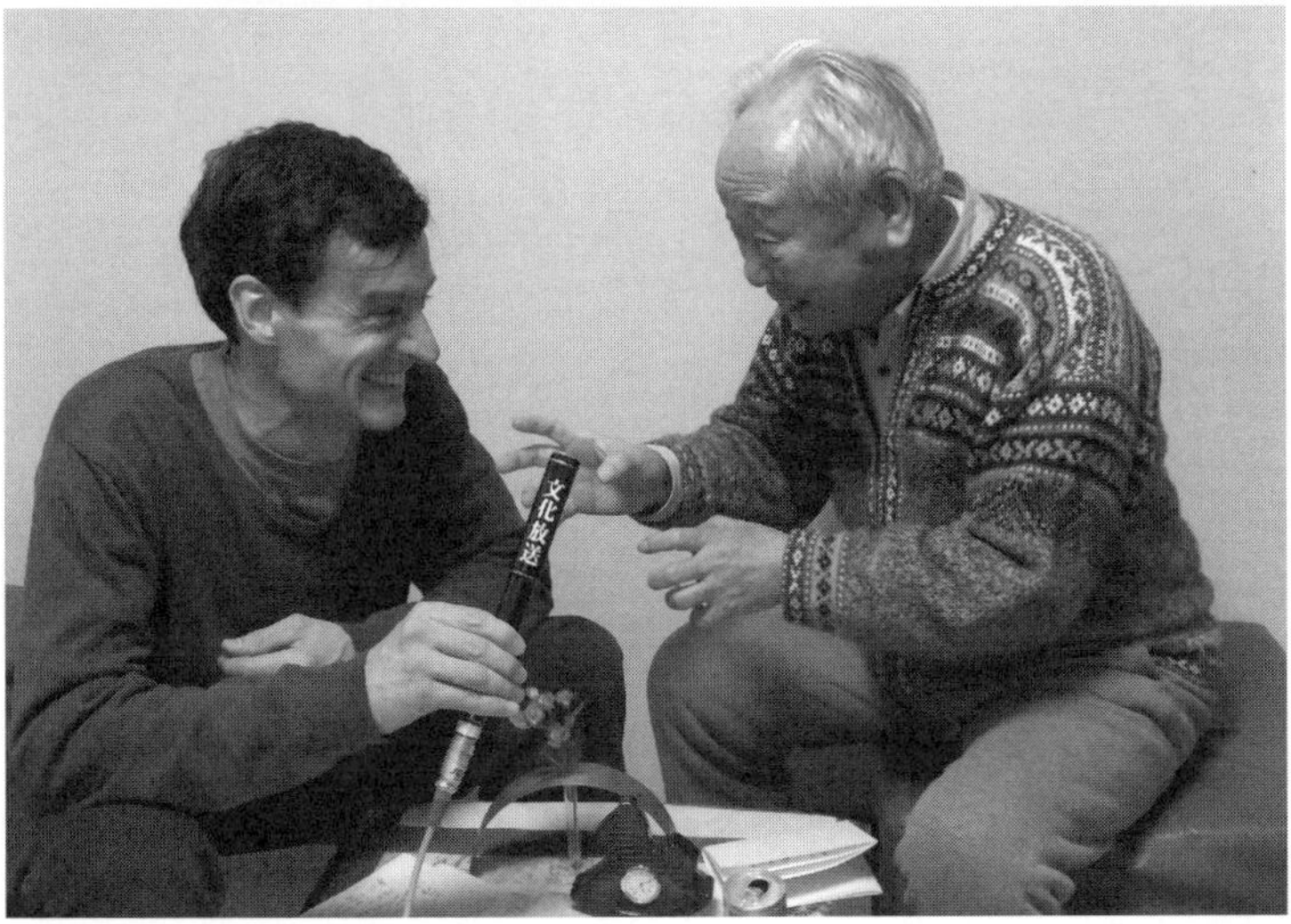

2015年4月2日、東京都新宿区にて。

進路が決まり、戦闘状態に入れり

三遊亭金馬　小学校を卒業して中学へ行かなきゃいけないっていわれて、中学校を受けに行ったんだけど、向こうが「要らない」っていうんだよ。それで学校の先生が、「どこかほかを受けろ」なんていうから「受けません。わたしは噺家になります」っていったんだよね。

あのころの小学生はみんな「兵隊さんになってお国のために尽くします」っていってたから、「おまえは非国民だ!」っていわれてね。でも先生もわたしの成績表を眺めて、「うーん、おまえやっぱり落語家がいいかな?」っていうことで、落語家の道に入ったんです。

一九四一年の春に小学校を卒業して「東宝名人会《とうほうめいじんかい》」っていうところの楽屋に、見習いに入ったんだけど、そこは寄席じゃなくて、東宝が経営する興行場所なんです。そのうち「ちゃんと師匠のところに入らなきゃダメだ」「このガキはいうことを聞かないから、うるさい金馬さんとこに預けたほうがいい」となって、師匠のところへ弟子入りしたわけ。先代の三代目金馬ね。

そしたらその年の十二月に「太平洋で戦闘状態に入れり」なんてことになった。大人たちはみんな「戦争が始まった、始まった」って騒いでいたけど、わたしはなんにも考えてなかったね。寄席へ行って落語を聞いて、へらへら笑っていたんだよ。前座《ぜんざ》の見習いでうろちょろしていた。

新聞に作家の方が「当時はなんでこんな戦争をやっているんだって煩悶《はんもん》していた」って書いてたけど、よっぽどすごい方だね。わたしなんかは、なにも考えてなかったよ。とにかく「鬼《き》畜米英《ちくべいえい》」でね。「アメリカ、イギリスは鬼みたいな連中だから、そいつらを打ち破るんだ」っていわれて、「そうだな」って思っていただけ。親だって、そういういい方をしていたからね。

埋めたって全部頭の中に入ってるんだから

しばらくしたら、「時節柄ふさわしくない噺《はなし》は自粛すべきだ」って、そんな世の中になっちゃった。やってはならない噺なんて、本当はなんにもなかったんだよ。どうやったら女の子にもてるかとか、こうやったら安く遊べるだろうって、そんなたわいもないおかしな噺がいっぱいあって、みんな喜んで聞いてくれていたんだけど、頭がかちんかちんに固まった冗談や洒落《しゃれ》のわからない連中っていうのがいてね。

「日本の国は世界の模範にならなきゃいけない」「そんなふしだらな噺は日本の恥だ」なんていうんだよ。とうとう「戦争にはみんなで協力しなきゃいけない!」となってさ、「これからはやりません」っていう噺を五十三選んだ。それらを「禁演落語」って呼んだわけ。自分たちで「演じません」って決めていえば、いかにも国の目標に協力してるっていうふうになるじゃない。だから浅草のお寺に「はなし塚」ってのをつくって、「ここに埋めました。もうできません」ってもっともらしくやったのよ。

でも、そんな変な話ってないよね。埋めたって全部頭の中に入ってるんだから。結局、軍人さんたちの慰問に行けば、廓噺《くるわばなし》をやれっていう注文がいちばん多かった。「お女郎買《じょろうか》いの噺をしろ！」なんてね。そうすると「いやあ、じゃあ掘り起こしてやりますか」なんていってね。やってましたよ。

ただほど安いものはない！

一九四五年の八月十五日？　この日、戦争が終わったなんていう実感は全然ないね。全然ピンとこない。わたしの家はこの年の三月十日の、東京大空襲で焼けたんですよ。下町の錦糸《きんし》町《ちょう》に住んでいたから全焼しちゃって、なんにもなくなっちゃった。おふくろと二人、火事の中を逃げまどってやっとの思いで生き延びたよ。翌日になって師匠の家を訪ねたら「なんでうちへ来なかった、バカヤロウ」って叱られてさ。師匠はわたしのことが心配で、へたな自転車こいで探しに来てくれたんだって。ありがたくて泣いたね。そんな状況だったけど、戦争に負けるとか勝つとか、考えていなかったね。「日本はきっと勝つ」と思って、疑ってなかったよ。

玉音《ぎょくおん》放送が流れたときにどこにいたのか、ってよく聞かれるんだけど、これが変な話でね。そのころわたしは、目黒《めぐろ》にあった師匠のうちに居候《いそうろう》していたんです。近所にあった大きなお屋敷の主人が「わたしたちは年寄りで、空襲があったらもう逃げるもなにもできない。怖いから田舎へ行きたい」といってね。「家をこのままにしとくと荒れてしまうから、かわりに住んでくれませんか。家賃もいらない。金馬さんならね、きれいに住んでくれるから安心して任せるからね」っていってきたの。

「ただほど安いものはない！」ってんで、うちの師匠もその話にのっちゃった。さっそく引っ越そうとなって日にちを決めたんだけど、それが一九四五年八月十五日。

大八車《だいはちぐるま》に荷物をいろいろ積んでね、運んでいって「はい、ご苦労さん、ご苦労さん」つってどんどん下ろしてた。そうしたら天皇陛下の放送があるっていうからラジオをつけたんだよ。お天気はいいし、暑い暑い、蝉《せみ》はジージー鳴いてるし、放送が始まったら「共同宣言を受諾」「耐え難きを耐え、忍び難きを忍び」なんて、ずいぶん難しいことをいってる。

なんだろこれって思ってたら、師匠は「戦争が終わったんだよ」っていうからさ。

「えっ、どうしたんです？」

「戦争終わった。日本が負けた」

「日本が負けたんですか？　負けてねえじゃん。敵まだ来ないもん」

なんかピンとこないんだよね。悔しいもへったくれもねえ。それよりも引っ越しが大変よ。そのお屋敷のご主人が、「じゃあ疎開しなくても大丈夫だ。わたしたちはこのうちに住みますから」っていってね。金馬さんは行くところなくなっちゃったわけだ。そいで前のうちの大家さんに「すいませんあの、またここへ戻って住みたいんですが」っていったら、「ああいいですよ」っていってくれてね。また大八車に荷物を積んで、もとのうちに戻ったよ。八月十五日っていったらそういう思い出。

八月十九日あたりかな。師匠が突然、「おまえ今日から二つ目になれ！」っていうのね。前座は卒業して金時《きんとき》じゃなくて小金馬を継げと。他の師匠がたに挨拶状を書いてくれたね。

ずっとたってから聞いたのよ。「なんであのときわたしを二つ目にしてくれたんですか」って。そしたらさ、あのとき米軍が入ってくると若いやつはみんな金玉抜かれて殺されちゃうっていうデマが飛んでたんだって。だから「この野郎も殺されるんだろうと。前座で死ぬよりも二つ目で死んだほうが、あきらめがつくだろうからって、二つ目にしてやったんだ」って。つまりポツダム宣言受諾でわたし、一階級昇進したわけよ。
ポツダム宣言が二つ目になる元だったなんてことは、今の若い人たちにはおそらくわからないだろうし、これから未来永劫《えいごう》わかんなくなっちゃうだろうね。

金馬師匠が語った体験は、そのまま新作落語としても立派に成立すると思う。越権行為とお叱りを受けるかもしれないが、ぼくは「フタツダム宣言」というタイトルをつけたい衝動に駆られた。「滑稽噺《こっけいばなし》」よろしく愉快に広がるけれど、先代師匠の弟子への愛情がちりばめられていて、とびっきりの「人情噺」としてぼくの心に響いた。

国家が押しつけてくる命令を、真に受けずにたくましく受け流すサバイバル術も、実例とともに教わった気がする。ちなみに「はなし塚」に葬《ほうむ》られたはずの「禁演落語」の数は五十三。要するに「五三《ゴミ》」と読める洒落っ気を、噺家たちは検閲の器に忍ばせたわけだ。

「ほとんど知られていないが、ユーモアの本当の源は悲しみだ」

そう言い残したのは、アメリカ国民を大いに笑わせてくれた作家のマーク・トウェインだ。

金馬師匠の語りにひき込まれてケラケラ笑っていたときに、ふとトウェインのその名言がぼくの脳裏に浮かんだ。戦争の話を、中身の陽気さで楽しんでいるわけでは決してない。けれど、悲しみの体験の奥に潜む矛盾と不条理を、見通す眼力さえあれば、どこからか笑いがふつふつとわいてくる。

古今東西の物語の中で、もっとも鮮やかに「眼力」が描かれているのは、たぶんアンデルセンの『裸の王様』だろう。一人の子どもがありのままの現実を見つめて、それをありのままに述べ、「王様はスッポンポンだ!」とひと言で国家のイカサマを崩壊させる。

社会通念を重んじれば、もちろん問題発言だし失礼千万、不謹慎極まりないけれど、本当のことをずばりいってくれた気持ちよさが、市井の人びとの笑いをドッと引き起こした。アンデルセンは具体的にあの子のその後を語ってはいないが、いったいどういう人生を歩んだのか、想像したくなる。

詩人になっただろうか? それとも仕立屋か? あるいは篤農家《とくのうか》? 金馬師匠の生い立ちを聴いたあと、コメディアンか噺家か、または学校の先生かと空想をたくましくした。

しかしよく考えれば、あの子はそれから学校で、ちゃんと権力に従って黙ることを徹底的に教え込まれたのかもしれない。教育の力を侮ってはならない。

ストロボをいっぺんに何万個も

大岩孝平

（おおいわ・こうへい）
一九三二年、広島県生まれ。
十三歳のときに、広島市南区の自宅でピカに遭う。
東京都原爆被害者団体協議会の代表として、精力的に活動を続けている。

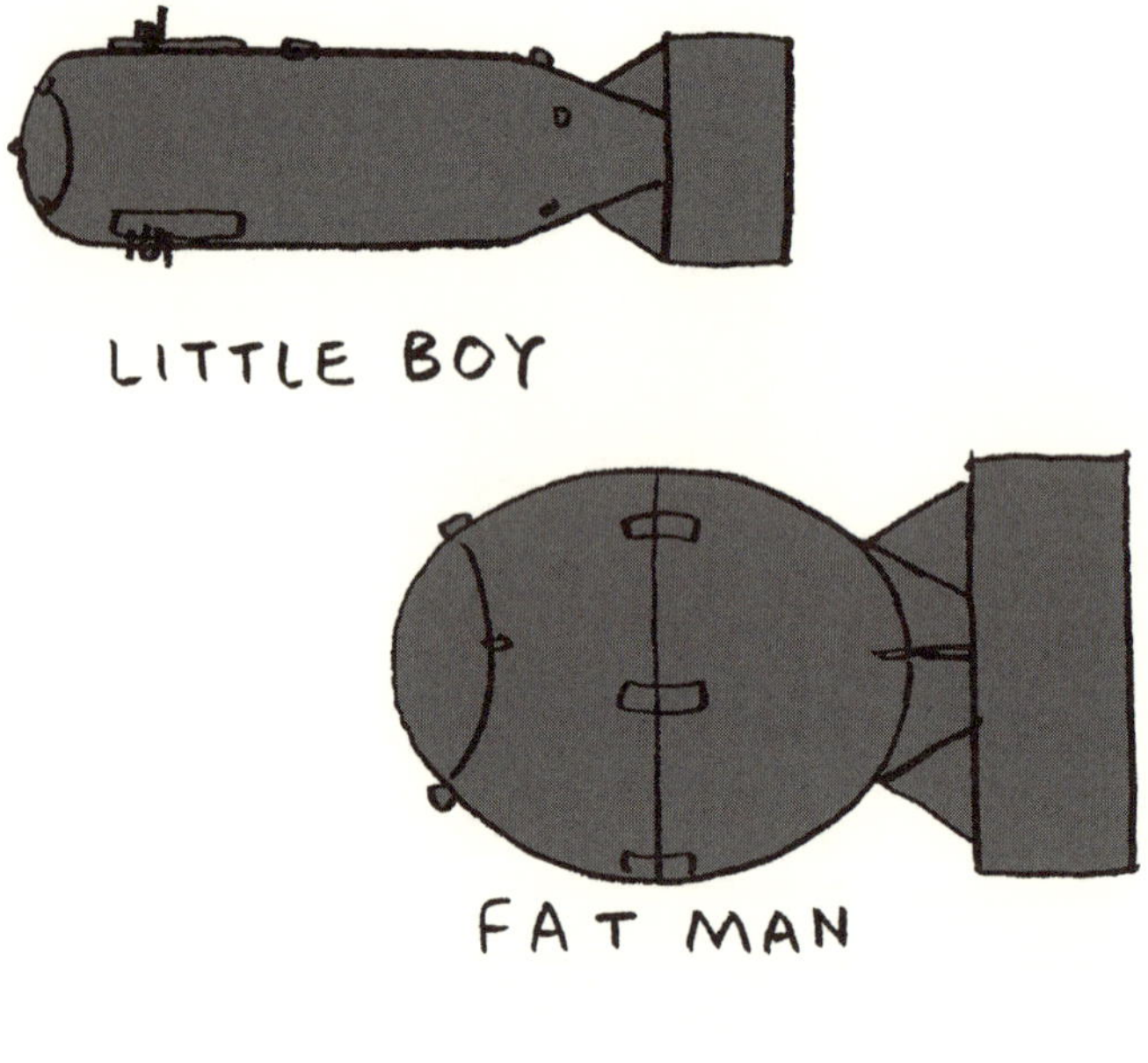

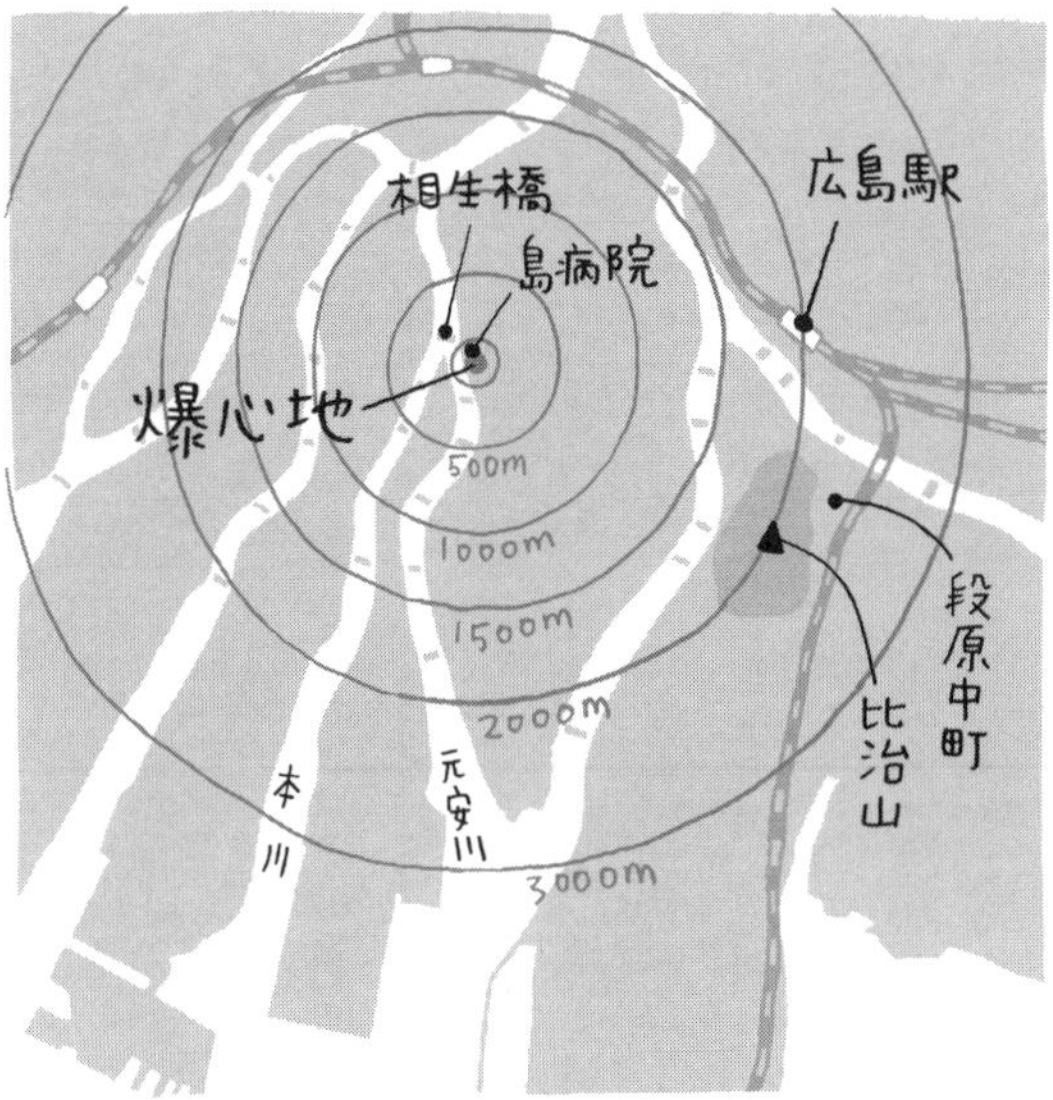

島病院のほぼ真上で炸裂《さくれつ》したウラン弾「リトルボーイ」。
大岩さんの家は、爆心地から約2キロの段原中町にあった。

2015年7月14日、東京都港区にて。

シナモン味の「原爆」

アメリカの学校でぼくは、「原子爆弾の投下が必要で、正しかった」と教わった。

いや、厳密にいうと「必要で、正しかった」と教わったのは、「原子爆弾」ではなくてAtomic Bombのほうだ。その当時は、まだジャパニーズのジャの字も知らなかったから。「原子爆弾」という日本語は、英語のAtomic Bombの直訳なので、同じことではないかといわれそうだ。けれど日本語と英語では、その言葉に付随して連想されるものが違ってくる。故郷のミシガンでAtomic Bombを耳にしたとき、浮かんでくるのはキノコ雲やB29爆撃機や核分裂ばかりではない。同時に真っ赤な飴玉もパッと頭に思い浮かぶのだ。

アメリカ各地の駄菓子屋でもスーパーでも、ときどきガソリンスタンドでもAtomic Fire Ballという名のキャンディーを売っている。商品名を直訳すれば「原子爆弾の火球」となる。放射線と熱線が生じて摂氏数万度に達してすべてを破滅させるあの現象だ。ところがアメリカでは「甘くてピリピリッとくる肉桂味《にっきあじ》の飴玉《あめだま》」の存在のほうが身近で、「原爆」のAtomicもそのイメージに染まってしまう。また「すごい」とか「めっちゃ」、あるいは「超」のような肯定的な意味でatomicがしばしば使われるので、なかなか否定する気になれない。

なめるAtomic Fire Ballは一九五四年に、シカゴの製菓会社が発売した。それ以来ずっと人気のこの刺激的なキャンディーは、アメリカの核開発の本質をぼかすカモフラージュとしても功を奏してきたわけだ。とりわけ子どもだましの効果は大きく、小学生だったぼくらは、最初は我慢大会みたいに口に入れたり出したりして、でもいつしかシナモンのピリピリくる感覚が病みつきになった。本物のAtomic Fire Ballが生み出す被爆のことも放射能汚染のことも、これっぱかりも考えないで、ただただ舌を真っ赤に染めていた。

一九四五年八月六日午前八時十五分に、広島の上空で実際になにが引き起こされたのか、具体的にとらえることなく、大人になった。子どもだましに、ぼくはだまされたままだった。

二十二歳のときに日本語と出会い、魅惑されて太平洋を渡り、東京で数年暮らしたのち、初めて広島の地を踏んだ。そこで「ピカ」と「ピカドン」という言葉を被爆者から教わった。

広島の人びとはあの日、自らの焼かれた皮膚と壊された細胞と体内にしみ込んでくるセシウムやストロンチウムを背負いながら、造語した。名状しがたい閃光《せんこう》と熱線と爆風を、投下の当日の昼前には「ピカ」と、「ピカドン」と名づけていたのだという。

その名称を知ったとき、ぼくの見方は変わった。B29爆撃機の「エノラゲイ」が上空から見下ろした広島ではなく、街中を流れる川のほとりに立って見上げる視点を得た。放射線を浴びる側に立って想像して、飴玉のAtomic Fire Ballの甘い勘違いが一気に吹っ飛んだ。それから体験者に会える幸運に幾度も恵まれて、「ピカ」への理解は深まってきたと思う。

放射線の急性障害などによって、一九四五年のうちに亡くなった人は、およそ十四万人と伝えられている。原爆投下から十年たっても二十年たっても、半世紀たっても多くの人が後遺症に苦しめられ、残忍な重荷を背負いつづけた。終わることなく次の世代、その次の世代も背負っていく。

旧制中学の一年生で十三歳だった大岩孝平さんは、あの日、自宅にいた。爆心地から二キロ地点。偶然に体調を崩していたために学校を休み、命を永らえたという。やがて証券マンとして日本の復興を支えたのだが、リタイヤしてから、被爆体験を語り伝えると決心した。

爆心地から二キロという距離の意味

大岩孝平　あの日の朝、うちの母親がいつものように弁当をつくってくれて、ハンカチに包み、わたしの勉強机の上にのせてくれました。それを持って出かける間際だったんですが、当日は、なんだかお腹《なか》の調子が悪くてね、母親にそう訴えたら、「今日はいつもより暑いから、一日休みなさい」といって、家の庭に面した八畳間に布団を敷いてくれました。この母親の「今日は休みなさい」というひと言が、わたしの生死を分けたと思います。

わたしは八時ごろには、横になっていました。そのとき母親は廊下のほうにいて、わたしと話をしていました。そのときピカァァァッ！

ものすごい光が飛び込んできました。まるでストロボをいっぺんに何万個も焚《た》いたようで、本当にすべてが真っ白になるような光でした。わたしはよく「太陽が目の前に落ちてきたようだ」という表現を使います。たぶんその次の瞬間に気絶したのだと思います。

何十秒たったのか、何分たったのかわかりません。気がつくとわたしは八畳間の庭に面した場所にいたはずが、反対側のいちばん隅っこに転がっていました。たぶん衝撃波と爆風によっ

て飛ばされたんだと思います。

母はとっさに廊下に伏せたのですが、その上に襖《ふすま》が倒れかかっていました。襖がガラスを防いでくれたものの、頭からは少し血が流れていました。わたしは右の向こう脛《ずね》、つまり弁慶《べんけい》の泣きどころですね、いちばん痛いところがえぐられていて、骨が見えていました。

家中のガラスは全部割れていますし、大きな柱もボキッと折れています。天井もバラバラに壊れていますし、屋根瓦が吹き飛んで、家の中から空が見えていました。最初、爆弾がわが家を直撃したのかと思ったんですが、周りを見るとそうでもないようでした。

よく巨大なキノコ雲が発生したといわれますが、わたしたちはキノコ雲の真下にいたから、どんな形の雲だったかなんてわからないんですよ。キノコの形といわれてもまったくわかりません。あの朝、暑くて晴れていたのに、急に曇ってきたという感覚しかないんです。それと「ピカドン」っていいますよね。でも、ドンという音も聴いた記憶がないんです。

人間の聴力の限界を超えていたのかもしれませんし、あるいはガラスが割れて家の柱が折れたり、天井が吹き上がったりといった音と混ざって、わけのわからない音になっていたのかもしれません。けれど、光った瞬間にはもう吹き飛ばされていたので、きっと気絶していて聞こえなかったんでしょうね。


ウラン型原子爆弾は、目標地点と定められた相生橋《あいおいばし》から東南にややそれて、島《しま》病院の真上で核分裂の連鎖反応を引き起こした。高度約五百八十メートル。そこから大岩さんの自宅は二キ

ロメートルしか離れていなかった。恐ろしい近距離だが、その間に小高い比治山《ひじやま》がちょうど横たわっていたので、ぎりぎり陰になって猛烈な放射線と熱線の直撃を免れた。

同じくらいの近距離で『はだしのゲン』の作者の中沢啓治《なかざわけいじ》さんも、学校で被爆した。中沢さんもまた偶然に、校庭の土塀《どべい》が放射線と熱線を遮ってくれたという。そしてピカァァッという閃光のあと、中沢さんも音速より速いスピードでやってきた衝撃波にふっ飛ばされ、意識を失ったため、爆音は感知しなかった。「ピカだけで、おれにはドンはない」と語っていたのだ。

爆心地からもう少し離れて、たとえば三キロ地点にいて意識を失わずに爆音を聞いた人も、たくさんいた。「ピカ」を目撃したし爆音の「ドン」も聞いているので、「ピカドン」と表現した。四キロ地点、五キロ地点の体験者も「ピカドン」と、音声を加えて語った人が多かった。「ピカ」の体験と「ピカドン」の体験を正確に区別する境界線を、地図の上にちゃんと引くことができる。実態をとらえるために大切な記録であり、そもそも観察に基づいた呼び名が現場でつくられたからこそ、可能になったのだ。

それに比べ、飴玉の商品名にも転用できてしまうAtomic Bombという言葉の軽さよ、その粗雑さよ。またAtomic Bombの単なる直訳である「原子爆弾」と、それを縮めた「原爆」も、なにも具体性がなく、キノコ雲の下の視点は与えてくれない。

大岩さんの話に耳を傾けていると、アメリカ生まれのぼくも「ピカ」と「ピカドン」の立ち位置に身を置くことができる。

比治山のほうからゾロゾロゾロゾロ

大岩孝平　そうこうするうちに近所の人はみんな戸外へ出てきました。家が大きく壊れていて、「いったいなにがあったんだ？」と混乱していました。やがて西から、比治山のほうから、異様な容貌の人がゾロゾロゾロゾロとこちらに向かって歩いてくるのです。原爆投下から二時間近くたっていたと思います。顔は真っ黒に焼け、髪の毛もチリチリに焦げて、腕を前に突き出した人間の群れです。

真夏の暑い時期ですからみんな薄着だったんですが、服が一瞬にして焼けて、ほとんど裸の状態です。全身焼けただれて、腕をおろすとくっついて痛い。それで腕を半分上げて、その皮膚はずるっとむけていて、爪のところでとまっている。まるでワカメのようにそこから垂れ下がっているんです。

もう血と焼けた肌とが混ざっていますから、どす黒くてなんともいえない色です。臭いもすごい。人間が生身のまんま焼かれて、みんな大火傷《おおやけど》しているわけですからね。

わたしの家の門の前に、かなりひどい火傷を負った五十歳前後の男性が倒れていました。わたしは引きずって玄関まで連れていって、水道からチョロチョロ出ている水を飲ませてあげたんです。そうしたら少し落ち着いた様子で、「あとでお礼をいいにきたいから、住所と名前を書いてくれ」というんです。「そんなことしなくていいんですよ」とわたしはいったんですが、どうしてもというので紙に書いて握らせました。彼はその紙をしっかり握ったまま、息を引き取ったんです。

通りでは、倒れた人が次から次に亡くなっていました。あっという間に何百という人間が、目の前で亡くなっていくんです。しかも当時は今と違って蠅が本当に多かった。それがすぐ卵を産みつけるから、蛆《うじ》がわく。死体の上を蛆がウヨウヨうごめいている状態でした。

八月六日は「建物疎開《たてものそかい》」の作業があったんです。「建物疎開」とは、空襲に備えて火災の延焼を防ぐために、先に建物を取り壊して防火帯をつくる作業です。国民義勇隊《ぎゆうたい》や学生たちの仕事だったので、わたしの友だちもたくさん駆り出されていました。その最中に原爆が落とされたので、三百五十人くらいの同級生のほとんどが亡くなりました。みんな二千五百度ほどの熱線にさらされて焼かれたんです。

わたしとは学校が違ったんですが、とても仲のいい友だちがいました。同い年の男の子で、放課後はいつも遊んでいたんです。お互いに遠慮なくものをいうもんですから、夕方になるとだいたいけんかになる。たまに殴り合いのけんかになって、「もうおまえなんかとは口もきくもんか」といって別れるんですが、翌日はケロッと仲直りをしちゃう。なにごともなかったように遊んでいたんです。一九四五年八月五日の夕方も、けんかして別れました。そして彼は、八月六日に行方不明になりました。亡くなってしまったんです。わたしと彼はけんか別れしたあの日から、今も仲直りができていないのです。

学校にまじめに行った子が死んでしまった。わたしも別にさぼったわけじゃないんですが、休んだから助かった。そういう負い目といいますかね、それは非常に感じました。

助かったわたしですが、二週間ほどたったころから、歯茎から血が出始め、歯が磨けなくなりました。髪の毛も抜け始め、最後には全部抜けてしまいました。内部被曝《ひばく》のせいだと思います。放射線を浴びて大火傷をして亡くなった人たちを、たくさん運んだりしましたから、わたしもかなり放射性物質にさらされたでしょうね。

「とても書けない思い」を書く

被爆して六十年たった二〇〇五年ごろのことです。今わたしが住んでいる東京都三鷹《みたか》市に百六十人ほどの被爆者がいるんですが、彼らに「自分の被爆体験を書いて残そうよ」と提案しました。最初は、みんな「思い出すのも嫌なことだから、とても書けない」といっていたんですけどね。しだいに「いや、わたしたちが書いて残しておかないと、この思いは消えてなくなってしまう」といってね。三十五人ぐらいが賛成して書いてくれたんです。

うちの女房も「書けない書けない」っていってたんですが、書き出したら三日間徹夜して書いてくれました。実は、わたしが女房の原爆体験を詳しく知ったのは、そのときが初めてなんです。わたし自身の体験も、女房にきちんと話していなかったですからね。一九五八年に結婚したので四十七年も経っていたんですけど、たとえ夫婦であってもなかなか正面から語り合えなかったんです。

三百五十人くらいの同級生がいて、亡くなった人は全員、なにもあそこで死にたかったわけじゃないんです。わたしよりずっと優秀なのもいましたよ。そういう人が学業年齢の途中で殺されてしまう。青春時代も過ごせずに、殺されてしまう。その彼らの思いをしょって、わたしたちは生きてきた。いや、生かされてきた、という思いがあります。

大岩さんの被爆体験の始まりは、もちろん一九四五年八月六日午前八時十五分のあの瞬間からだ。大岩さんの奥さんも広島で同じ瞬間を体験している。それぞれが負った傷、浴びせられた物質、目に焼きつけた光景、かいだ臭い、立ち会った死の数々……。とりわけピカとピカドンの場合は、同一の体験は存在せず、まさに十人十色、千人千色の思いが刻み込まれている。しかも人間の表現力を超えるその体験を伝えようとすると、恐怖がよみがえってもう一度苦しむことになる。

　また周囲の目、放射線を受けた者に対する社会的差別もあいまって、語られないまま消えてしまう被爆体験が多い。語らないことを選んだ人の心理は、とてもよくわかるのだ。

　しかし中には、覚悟を決めて語る体験者がいる。大岩さんもその一人だ。大火傷こそ負わなかったものの、大岩さんは時間がたって歯茎から出血し、髪の毛が抜けるという症状に襲われた。時間差を抱えたその奇襲が終わりなく続き、体内に潜り込んだ放射性物質がいつまた自分の命を狙って攻撃を仕掛けてくるかわからない。

　重荷は、当事者にしかわからず、昔話ではなく今なお現在進行形だということだ。

　人生をともに歩んできた伴侶《はんりょ》の被爆体験を、大岩さんが詳しく知ったのは、原爆投下六十年後のことだった。奥さんもまた大岩さんの被爆体験を、同じ六十年目に詳しく知った。

結婚して四十年以上の歳月が流れていた。それから二〇一六年五月の末に、オバマ米大統領が来日した。メディアは現職のプレジデントの初の広島訪問と沸き立ったが、ぼくには米軍岩国《いわくに》基地を訪れたついでに、ちょっと立ち寄っただけのようにも映った。

ひねくれているのだろうか？　しかし海兵隊のオスプレイのパイロットを褒《ほ》めたたえるタイムスケジュールを少し変更してでも、ピカとピカドンの体験者に耳を傾ける時間、平和記念資料館を一分でも多く見学する時間をつくることは、どうしてもできなかったのか？

アメリカ人として、広島でたったの一時間のみ過ごすことにどんな意味があるのか？　本気でこの場所の意味を考えていたのだろうか？　こなれたスピーチ力で観衆を魅了したとしても、ぼくの中には空疎なものばかり残ったままだ。

空疎さを感じる理由はもう一つ。長崎を訪れなかったこと。

日本はアメリカ合衆国ほど広くなく、決して無理な日程ではなかったはずだ。

「わざと長崎を避けたのではないか」と、ひねくれ者のぼくは考えたくなってしまう。

なにしろ「長崎」の実相を注視すると、戦後の核戦略の暗部も見え隠れするからだ。

八月六日と、八月九日との間に、米大統領が容易には越えられないボーダーが、横たわっているらしい。

昼飯のだご汁をつくり始めたら

松原 淳

（まつばら・ただし）

一九三三年、長崎市生まれ。市内片淵《かたふち》町の自宅で原爆被害に遭う。戦後は、長崎名物のちゃんぽんを広めるため、上京して厨房で長らく腕をふるった。原爆体験を伝える「川崎市折鶴の会」の会員。

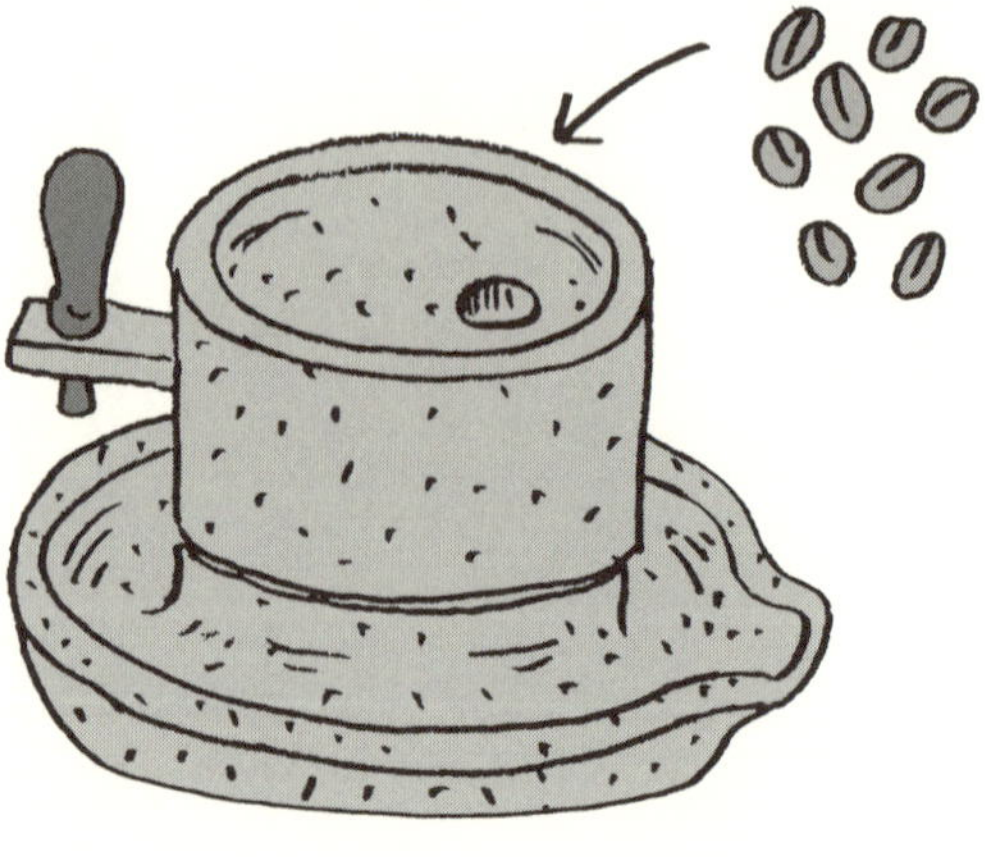

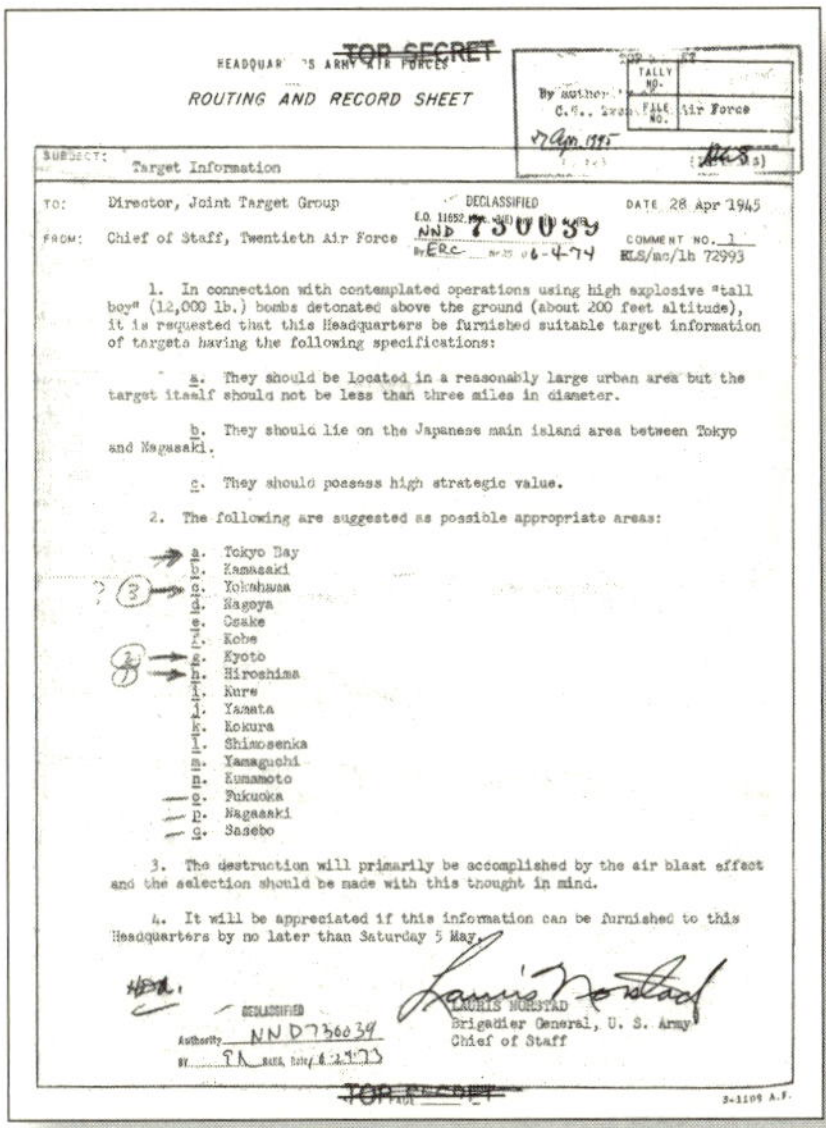

TOP SECRET

HEADQUARTERS ARMY AIR FORCES

ROUTING AND RECORD SHEET

SUBJECT: Target Information

TO: Director, Joint Target Group

FROM: Chief of Staff, Twentieth Air Force

DECLASSIFIED
NND 730039

DATE 28 Apr 1945

COMMENT NO. 1
KLS/mc/lh 72993

1. In connection with contemplated operations using high explosive "tall boy" (12,000 lb.) bombs detonated above the ground (about 200 feet altitude), it is requested that this Headquarters be furnished suitable target information of targets having the following specifications:

a. They should be located in a reasonably large urban area but the target itself should not be less than three miles in diameter.

b. They should lie on the Japanese main island area between Tokyo and Nagasaki.

c. They should possess high strategic value.

2. The following are suggested as possible appropriate areas:

a. Tokyo Bay
b. Kamasaki
c. Yokohama
d. Nagoya
e. Osake
f. Kobe
g. Kyoto
h. Hiroshima
i. Kure
j. Yamata
k. Kokura
l. Shimosenka
m. Yamaguchi
n. Kumamoto
o. Fukuoka
p. Nagasaki
q. Sasebo

3. The destruction will primarily be accomplished by the air blast effect and the selection should be made with this thought in mind.

4. It will be appreciated if this information can be furnished to this Headquarters by no later than Saturday 5 May.

LAURIS NORSTAD
Brigadier General, U. S. Army
Chief of Staff

DECLASSIFIED
Authority NND730039

TOP SECRET

原爆投下候補地を記したアメリカ軍の機密電文。
長崎は下から2番目に記されている。
写真：米国立公文書館所蔵、『原爆投下部隊』
（工藤洋三、金子力 共著）より。

『折づるの証言』（2013年刊）。
松原さんもメンバーになっている、
「川崎市折鶴の会」による証言集。

2015年7月23日、神奈川県川崎市にて。

ピカドンとジリジリ

毎年、夏に「原爆の日」がやってくる。式典が執《と》り行われ、平和宣言が読み上げられ、厳粛なニュースとして報じられる。しかし広島に比べ、つづく長崎の扱いのほうがやや小さめだ。

俳句の季語にもなった「原爆の日」を『日本大歳時記』で引いてみると、「昭和二十年八月六日に広島に、同九日に長崎に、原子爆弾が投下され、三十万もの人命が奪われた」と書いてある。でも死者の数まで合計で示してしまったら、それぞれの意味が見えなくなると思う。

ぼくが長崎と広島の体験者から学んだことの一つは、二つの「原爆の日」をいっしょにしないこと。本質をつかむためには、「区別」が大事だ。

百科事典を引いても、広島が「世界初の原子爆弾」「人類初めての原爆」と記されているが、それは史実とズレている。本当の「世界初の原爆」は、一九四五年七月十六日にニューメキシコ州のアラモゴードでピカアアアッと使われた。

豊かな生態系を抱える砂漠に、熱線と中性子線が放たれ、放射性物質がばらまかれ、ニューメキシコ州の人びとがヒバクさせられた。しかし極秘計画「マンハッタン・プロジェクト」のベールに包まれていたので、市民にはなんの情報も警告も伝えられなかった。

ニューメキシコ州で核分裂の連鎖反応を起こしたのは、プルトニウム239という物質だ。兵器の原料も設計も破壊力も、長崎のものとそっくり同じで、このプルトニウム弾の流れが、核開発の本流といえる。一方、広島の上空で核分裂の連鎖反応を起こしたのはウラン235という、自然界でとれる唯一の核分裂性物質だ。威力は比較的弱く、一発だけで終わった。

ちなみに鉱山から掘り出すウラン鉱石は、そのままでは原爆に使えない。九九％以上が、核分裂しないウラン238でできているからだ。一％未満のウラン235を取り出す「ウラン濃縮」という作業からスタートし、235を核分裂させ、飛び出す中性子を238の原子核に当てると239に化ける。こうやってプルトニウムを人工的につくり、増やしていく。

天然資源のウランが枯渇しても、核兵器で世界を支配しつづけるシナリオは成り立つ。

ウランの核分裂は、まさに広島の「ピカドン」だ。またプルトニウム生産も、その「ピカドン」の「ドン」を抜いた「爆抜き原爆装置」で行う。のちに「原子炉」と名づけられたが、本当は「ピカドン」を踏まえ、「ジリジリ」と呼んだほうがわかりやすかった。

一九五〇年代に入ると「原子炉」は「発電機」に偽装され、米国に百基以上、日本列島に五十基以上も組み立てられた。それも、つきつめれば核開発の継続のためだ。

原爆の膨大な開発費を正当化するために、トルーマン政権は「国民の生活を守るために必要だった」とひたすら喧伝《けんでん》した。今は日本政府が「国民の生活を守るために原発は必要だ」と言い張る。「ジリジリ」と「ピカドン」のつながりはPRにまで及ぶ。

ニューメキシコと長崎で使われたプルトニウム弾の威力は、広島のウラン弾の約一・五倍だった。長崎では一九四五年のうちに、およそ七万四千人が命を奪われたと推定される。

八月九日の朝、十一歳だった松原淳さんは、お兄さんといっしょに長崎市内の自宅にいた。

小麦を少しずつ石臼に入れて

松原淳　わたしの家は長崎市内の片淵《かたふち》っていうところにありましてね。爆心地からは南東に二キロほど離れた、二階建ての大きな家でした。

八月九日は、朝八時ぐらいに一度、空襲警報が鳴りましてね。十時ぐらいになって解除されたので、わたしといちばん上の兄貴とで、昼飯のすいとんをつくり始めていたんです。すいとんというのは、地元では「だご汁《じる》」といいましてね、小麦粉を練ってそのだんごを汁物の具にする。わたしが小麦の実を少しずつ石臼に入れ、兄貴はその重い臼をゆっくり回して小麦をひく。そのときにB29が飛んできたんです。ただ、わたしは気づきませんでした。

兄貴が耳をすまして、「ちょっと待て」という。「なにかあるのかな?」と思いました。兄貴は「しいっ」と。しゃべるな、ということ。わたしも耳をすませました。そうしたら「ウゥゥワァァ」というB29のエンジン音がした。「あれ、おかしいな。空襲警報は解除になったのに」と思ったら、何秒もしないうちに「ブワーッ!」。ピカドンにやられたんです。

曇っていたから室内がなんとなく薄暗かったのに、いきなり太陽に照らされるみたいに部屋のどこも明るくなって、おっつけ爆風が来た。小さかったわたしは飛ばされそうになったんですが、兄貴がしっかり抱きかかえて爆風がおさまるまで守ってくれました。

おふくろは二階にいて、のんびり屋だから昼寝していました。でも光った瞬間、「いつもと違う」と本能的に感じたんでしょう。すぐに飛び起きて、ドン!　と来たときには、もう二階から階段をかけ降りていました。

わたしは、キノコ雲はまったく見ていないんです。兄貴に「危ないから家の中にいるように」といわれていましたから。やがて外へ出てみると、建物も塀もめちゃくちゃに壊れて、とても歩けない状態でした。けがをしている人たちもたくさんいて、近所のお宅では、「キヨコの目が無かあ!」という叫び声がしました。爆風で娘の目がくぼんだらしいんです。のちに病院で治療してもらい、治ったそうですが。やがて爆心地の近くにいた人たちが、こちらまで逃げてきました。みんな皮膚がドロドロに焼けただれていて、担架《たんか》で運ばれてくる人もいました。

「松原、街を見てみろ」

その日、中心街に出ていた父は、午後二時ごろ帰ってきました。ピカドンが落ちたときに近くの川へ飛び込もうとしたんですが、川に水がなかったので、とっさに商店街の酒屋に飛び込んだそうです。あちこちに切り傷をつくっていました。

夕方の五時ごろに四番目の兄貴が担がれて帰ってきました。わたしより二つ上の十四歳で、とても仲がよかったんです。学徒動員されて軍需工場で働いていたんですが、傷だらけになったんですよ。包帯がないから巻脚絆《まきぎゃはん》、いわゆるゲートルを代わりに巻いて、工場の水兵や班長さんなどがおんぶして、山を越えて担いできてくれたんです。途中までは意識もなかったそうで、「ピカドンの瞬間も覚えていない」っていってました。爆風で十メートルも飛ばされて、そのすぐ横に重機が落ちてきたそうです。運が悪ければ、下敷きになって即死だったでしょうね。兄は山頂で意識が戻り、班長さんに「松原、街を見てみろ」っていわれたそうです。すると焼け野原で家も工場もぺっちゃんこ。街はずうっと燃えていたと。道中でも、体が燃えている人や、木材につぶされて「助けてくれ」「水をくれ」と訴えている人がたくさんいたけれど、だれも助ける余裕などなく、家まで送り届けてもらった兄は瀕死の状態。

それから頭は丸坊主になってしまって、歯茎からは血が出る。夜も体がひきつって「苦しい……苦しい……痛い……痛い……」と繰り返しうなっていました。父と母は「もうこの子は助からんだろう。お布団にきちんと寝かせて死なせよう」と話してました。それで養生させたんですが、弟としてわたしはなにもできない。横になった兄のそばで、ただ泣いてるだけでした。おふくろがずっと寝ないで看病していたので、「母ちゃん、寝なきゃだめだよ」っていったんです。すると「おまえはそんなことを心配しなくていいから、早く休みなさい」って。あのときが、いちばんつらかったです。

でも兄貴はがんばったんですよ。三年くらいすると、めきめきとよくなっていきました。それからずっと命があって七十七歳まで生きました。奇跡です。

ピカドンから六日後に、玉音放送《ぎょくおん》が流れました。みんな泣いていましたよ。いちばん上の兄貴なんか「この野郎」っていいながら、泣きながら怒ってました。親父《おやじ》も泣いてた。母親はじーっと身を固くしていました。わたしは子どもだったから出る幕じゃなかった。ただただ四番目の兄に、早くよくなってほしいと願っていました。それだけです。

敗戦後にいちばん苦しんだのは、食糧のこと。米なんて、何日も見たことがなかった。それで家にある大島紬《おおしまつむぎ》の着物なんかをあちこちに持っていって、お米と物々交換したんです。箪笥《たんす》が空になるまでね。行くときはいつも、いちばん上の兄とおふくろ、そしてわたしの三人でした。電車に乗って、何駅も先の町や村へ足を運ぶんです。

諫早《いさはや》へ行ったときのことです。ある農家を訪ねたら、そこの老夫婦がうちの兄を見てきょとんとして、しばらく動かないんです。そうして、「戦死したうちの息子に生き写しだ！」って。木下《きのした》さんというご夫婦でした。「まあまあ上がれ上がれ」「さあ、食べろ食べろ」と大歓迎されました。こうして木下さんとの親戚同然のつき合いが始まったんです。

訪ねていけば、ごはんをどんどん出してくれる。帰りには、持ちきれないほどの食べ物を持たせてくれる。もちろん物々交換だから、こちらからも物は持っていきましたよ。兄貴が行けないことがあると、こういわれました。「息子を連れてきてくれよ。会いたいから」って。

いちばん上の兄貴は戦場で戦った経験がいろいろあって、病気になって終戦前に帰ってきたんです。だからそんな話も、木下さんとしてましたね。「息子さんはどこで戦ったんですか」と、逆に木下さんに尋ねたりもしていました。木下さんのおかげで、わが家は本当に救われました。おふくろは木下さんを、いつも拝むようにしていましたよ。

戦争のことは、本当はあまり思い出したくないんだよね。人生も残り少ないから、自分の好きなようにやりたいっていう思いもある。でも少しは人の役に立ちたいし、元気なうちに体験を話しておこうかなと最近思っているんです。

以前、長崎の友人の家でぼくは「だご汁」をご馳走《ちそう》になった。それもあって、松原さんが、お兄さんと「だご汁」をつくろうとしていた話を聞かせてくれたとき、ぐいっとひきつけられて、香りも食感も浮かんできた。ただ、松原家ではあの日、「だご汁」ができあがる前にいきなりピカアアアッときた。体を張って瞬時に小さい弟を守ってくれたお兄さんに、なんだかぼく自身も守られた感覚を覚えた。背負われて帰ってきた四番目のお兄さんの痛みも、看病する母親の疲労も、遠い他人事ではなく身近な試練として迫ってきた。

自らとつながる人びとの暮らしに分け入り、「ピカドン」を追体験すると、「原爆のおかげで戦争が終わった」「原爆投下は必要だった」という歴史の定説は、ナンセンスとして崩れ落ちる。

さらに八月九日と七月十六日のプルトニウム弾をつなげ、どうしてそれが核開発の主流だったかを冷静に考えれば、「原爆で戦争が終わった説」は完璧に瓦礫《がれき》と化す。

いずれにしろ長崎の事実は、人工的につくられた正当化説を否定する。おそらくアメリカ大統領が長崎を訪問しない本当の理由は、その力学に潜《ひそ》んでいると思う。毎年毎年、長崎の「原爆の日」のニュースの扱いが小さいのも、きっと関連があるのだろう。

「模擬原爆」の知られざる真実を知ってしまえば、歴史の定説がマヤカシであることが、火を見るよりも明らかにあぶり出される。ぼくは広島ではなく、長崎でもニューメキシコ州でもなく、愛知県でその真実に遭遇した。

ウラン弾の「リトルボーイ」、プルトニウム弾の「ファットマン」以外にも、第三の大量破壊兵器「パンプキン」が、日本全国に投下されていたのだ。

津々《つつ》浦々《うらうら》に投下されていた「原爆」

金子力
（かねこ・つとむ）
一九五〇年、大阪府生まれ。大学卒業後、社会科の教師となり、愛知県春日井《かすがい》市の中学校で教鞭をとる。一九八六年より「春日井の戦争を記録する会」の中心メンバーとして、空襲調査などを行う。「戦争と平和の資料館ピースあいち」の運営委員もつとめる。

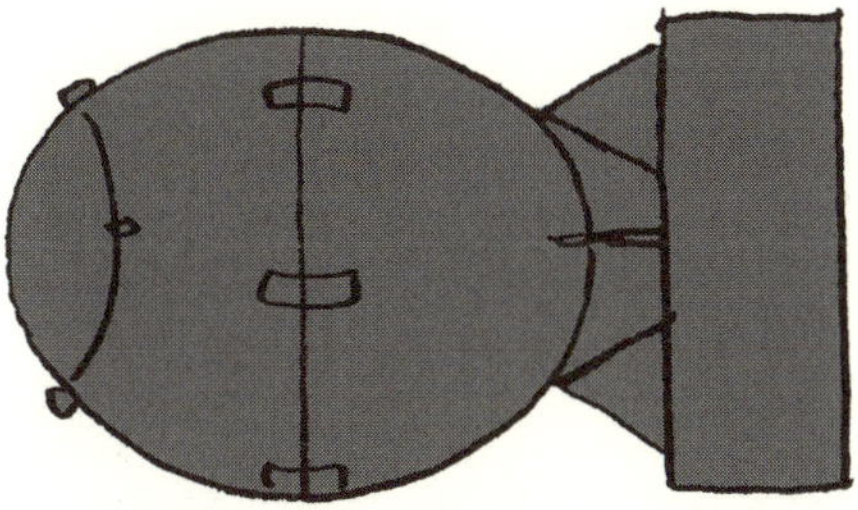

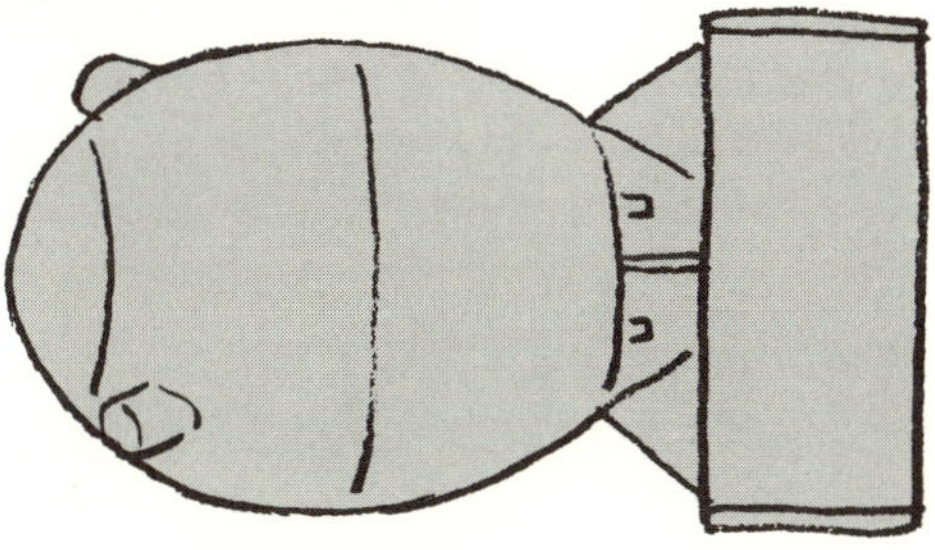

『原爆投下部隊』(工藤洋三、金子力 共著)。
金子さんと工藤さんはパンプキンの
実態を調査し、まとめ上げた。

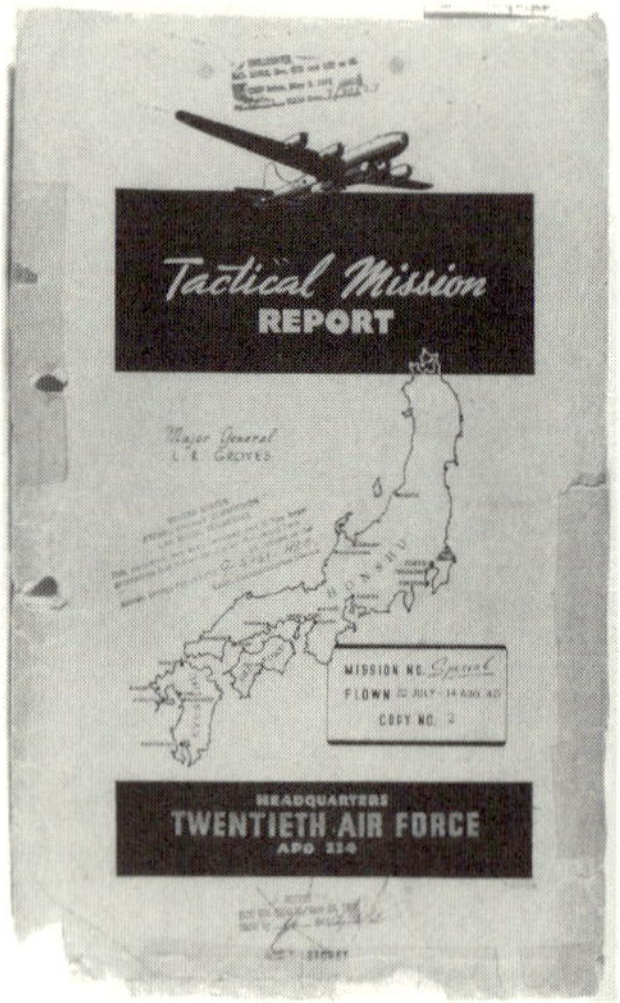

長崎型原爆の投下訓練として
同型・同重量の模擬原爆パンプキンが
落とされた。
上はその作戦任務報告書の表紙。
写真:米国立公文書館所蔵、
『原爆投下部隊』
(工藤洋三、金子力 共著)より。

2015年11月9日、愛知県春日井市にて。

秘密投下部隊に本当の歴史が隠されている

ぼくは金子力さんの授業を受けたかった。もし人生のやりなおしがきくのであれば、ミシガン州のジュニアハイスクールをやめて、愛知県の金子先生の中学校を第一志望校に、タイムマシンを使って留学してみたかった。

だが、金子さんの存在を知ったとき、ぼくはとっくに四十路《よそじ》の坂を越していた。

もちろん、それでも全然遅くはない。金子さんは退職して教壇に立っていないけれど、研究と執筆に力を注ぎ、「戦争と平和の資料館ピースあいち」の運営委員として活躍中だ。

思えば、金子さんの仕事に初めて触れたのは二〇一三年の秋。名古屋へ遊びに行き、なじみの本屋「ほっとブックス新栄《しんさかえ》」に立ち寄ったら、店長は「ビックリする本が出たのよ！」と立派な一冊を手渡してくれた。金子さんと工藤洋三《くどうようぞう》さんの共著『原爆投下部隊』だった。

「ビックリする本」という店長の表現は、ずいぶん控えめだった。ぼくにとっては「歴史認識が変わる本」といっても過言ではない。原爆投下について自分では考えてきたつもりだったが、『原爆投下部隊』を読んだら視野が劇的に広がり、具体的に仕組みまで見えてきた。

画期的な歴史書が生まれた経緯はこうだ。一九九一年に愛知県春日井《かすがい》市の中学校で教えていた金子さんは、地元の空襲の実相を生徒たちに伝えようと調べ始めた。陸軍の小銃をつくる鳥《とり》居松《いまつ》製造所が春日井市にあったが、一九四五年八月十四日にそこへ大型爆弾が四発投下された。すでに日本の敗戦が決定して、「終戦の詔勅《しょうちょく》」の録音の準備も着々と進められていたそのときに、いったいどうしてアメリカ軍はわざわざ愛知県の片隅に攻撃を加えたのか？

そんな疑問符から始まった調査に、徳山《とくやま》工業高等専門学校の工藤洋三さんが力添えをして、隠されていた事実が次々と明るみに出た。

もっと知りたくなったぼくは、『原爆投下部隊』をリュックに忍ばせ、春日井の金子さんのお宅にお邪魔した。自らが見つけ出したアメリカ公文書の写真を指さしながら、金子さんはぼくの歴史認識をさらに広げてくれた。

鳥居松を爆撃したB29の記録がまったくない

金子力　一九四五年八月十四日、午後三時前後。アメリカ軍は、鳥居松製造所を目標地点と定めて、四発の爆弾を落としました。

実際に着弾したのは北側に隣接する水田で、製造所から避難中の女子工員四人と地元住民三人が犠牲になりました。周辺には民家が多く、熱せられた鉄片が突き刺さって火災が起きました。翌日は八月十五日。終戦があと一日早かったら自分たちの家は焼けなかったし、七人は死ななくてよかったんです。なぜ八月十四日に春日井に爆弾を落としたのか……。調べていくうちに、それがあるミッションに関わっていたことがわかってきたのです。

日本に対する「本土空襲」のために、マリアナ群島を拠点にアメリカ第二〇航空軍が展開したのですが、その作戦任務を網羅した詳細な報告書があります。日本の国立国会図書館にも保管されている、アメリカの公文書です。見ると、いちばん最後のナンバリングは331になっています。つまり第二〇航空軍のB29が、三百三十一回のミッションをこなしたということです。ところが不思議なことに、鳥居松を爆撃したB29の記録がまったくないんです。

犠牲者が出て、家も燃えているのに出撃の記録がない。

アメリカ政府は細かいことまできちんと記録を残しています。「伊勢崎《いせざき》へ爆撃しに行ったのに、一機だけは違うところに爆弾を落とした」とか、爆撃に成功した飛行機の割合、当日の気象なども……。それなのに春日井に関する記録だけがない。それを疑問に思い、追っているうちに、別の資料にたどりつきました。戦後になって米国戦略爆撃調査団がつくった全百八巻の対日爆撃のレポートの中のナンバー91「一万ポンド爆弾の効果」というレポートです。

この中に、「TORIIMATSU という名前が出てきたのです。一万ポンドというのは通常の爆弾と比較するとけた違いの重さです。日本の空襲に使われた一トン爆弾は約二千ポンドです。一万ポンドはその五倍ですから、五トン爆弾です。その大型爆弾の投下が日本に九例あったと書かれていたのです。ただ、そのレポートには何をターゲットにしていたのか、どれだけのダメージを与えたかなど、爆弾の正体がわかるような情報は一切含まれていなかったのです。

「四角」と「二重四角」のつながり

ぼくらは九つの例を日にちごとに追っていきました。すると、神戸《こうべ》と新居浜《にいはま》に二か所ずつ投下されたのが、七月二十四日。静岡県島田《しまだ》が二十六日、宇部《うべ》が二十九日、そして春日井の二か所と豊田《とよた》が八月十四日なんです。まさにそれらの都市がB29の空襲に遭った日と、合致していました。

そこでぼくらは仮説を立てたのです。一万ポンドの爆弾といえば、広島に落とされたリトルボーイ、長崎に落とされたファットマンに匹敵する重さです。ひょっとすると、レポートに出てくる一万ポンド爆弾と、広島・長崎の原爆にはなんらかのつながりがあるのではないかと……。

次に見つかったのは地図とリスト。地図は、福島あたりから九州まで入っている日本列島の地図で、一万ポンド爆弾が投下された地点が示されていました。また、リストにはその地名がみんな書かれていて、それぞれ四角か二重四角で囲ってありました。四角で囲ってある地名は一万ポンド爆弾が落とされたところ。そして二重四角はHIROSHIMAとNAGASAKIにつけられていたのです。

地図とリストはセットになっていて、原爆投下のために特別に編成された第五〇九混成群団が実行した十八回のミッションの記録でした。十八回のミッションには広島と長崎の原爆投下も含まれ、それ以外に訓練のためだけに三十の都市に四十九発の長崎型模擬原爆「パンプキン」を落としていたという事実が記されていたのです。つまり、三百三十一の通常のミッションとは別に十八の特別の作戦任務があったことを証明するもので、これまで人目に触れることがなかったのです。

ぼくらがいきなりこういうことを言い出したので、当初はあまり認めてもらえませんでした。

地元の人も「五トン爆弾なんて聞いたことがない」というし、工場で働いていた人も「そういうようには見えなかった」と。空襲の研究者も、「うーん」という感じで。でも地図とリストの発見で仮説の裏づけが取れました。「パンプキン爆弾」というのが日本各地に落とされていたとわかったんです。

それまで原爆投下は、通常の空襲とはまったく別のものとして位置づけられていました。でもそうじゃなかった。本土空襲全体の中に、原爆投下作戦という一つの大きなくくりがあったということです。

ただし、これは味方にも極秘にやっていたので、第五〇九混成群団に対して、アメリカ軍の中からも苦情がいっぱい出てくるんです。「俺たちは寸暇を惜しんで日本を攻めようとしているのに彼らはなんだ」と。危険なこともせずに島の周辺で遊んでいるように思えたんですよ。第五〇九混成群団の兵士については、「一切あいつらのことはいうな、触れるな、近寄るな」という命令が出ていたようです。

「パンプキン」は一見、かわいくておいしそうなイメージだ。思い浮かんでくる「パンプキンパイ」や「パンプキンスープ」など、好きこのんで口にする。秋祭りのハロウィーンに提灯にされる「パンプキン」は、お化けの怪しさは加わるものの、基本的には愉快な存在だ。

シンデレラが乗った馬車だって、もともと魔法で膨らんだ「パンプキン」だった。

日本語には「かぼちゃ頭」とか「かぼちゃ野郎」といった表現があり、ルックスが悪く要領

も悪い者をあざけっていう。英語の pumpkin に同じような意味も含まれていて、「ばか者」を pumpkin head とからかったりする。

模擬原爆に Pumpkin というあだ名がつけられたのも、そんな流れの延長線上にあるだろう。プルトニウムを仕込んだ丸い巨体は Fat Man と命名された。だてにファットな形につくったのではなく、プルトニウムという物質は瞬時に暴れるので、爆圧臨界式原子爆弾にして四方八方からギュッと押さえつける必要がある。そうでもしなければ、核分裂の連鎖反応が速く進みすぎて、不発に終わってしまう。膨大な予算をかけて爆縮装置を開発して、それ自体がまん丸いので、器も当然太くなった。投下の訓練のために、同じ巨体の器を使った模擬弾も製造して、プルトニウムをはらんだものと区別するためにオレンジ色に塗った。

落とすとき、ずっとハロウィーンを祝ってきた人間なら Pumpkin とつい呼びたくなる。だが、落とされる人間にとっては「パンプキン」だろうと「かぼちゃ」だろうと、ネーミングは問題じゃない。模擬原爆が日本列島で最初に使用されたのは一九四五年七月二十日。東京に一発、茨城に一発、富山に三発、新潟に一発、福島県のいわき市に二発、そして福島市渡利《わたり》地区にも一発投下された。渡利でそれを体験した齋藤《さいとう》ミチさんはこう語った。

「バリバリバリッと音して、吹っ飛ばされちゃって、母親は血だらけになって『ほれ逃げろ！』となったの。そのバリバリバリッていう音が、機銃掃射《きじゅうそうしゃ》に聞こえたんだけど、実際は頭の真上から爆弾の破片が飛んできてバリバリッ、そしてドシンっていう音して、黒い煙が上がった。母が『おらのうちの田んぼがやられた！　うちの隆夫《たかお》がやられた！』って、田んぼに

駆けつけたらば、弟が倒れていた。稲は一本もないし、水も一滴もないの。泥だらけ。弟の体が、あれでバラバラになんなかったのが不思議……ただ、内臓がないの。腹の皮持ってかれて、腸が三つに切れたの。まだ十四歳の弟でした」

齋藤さんの話を聞いてから、ぼくは「パンプキン」を口にすると、弟さんのことを思い出す。殺された七月二十日から、八月十四日までパンプキンの投下がつづけられた。

日本を降伏させることができたのに

金子力　日本ではどうしても、広島のリトルボーイが最初に落ちた原爆で、被害も長崎より大きかったから、長崎よりも広島のインパクトが強いようです。でも、アメリカ側からすると、リトルボーイは実験として一発だけ投下、その結果を確認したがその後は使用することはなかった。それで、量産化もでき、威力もあるファットマンを核兵器の本命としていたのです。

それで同じ形のパンプキンで実験をくり返し、データをきちっと取っていた。

その場合、すでに通常爆弾を落とした都市にパンプキンを落としても成果がはっきりしないので、無傷の目標を温存させていた。ところが、空爆が長引くにつれて無傷の目標がどんどんなくなっていく。第五〇九混成群団は七月二十日からパンプキンを落とし始めるんですけど、その時点では破壊すべき目標があまり残っていなかった。投下場所を「確保するのに苦労した」というような記述もあります。

ちなみに、第五〇九混成群団の十五組のクルーしか原爆投下の訓練をしていなかったので、ほかのメンバーでは原爆投下を実行できない。もし彼らが通常空襲に出て撃ち落とされたりしたら計画そのものが立ち行かなくなる。だからシミュレーションはしていたと思いますが、実際にパンプキン投下に出撃するまでは、日本の上空がどんなものかは未体験だったんです。パンプキンの投下は原爆投下訓練の最後の仕上げともいうべきことでした。

戦争が終わってから、通常爆撃の部隊は、「原爆投下部隊においしいところを持っていかれた。俺たちだけでも日本を降伏させることができた」という主張もしています。にもかかわらず、広島と長崎への原爆投下を強行したのは、手柄争いのような面もあったのかもしれない。日本の降伏は時間の問題だ、このままではせっかくつくった本物の原爆を使う機会がなくなってしまう。それではまずい、ということです。

ソ連との関係も意識していますから「アメリカが原爆によって日本を降伏に追い込んだ」と主張したいところもあったんじゃないか、と思いますね。

「訓練のための長崎型模擬原爆」というと、誤解を招く可能性がある。つまり「長崎に原爆を投下するための訓練」と、履き違えてしまう人が出てくる。本当にそうだったなら、模擬原爆の投下は当然八月九日で終了となるはずだ。でも実際は終戦の前日、八月十四日の午後にも、愛知県へ七発が落とされていた。アメリカの公文書から透けて見える原爆投下部隊の本当の狙いは、長崎ではなく、もちろん広島でもなく、戦争の終結でもない。

核兵器をテコに世界的に優位を占め、支配の戦略を成功させることだ。その大きな流れの中で、パンプキンのみならずプルトニウム弾の投下も、訓練の一環といえる。

また、米軍の内部文書によると、八月十四日に春日井と豊田にパンプキンが投下されたもう一つの理由は、通常兵器としてどういう効果があるのかを調べるためだった。これまた「実験」であり、次の戦争で、たとえばソ連に対して使用するかもしれない。

原爆投下部隊の訓練を継続させるという意味もあったに違いない。いずれにせよ、日本が新兵器の実験場に使われたことは事実だ。

金子さんは最後に興味深いことを教えてくれた。テレビなどで流れる「広島の原爆投下」の映像に、ときおりマーシャル諸島で行われた核実験の映像が使われることがある。「長崎への原爆投下」のテレビ番組もしかり。要するにキノコ雲を見れば、みんななんとなく「広島原爆」と思い込み、あるいは「長崎原爆」と鵜呑《うの》みにして、その勢いで「原爆で戦争が終わったんだ」とまたもや定説の罠《わな》にまんまとはまる。

そんな思考停止につける薬を、金子さんが発見して、処方箋の書物も出版した。

春日井も長崎も、そして翌年の一九四六年からはマーシャル諸島も、同じ核のカラクリに組み込まれて、二十一世紀のぼくらもまだ、そこから抜け出せずにいる。

ミシガンの中学校を卒業してからすでに三十数年も経過していたが、遅まきながら金子先生のレッスンを受けることができた。ぼくの貴重な財産だ。

戦争の「現場」はどこか

古内竹二郎

（ふるうち・たけじろう）
一九二七年、宮城県生まれ。
宮城県大崎市の国民学校高等科を卒業後、中島飛行機に就職。
戦後は富士産業（富士重工業の前身）で働き、
プリンス自動車工業などで自動車づくりに携わる。

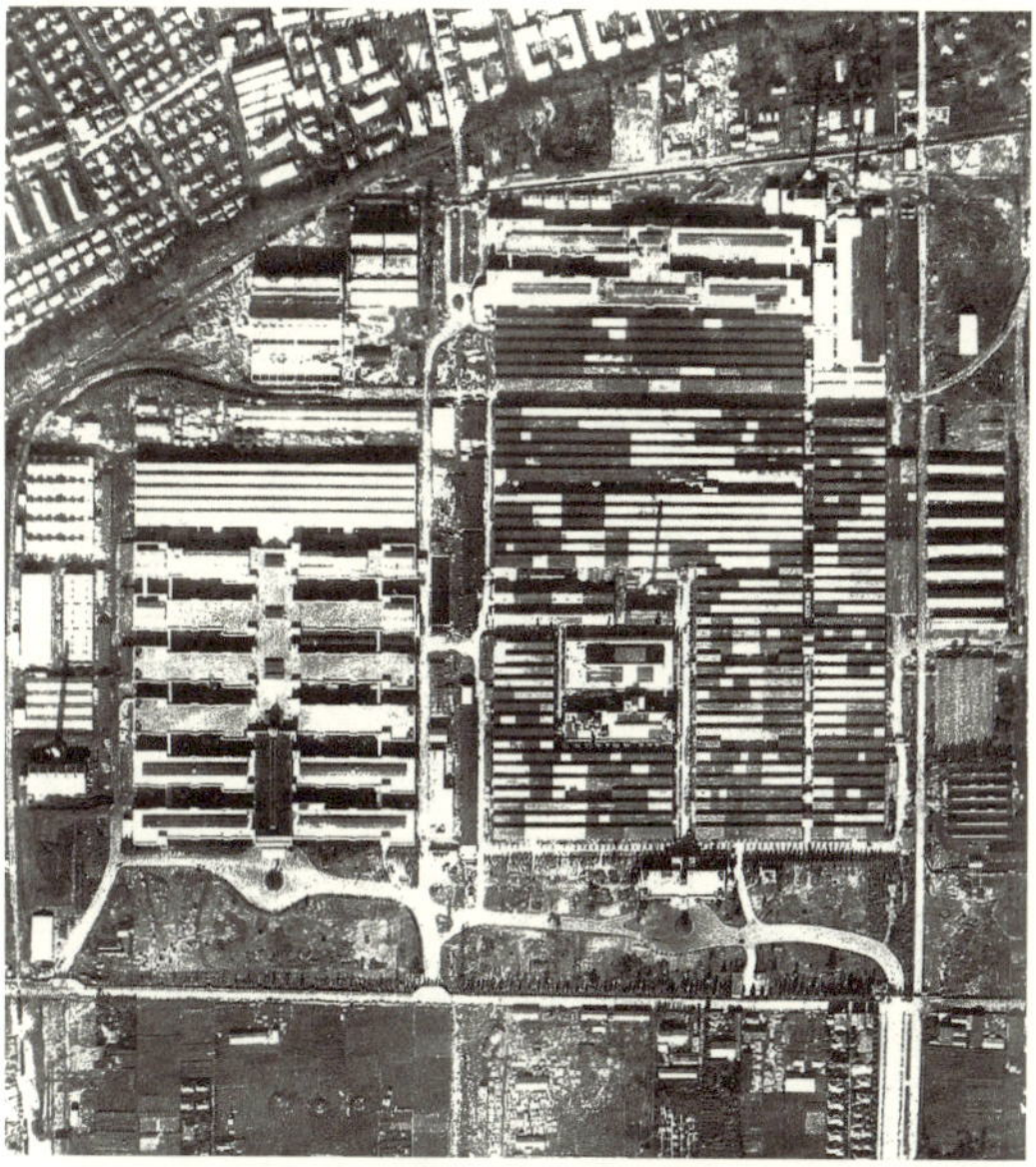

1944年11月に米軍の偵察機が撮影した中島飛行機武蔵製作所。
古内さんはそのとき地上にいて、偵察機を見上げていた。
写真：米国立公文書館所蔵、『米軍の写真偵察と日本空襲』(工藤洋三 著) より。

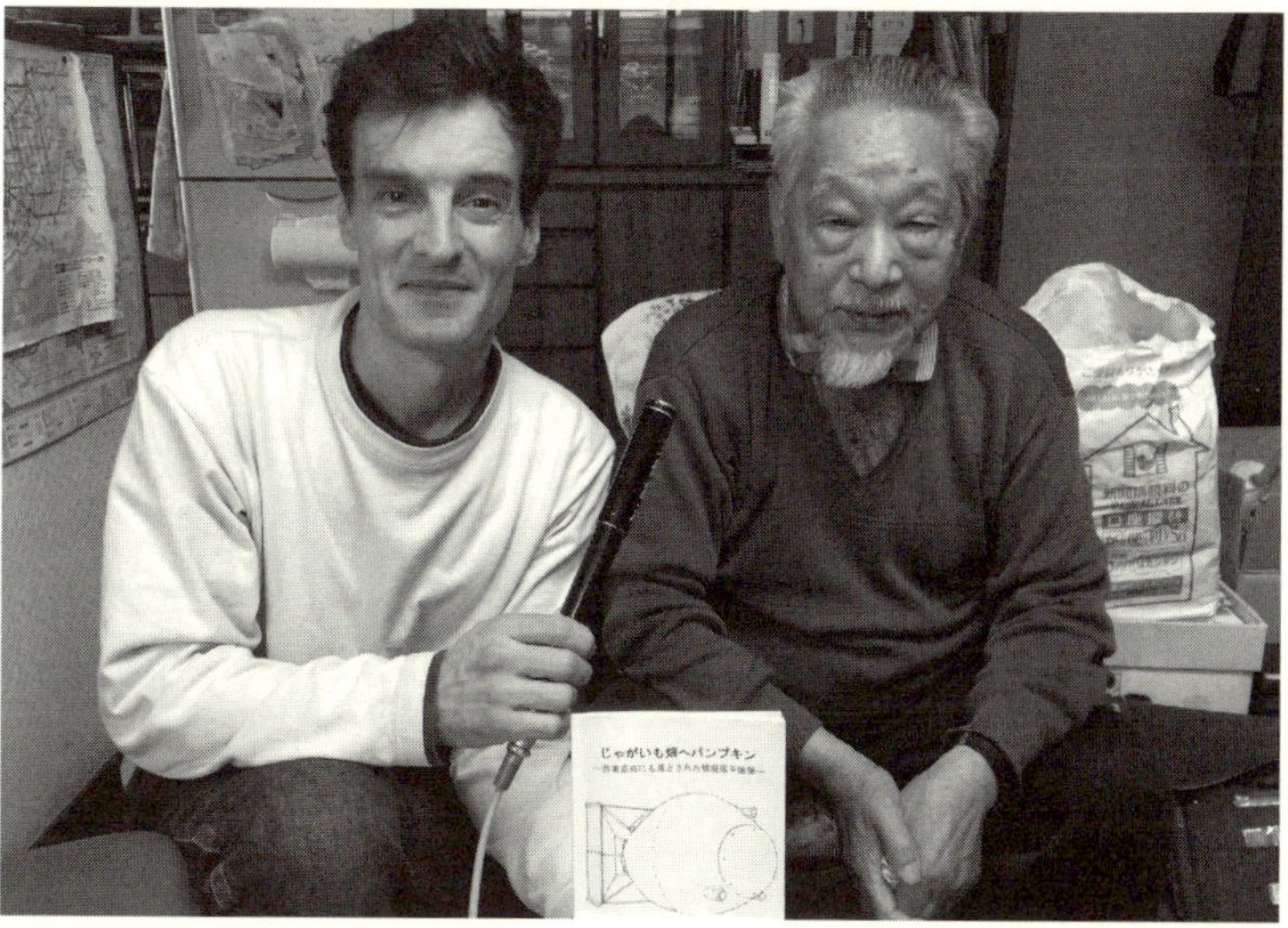

2015年4月23日、東京都西東京市にて。古内竹二郎さんは2016年3月12日に永眠。

「持つ権利」の持ち腐れ

アメリカ市民は一人ひとり「武器を持つ権利」がちゃんと保証されている。合衆国憲法の修正第二条に明記してあるからだ。建国の父たちが一七九一年に、わざわざその権利を確立させてくれたことを、ぼくはアメリカ人としてありがたく思う。ピストルを持ち歩きたいわけではない。武装するつもりも毛頭ない。憲法をつくった先人の意図に対して、感謝の念を抱くのだ。

そもそも憲法は権力を縛《しば》るための装置だ。もし権力者が市民から武器を取り上げ、武力がすべて政府にコントロールされたら、今度は暴走して市民の財産を奪ったり、人権を踏みにじったりする可能性が高い。したがって自由を抑圧されないために、市民はいつでも政府を倒せるくらいの武器と組織力を持つべきだ。つまり「革命権」をしっかり握って特権階級と張り合い、歯止めをかけることが大事――それこそジェファーソンやワシントンが考え出した the right of the people to keep and bear Arms の「武器を持つ権利」の奥にある意図だった。

なんといっても当時の「武器」は、火縄銃が最先端の技術で、あとは弓矢とか剣が使われていた。もちろん、回転式連発拳銃のリボルバーはまだ存在していなかったので、市民が政府と張り合うことが可能だった。日本語でいえば「百姓一揆《ひゃくしょういっき》」が成立していた時代だ。

ところが、のちに機関銃だの手榴弾《しゅりゅうだん》だの潜水艦、魚雷、地雷、戦闘機、化学兵器、弾道ミサイル、核弾頭、無人偵察機まで開発されてしまい、市民は歯が立たなくなった。ぼくの故郷ミシガンのガンショップで入手できるのは、せいぜい機関銃程度だ。しかも最先端の「武器」

は常に国家機密のベールに包まれ、市民から集めた税金を使って開発しているというのに、その技術は権力者だけが掌握する。市民の持てる武器と、国防総省の飛び道具と、次元が違いすぎて修正第二条はもはや現実とかみ合わない。もしジェファーソンたちが二十一世紀にタイムスリップして憲法をつくってくれたら、今度は逆の発想で歯止めをかけることになるだろう。

要するに、政府の「武器を持つ権利」を厳しく制限し、軍備も交戦権も思いっきり縛って、市民が再び太刀打ちできる関係に是正する必要があると思う。そんな修正を合衆国憲法に加えることができたら、まさに革命だ。日本国憲法第九条がその修正条項の原案になる。

振り返ると近代以降の国家同士の武力衝突は、精神力より飛び道具の技術進歩で結果が決まったケースが多い。前線の戦闘をじっと見ても、本当の仕組みはそこにあらず、むしろ軍需工場と開発プロジェクトの現場が決定的だ。ならば大日本帝国の見つめるべき現場はどこか?

アメリカ軍が上空からじっと見つめて、本土空襲の第一目標に白羽の矢を立てたのは、東京の中島《なかじま》飛行機武蔵《むさし》製作所だった。敷地面積およそ五十六万平方メートル。最盛期にはゼロ戦などのエンジンを月に二千台ほど生産していたという。古内竹二郎さんは、十四歳で就職して、工員として勤勉に働き、最も重要なその現場の内部まで鮮やかに語ってくれた。

日本晴れの日に、一機だけ高く飛んでいた

古内竹二郎　真珠湾攻撃から四か月ほどたった一九四二年四月に、ぼくは上京して中島飛行機

に就職しました。宮城県大崎《おおさき》市にあった学校を卒業したばかりで、まだ十四歳でした。当時は航空兵や水兵を志望する人が多かったんですが、ぼくは体も小さくて弱かったから、兵隊には不向きだと思ったんです。それで、同じ国に尽くすんだったら、軍需工場で働いたほうが貢献できると思い、たまたま学校に募集が来た中島飛行機に入ったんです。

ぼくが就職した一九四二年の時点でも、工場は二十四時間、フル稼働していました。戦闘機のエンジンをつくるわけですから、忙しかったんですよ。工員たちは二交代制で残業も多かった。軍事関連施設ですから、工場の中はむやみに移動できないし、工場の外には憲兵もいました。多少は窮屈でしたが、給料もよかったし、独身寮も快適で、特に不満はありませんでしたね。

ところが一九四四年十一月一日のよく晴れた日、お昼ごろに空襲警報が鳴ったんです。そのころはまだ空襲なんてほとんどなかったし、爆撃機が一機、空高く飛んできたんですが、危機感もなくぼんやり眺めていました。すると、近くの高射砲陣地から砲弾が放たれました。上空七、八千メートルぐらいでそれが爆発し、飛行機は白い煙を噴きながら逃げていくように見えて、ぼくたちは「当たった！　当たった！」なんて喜んでいました。

しかし、そのときのB29が白い煙を噴いているように見えたのは、実は飛行機雲でした。飛行機雲は高度一万メートル以上のところで、エンジンの排気ガスの水蒸気などからできるものです。それまでぼくは飛行機雲をまったく知りませんでした。高くても五、六千メートルを飛ぶような飛行機しかつくったことがありませんでしたから。

あのB29が飛んできたのは、のちに始まる日本各地への本格的な空襲の偵察飛行だったそうで、そのときに撮られた写真が、今ぼくの手元にあります。一九四七年に中島飛行機の跡地を調べに来たアメリカの調査団からもらいました。細部まではっきり写っているでしょう。あのとき上空から、われわれの工場は隅々まで看破されていたんです。ぼくにとってはB29が四機のエンジンを積んでいたことが、本当にショックでした。日本の爆撃機は単発、または双発でしたからね。しかもかなりの高度で飛んでいる。アメリカの技術力はすごいなと思いました。

秋の日に、B29が銀翼を光らせながら飛行機雲を引いて悠々と飛んでいった光景を、今でもよく思い出します。その三週間後に空爆が始まるなんて、まったく予想していませんでした。

中島飛行機は、もともとアメリカからの技術の提供を受けてつくられた工場で、使っていた機械はアメリカ製やドイツ製でした。画期的だったのは「流れ作業」のやり方で、工場の一階で大きな部品、二階で中間のもの、三階で小さな部品をつくり、それを組み立てるという方法です。フォードの組み立て方式として有名ですよね。

創業者の中島知久平《なかじまちくへい》は欧米の情勢もよくわかっていましたから、アメリカなんかと戦争になったらかなわない、とわかっていたはずなんです。それでも戦争が始まったら、日本でも有数の軍需産業として、戦闘機をつくり続けてしまったんです。

「間に合わない人が多かった」

一九四四年の十一月二十四日、中島飛行機への空爆は突然始まりました。通常の爆弾と、黄《おう》燐《りん》を充塡《じゅうてん》した焼夷弾が使用されました。その日の正午ごろ、ぼくは食堂へ向かう途中だったんですが、いきなり「ドンドンドン！」とすごい音がしましてね。気がつくともう爆弾が落ちてきているんです。正門の近くに防空壕があったので、あわててそこへ逃げました。早めに行動した人はもぐり込めたのですが、間に合わない人が多かった。

当時、武蔵製作所には長さ七キロくらいの地下道があって敷地内の病院までつながっていたのですが、間に合わない人たちはその地下道へ入ったんです。でも、爆弾はその地下道に落ちました。五十人を超えたでしょうか、たくさんの人が亡くなったんです。やがて爆発音がしなくなって外へ出ると、まわりは担架で運ばれていく人たちでいっぱいでした。

それから「工場の外へは出るな」という指示があって、ぼくたちは数日間、工場の中で過ごすしかありませんでした。二回目の空爆は、十二月三日にありました。そのときは「場外に出てもいい」ということになり、ぼくは一キロ離れた武蔵境《むさしさかい》まで逃げました。その後の空爆も、外から見とどけるしかなかったわけです。中島飛行機は全部で九回、爆撃を受けました。五百発以上の爆弾が命中し、二百名以上の死亡者と五百名以上の負傷者を出したといわれています。

そしてずっとあとになって判明したのですが、一九四五年七月二十九日の朝には、普通の爆弾とはまったく違う大型爆弾も一発、投下されていたそうです。「パンプキン」と呼ばれた模擬原爆でした。わたしたちは「春日井《かすがい》の戦争を記録する会」からの問い合わせで、初めて知ったんです。パンプキン爆弾は、武蔵製作所には命中せず、六百メートルほど離れた畑に落ち、三人の女性が亡くなりました。威力はすさまじく、爆風で家が壊れたり、キノコ雲が見えたりしたそうです。このときのB29が、長崎へ原爆を投下した爆撃機、つまり「ボックスカー」でした。本物のプルトニウム弾投下直前の最終訓練で、ボックスカーは中島飛行機を狙ったんです。自分が関わっていた地域に起こったこととして、今でも信じられない思いです。

池袋《いけぶくろ》の焼け野原の実感

なんといっても、戦争に負けるとは思っていませんでした。八月中旬、東京は旧盆で「田舎に帰って休んでくればいい」といわれて、ぼくは宮城県の実家へ帰ることにしました。上野《うえの》駅を発《た》ったのは、八月十四日。翌日になって仙台《せんだい》駅を経て、宮城県の小牛田《こごた》駅で乗り換えたのが正午ちょっと過ぎでした。お昼に天皇のお言葉があることは知っていたんですが、「最後の力をふりしぼって一億総動員でもう一度やりましょう」という内容だろうと思っていました。ところが、小牛田駅で列車に乗ってきた地元の女子学生たちが、「だからあんな戦争しなけりゃよかったのよ」といって泣いているのです。「どうしたんですか？　どういうことですか？」と、その女子学生に聞いたのですが、彼女たちは泣くばかりでなにも答えてくれません。わけがわからないまま実家へ帰ると、父親が「なんだおまえ。日本が負けたから帰ってきたのか」というのです。「えっ！　日本が負けた？」

あわてて実家の裏手にあるお寺へラジオを聴きに行きました。途切れ途切れに伝わるニュースから、日本が降伏したようなことがわかって、和尚さんは「竹二郎くん。残念だけど日本は負けたんだよ」というのです。この和尚さんには小さいころから世話になっていたので「ああ、信じなくちゃいけないな」とは思ったのですが、やっぱり「負けた」という感じがしません。

そのまま実家に数日滞在して、また東京へ戻りました。池袋の駅で降りたんですが、池袋の街も焼け野原でした。改札口から外に出たら、二、三千メートルの低い高度でB29がダーッと飛んできたんです。

でも、周りの人たちは避難もしないし、騒がないし、なにもいわない。そのとき初めて実感できました。「ああ。本当に日本は負けたんだな」と。

数日にして、もうB29は爆弾を投下する敵機ではなくなっていました。

二〇一六年五月二十七日、オバマ米大統領が広島を訪問した際、ぼくは地元のテレビとラジオの特番に解説者として出演していた。大統領の「広島演説」の同時通訳も仰《おお》せつかった。

一般にはあまり大きく報道されなかったが、大統領は当日の午後、まず山口県の米軍岩国《いわくに》基地に入って時間をふんだんに使い、海兵隊員を褒《ほ》めたたえつつ垂直離着陸輸送機のオスプレイを大胆に宣伝する演説を行った。それから自分専用の安全性の高いヘリコプターに乗り、周りに四機のオスプレイをはべらして、派手な五機編隊で広島市内の空港へ飛んできた。

「核なき世界をめざす」という触れ込みの訪問でも、実体はアメリカの軍需産業の訳有り品のセールス・プロモーションかと、ぼくは生放送が始まるころからすでにげんなりしていた。

ただ、周りはだれもオスプレイPRに拒否反応を示さず、特別なにもいわない。

平和記念公園に到着したオバマ大統領は、資料館を数分見学したあと、慰霊碑のそばで献花、つづいてスピーチを行った。その間じゅう、同行したスタッフに「核のフットボール」を持たせていた。つまり、核弾頭のミサイルを発射するために大統領の命令が必要であり、発射コードや手順書や発射指令装置などの一式が黒い鞄《かばん》に仕込まれていて、それを俗に「核のフットボール」と呼ぶわけだ。噂《うわさ》に聞いてはいたけれど、爆心地にそんな代物《しろもの》を持ち込む姿勢に、ぼくはアメリカ人ながらあきれた。

第三十三代アメリカ大統領の投下命令によって何万人も惨殺された広島の現場に、第四十四代アメリカ大統領が平気で立ち、謝罪もせず事実とも向き合わず、具体的な取り組みすら語らないまま、長々ときれいごとの挨拶を並べた。そんな演説の同時通訳の後味が悪く、ぼくが大統領に代わって謝罪したくなっても、周りはだれも拒否反応を示さないし、怒る様子も皆無だった。

オバマ大統領はさっさと専用ヘリに乗り、オスプレイをはべらして岩国基地へ舞い戻り、生放送も終わり、そこで見えてきた。アメリカ国籍か日本国籍かという問題ではない。ぼくは広島の爆心地を現在進行形の「現場」ととらえている。一方、日米両政府とその演出に協力するマスコミは、同じ場所を単なるセットととらえて、「撮影現場」に利用したのだ。死者と向き合う姿勢など最初からなく、リアルタイムでの宣伝効果のみ狙ったパフォーマンスだった。

その夜、ひとり平和記念公園を歩き、古内さんが語った体験を思い出した。むろん、状況は大きく異なるが、池袋という「現場」で彼がかみしめた虚無感に通じるものを、ぼくも味わっている気がした。

第5章
一億総英会話時代

ぼくの日本滞在を可能にしてくれたのは「英会話」だった。池袋の英会話スクールが大学新卒のぼくを教師として採用してくれたおかげで、禄《ろく》を食《は》むことができた。当時は生徒にもまだ「戦中派」が少なからずいて、彼らから「敵性語」という言葉を教えてもらい、腰を抜かすほど驚いた。「本気でアメリカと張り合うつもりなら英語を理解していたほうがいいんじゃないか!?」

生徒たちも「それはそうだな」と一様にうなずき、「あの時代の教育は愚かなものだった」と、ひとまずの結論が出た。

みんなで the enemy's language と英訳もした。

教材にも使っていた英字新聞『ジャパンタイムズ』の歴史を、あるとき調べてみて驚いた。明治時代に創刊されたこの新聞は、なんと戦争中も『ニッポンタイムズ』と改称して、堂々と日刊紙として出されていたのだ。さらに一九四五年八月十五日付の同紙には、早々と「終戦の詔勅《しょうちょく》」の英語版が掲載されているではないか。一部のスペシャルな階級では英語が使われ、それ以外の平民が大本営発表と異なる情報を得て政府を疑い始めると、収拾がつかなくなるので英語を禁じたのではないか——ぼくはそう解釈した。

ひょんなことで、一九五二年からGHQ、連合国軍最高司令官総司令部に勤めていた篠原栄《しのはらえい》子《こ》さんに出会って親しくなり、あるとき『ポケット日米會話《かいわ》』なる書物を頂戴《ちょうだい》した。

この一冊は玉音《ぎょくおん》放送から二か月後に「愛育社」から出版され、英文タイトルJAPANESE-AMERICAN CONVERSATION HAND BOOKもあしらってある。「序」はこう始まる。

「本書は聯合軍《れんごうぐん》の我國《わがくに》への進駐に伴ひ、日用英語の必要を痛切に感ずる人々の為《ため》に、最も懇切に最も正確な英語を會話化したものであります」

字体や仮名遣いから、時代の雰囲気が感じられる。そして日常会話の例文として、都心に近い家を借りようとする連合軍関係者に日本人が受け答えをするものなどが出てくる。その奥に容赦ない力関係まで見え隠れしている。

That will be rather difficult at present; for so many houses have been destroyed by air-raids.

「空襲で澤山《たくさん》の家屋が破壊されたから今のところ、なかなか、困難でせうネ」

なんて素直な返答だろう。世の中は「本土決戦」「鬼畜米英《きちくべいえい》」から、「終戦」と「連合軍進駐」に切り替わってまだ二か月ばかり。もし国民がGHQの存在意義を疑いだしたら厄介なことになりかねないと、支配層も考えたのだろうか。そもそも「都心に近い家」を探している人が、「空襲で家屋を破壊」した組織の一員なのだが、そのことへの怒りも違和感もまるでない、いたって平和な会話がつづく。

戦時中の「敵性語禁止」と、戦後の「英語必修」は、反抗心と批判精神を国民から抜きとるという狙いがいっしょか？

『ポケット日米會話』のタイムカプセルを眺めながら想像が膨《ふく》らみ、ぼくは篠原さんのGHQ体験をもっと聴きたくなった。

GHQは東京日比谷で朝鮮戦争の業務を遂行

篠原栄子
（しのはら・えいこ）

一九三三年、東京都八王子《はちおうじ》市生まれ。
一九五二年にGHQに就職。一年後、外資系の貿易会社に転職。
現在は大阪府岸和田《きしわだ》市在住。
英語とフランス語の語学力を生かして、
地元の岸和田だんじり祭のボランティア通訳などをつとめている。

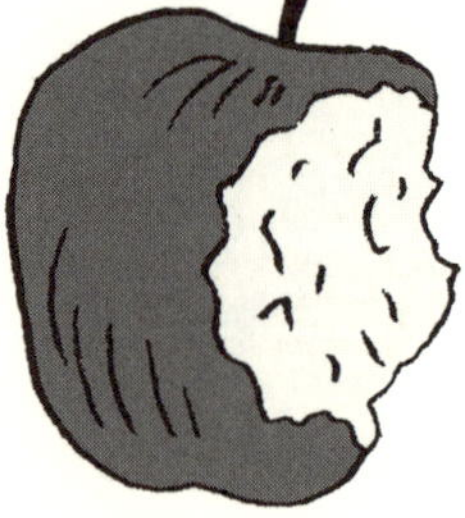

GHQの入っていた
第一生命館は、皇居の
すぐそばに位置する。

『ポケット日米會話』（愛育社）。
篠原さんが長年愛用した英会話集。
進駐軍と日本人との想定問答が満載。

2015年11月13日、東京都港区にて。

「GHQが事務職を募集しているらしいよ」

篠原栄子　八王子は空襲で、市街地の八割が焼けたといわれているのですが、わたしの家はなんとか焼け残りました。旧家だったのでたくさん持っていた畑や山も残りましたね。でもその後の農地改革ですべて没収されてしまって、食べるものにも困る毎日でした。

やがて十八歳になり、わたしは受験生に。東京外大を受験したのですが落ちてしまい、浪人生活が始まりました。

あるときたまたま会った友人が、「わたし、YWCAの秘書養成科に行きたいの」というのです。YWCAというのは、キリスト教女子青年会のこと。「老舗だからYWCAの英語の授業はいいよ」というのです。わたしはもともと英語が好きで、あの『ポケット日米會話』も、すり切れるほど使い込んでいました。友だちの話を聞いてわたしも受験し、無事に合格。大学受験と二股をかけながら、YWCAの秘書科で学び始めました。そこで習っていたのはタイプライターの打ち方や、資料や文書の整理の仕方、ビジネスエシックスなど。難しいことも多かったのですが、受験勉強と違っておもしろく、夢中になりました。

そこへ大崎《おおさき》電気工業という計測器メーカーに勤めていた母方の従兄《いとこ》から、「GHQを受けてみないか?」という話が舞い込んできたんです。外国人の知り合いが、GHQで事務の仕事ができる人を探している、とのこと。わたしは「絶対に通らないと思うけど、面接だけは行ってきます」と家族にもいいましてね。

日比谷《ひびや》の第一生命館にあったGHQへひとりで向かったのです。

面接は、すべて英語で行われました。わたしは落ち着いて英語で答えることができました。

そして、なんと合格したんです。

上司はミセス・ノートンとミセス・リトル

こうしてわたしは晴れて一九五二年の四月の初めにGHQに就職したのですが、あの時代、GHQに勤めていると「戦争に負けたのになんじゃ」と露骨に嫌な顔をする男性もいましたね。もちろん無視してましたけど。

マッカーサーはすでに解任されて、当時の総司令官はリッジウェイでした。四月二十八日にアメリカ軍の日本への占領が終わり、在日米軍へと衣替えすることが決まっていましたから、わたしはそんな過渡期に就職し、GHQの最後の一か月間を過ごすことになりました。配属先は「人事部」でした。

人事部では朝鮮戦争に駆り出されたアメリカ人の夫や恋人、息子を探してほしいという、アメリカ本土からの大量の手紙を扱っていたんです。「夫は朝鮮半島のどこにいるのか」「わたしの恋人は戦場でどんな仕事をしているのか」「息子の行方を探してほしい」——胸の痛くなるような内容ばかりでした。手紙というか、嘆願書《たんがんしょ》ですね。

わたしの考えが古いのかもしれないんですが、軍の大本営、お上《かみ》あての手紙ですから、巻紙とまではいいませんけど特別な便せんを使うとか、丁寧に筆で書くとか、そういうのを想像していたんですよ。ところが、わら半紙に綴《つづ》られたものが多くて、粗末な紙を適当にカットしたり、手でちぎったりしたようなものに、奥さんや母親の願いごとがたくさん書かれている。本当にそういう手紙ばかりでした。

わたしの上司は、アメリカ人の女性たちでした。ミセス・ノートンやミセス・リトル。将校の奥さまだったと思います。彼女たちの部下として、膨大な手紙へのお返事をタイプライターで打っていたんです。けっこう厳しく指導されましたよ。きちんとやらないと怒られたし、タイプした文章の行間やピリオドが整っていないときは、物差しでピシャッと指摘されたりもしました。

安否確認や人事管理など、アメリカ軍はそれらを戦場のコリアではなく、ジャパンの立派なビルの中で行った。GHQは日本を統治する役目を終えるころには、すでに出先機関として「朝鮮動乱」のビジネスにシフトしていたのだ。窓の外は戦後の東京だったが、館内では手際よく戦争がどんどん進められていた。

そして五時にだれもいなくなった

篠原栄子　第一生命館は日米開戦の三年前に建ったばかりで、当時の日本で最高のビルだったんです。ネオクラシックっていうのか、ギリシャ風の建築様式ですよね。アメリカは戦後使うために、あえて爆弾を落とさなかったと聞きました。

入り口にはアメリカの憲兵《けんぺい》が二人。中に入ると天井が高くて二階に通じる階段があって、バルコニーのようになっている。カフェテリアでは、アメリカ人の若い男性と女性がコーヒーブレイクを楽しんでいる。もう、本当に映画を見ているようでしたね。場所も、皇居の真ん前でしょう。アメリカはすばらしいところを、ちゃんとわかっているんだなあって思いました。夢のような豪華さでしたよ。

近くには東京会館や銀行などもあり、通りを歩く人たちはみんな裕福そう。ファーコートを来て、早足で歩いています。わたしは、何を着ていけばいいのか本当に悩みました。

あのころ、銀座の松屋《まつや》デパートは、海外製の服を専門に扱うPXという店として接収されていたんです。そこでわたしは、イギリス製のチェックのスカートを高い値段で買って、少し仕立て直してもらいました。初日はそのスカートに、姉に編んでもらった真っ白なセーターを合わせて出社したのを覚えています。

GHQでの会話は全部英語でした。日本語を使ってはいけなかったというわけではなく、使える人がいなかったんですよ。

エレベーター係が、上に上がるときに「Going up」と歌うようにアナウンスするんです。最初に動き出すときは「Going up」。次に上がるときは「up」だけ。最初に下がるときは「Going down」。でも次に下がるときは「down」だけ。「up」「down」。その響きは、今でも耳に残っています。

朝は九時くらいからの勤務で、終わるのは夕方の五時。とにかくみんな帰るのが早いんです。五時を過ぎて、のそのそ帰り支度をしていると、もうだれもいない。そんな会社、日本にはなかったと思いますから。アメリカってそういう国なのかなと思いました。

だけど一方で、日本人はお行儀がいいなっていうこともすごく感じました。

アメリカ人っていちばん偉い人でもコーヒーブレイクのときに机の上に足を乗っけて、リンゴをかじっているんですよ。それは少しショックでしたね。日本人だったらきれいに皮をむいてお皿に出してっていう習慣でしょう。それが将校かなにかの方なのに、足を組んで外を向いてガーッ！と。大口を開けて、むしゃむしゃと、まるで動物園のらくだのようでした。

篠原さんがGHQに就職した一九五二年の春は、最も「戦後」という言葉がぴったり当てはまる時代ではないか。経済が本格的に成長しだして、物質的な豊かさを求める方向に、日本国民が走り始めていた。
GHQが「在日米軍」という組織に生まれ変わってからも、篠原さんは英語を駆使し、米国人に囲まれて仕事を続けていた。その中身は、徴兵であれ志願であれ、朝鮮半島へ送りこまれた米兵たちの妻や母から届く手紙への対応だった。
夫や息子の身を案じる手紙は、悲壮感にあふれていた。
「仕分け」と呼べば無難な響きだが、実際は戦争の人事業務の一端だった。

戦場で行方不明になった夫、生きて帰れなかった息子も数多くいた。
日比谷濠《ひびやぼり》の白亜のビル内は戦争中で、その「朝鮮特需《ちょうせんとくじゅ》」の利益を原動力にして、日本の経済は再建されていった。政府の経済白書に「もはや戦後ではない」という活字が躍ったのは、もう少しあとの一九五六年。しかし篠原さんの話を聞いていると、東京は焼夷弾《しょういだん》が降ってくる戦争から、利益が降ってくるそれに切り替わっていただけかと思えてくる。見えない形の戦争もある。

ＧＨＱの三文字を、ちょっとリズムをつけて頭の中で転がしていたら、ふっとＧＭＯという「遺伝子組み換え」の三文字に化けた。今度は連想ゲームが始まり、ＤＤＴの殺虫剤が頭に浮かび、大統領のＪＦＫからＮＨＫへ移り、もちろんＣＩＡとＦＢＩとＫＧＢのイメージが恐ろしく広がり、いよいよＴＰＰに振り回されて混乱した。しかし一ついえることは、海の向こうからやってくる面倒事は一九四五年以降、一貫してアルファベットの三文字セットだ。

ちなみに、ＧＨＱのことをＧＯ・ＨＯＭＥ・ＱＵＩＣＫＬＹと皮肉っていたのだという。仕事が途中でも時間になったら「すぐ帰っちゃう」と、なかなか上出来な略語だが、在日米軍は戦後何十年たっても、帰る気配はない。

公園はすべてを見てきた

小坂哲瑯

（こさか・てつろう）
一九三二年、東京都千代田区日比谷《ひびや》公園生まれ。
終戦直後、自宅である松本楼がＧＨＱに接収される。
一九五四年、松本楼に入社。
一九七一年の過激派による焼き討ちなどを経験し、
一九八二年、父の跡を継いで三代目社長に就任した。

終戦前後の松本楼。
GHQが入った第一生命館に
近いため、進駐軍の
宿舎にされた。

昔も今も東京を代表するレストランである、
松本楼のマッチのラベル。

2015年4月16日、東京都千代田区にて。小坂哲瑯さんは2018年5月23日に永眠。

沈黙の日比谷

一九〇七年、ペンシルバニア州の農家に生まれたレイチェル・カーソンは、たくさんの生き物に囲まれてたくましく育ち、海洋生物学者になった。研究を進めて、二十代の終わりにアメリカ商務省の漁業水産局に雇われ、のちに内務省へ移って野生生物に関する情報収集を担った。

そして第二次世界大戦後、北米大陸の生態系が殺虫剤によって破壊されていることに気づき、とりわけDDTの無差別殺傷をカーソンは問題視した。しかも化学工業によって猛毒が次々と開発され、農薬として売り込まれる背景には、軍需産業と政府の馴《な》れ合いが潜んでいることも見抜いた。行く末は、春になっても鳥が鳴かず、虫の声も聞こえず、静かな死滅が広がるのみ——警鐘を鳴らした科学書の傑作Silent Springを、カーソンは一九六二年に世に出した。

和訳は『沈黙の春』となった。合成の薬品の発癌《はつがん》性を調べ上げた本でもあるが、執筆中に著者本人が乳癌《にゅうがん》におかされ、転移してしまった。出版から二年後にカーソンは亡くなった。

大学生のとき、ぼくは初めてSilent Springを読んで、生き物を中心に据えた基本姿勢に感化を受けた。四十歳のころにまた読み直して、観察眼の鋭さだけでなく、線引きの細やかさにも深くうなずいた。海の生物、川の生物、森の生物、畑の生物の違いを見つめて、同時にそのつながりを探る。カーソンは常にボーダーを生かし、現象をごっちゃにはせず、世界を単純化しすぎずにとらえようとした。ぼくら人間と、ほかの動植物のボーダーも、丁寧にたどりながらも、同じ生き物としてつかむ。

そんなカーソンの視点に、ぼくはずいぶんと世話になっているが、日比谷《ひびや》公園の一角に建つ「日比谷 松本楼《まつもとろう》」のオーナーに会いに出かけた際、ちっとも『沈黙の春』のことを考えていなかった。カーソンが生まれる四年前の一九〇三年に開業したそのレストランは、東京のど真ん中で、人びとの交流の場となり、ときには政治の舞台にもなって、たとえば清国《しんこく》から亡命した孫文《そんぶん》もかかわりが深かったらしい。戦後は近所のGHQで働く将校たちの宿舎にされた。

でも日比谷公園に生まれ育った小坂哲瑯さんにお会いして、すぐにカーソンのことが思い浮かんだ。小坂さんも観察眼が鋭く、生き物を中心に据えて世界を見つめている。さらにもう一つ大事な共通点に気がついた。小坂さんも鮮やかにボーダーを生かし、物事をごっちゃにせず細やかにとらえる人だ。二十世紀の日米の歴史の中で、権力の線引きに振り回され、自宅にまで国境線を引かれてしまった。そんなボーダーが小坂さんの豊かな視点に取り込まれ、だれよりも越境してきたたくましさが、じんわりと伝わってくるのだ。

公園に落とされた爆弾

小坂哲瑯　わたしは非常に恵まれていました。というのは、これだけ広い公園の一角ですから、さまざまな動植物がいて、大きい樹木がそれを支え、四季折々の変化に富んでいました。

たとえば第一花壇にはチューリップがありますでしょう。わたしが子どものころは、いろんなチョウチョがいましたね。アゲハチョウやシジミチョウやモンシロチョウ……夏はミンミンゼミやツクツクボウシなどが盛んに鳴いて、秋にはコオロギやマツムシをはじめとする秋の虫です。子どもにとって自然を学ぶ学園であり、楽園でした。

それも、現在はほとんど生き物がおりません。戦後、公園を取り巻く環境がそれだけ変わってきたということでしょう。

日比谷には戦争中、かなりの数の焼夷弾《しょういだん》が落とされました。二百五十キロの爆弾が、公会堂の前の広場に落とされたこともあります。忘れもしない、一九四五年一月二十七日零時四十分でした。それが初めて、東京に二百五十キロ爆弾が落とされたときです。

すごかったですよ。大地震が起きたようにガーッと揺れたので飛び出していったら、土煙が舞い上がって、見たこともないような巨大な穴が開いていた。

第二弾は、今の東京宝塚劇場の近くにあった中華料理屋を直撃しました。そこでは海軍の将校が会食をしていて、全員亡くなったそうです。そして第三弾目は、わたしが通っていた泰明《たいめい》小学校でした。女の先生が四人亡くなりました。四弾目も校舎の真ん中にズドーンと落ちたんですが、不発弾でした。見に行ったら、巨大な爆弾が校舎の下まで突き抜けていましたね。

それまで都心は、あまり空爆の被害に遭っていなかったんですが、そのころからひどくなって、銀座の街はほとんどやられていきました。人の多い有楽町《ゆうらくちょう》の駅もみんなやられました。

一九四五年二月に松本楼もついに接収されて、日本の海軍省の将校たちの宿舎となりました。わたしは泰明小学校を卒業して芝《しば》中学校に進んでいたんですが、母の実家がある埼玉県深谷《ふかや》市に疎開することになりましてね。そこではすぐに勤労動員されて、戦闘機の骨組みを作る軍需工場で働いていました。

そしてわたしが東京に一時戻っていた三月十日に、東京大空襲があったんです。あの日の未明、アメリカ軍は本所深川《ほんじょふかがわ》あたりから、絨毯《じゅうたん》爆撃といった具合に焼夷弾を落とし始めたんですが、最終的には日比谷公園にも次々と焼夷弾が落ちてきました。

わたしは松本楼にいました。B29はこちらへ向かって、操縦士が見えるくらいの低空飛行でウワーッと来た。次の瞬間、六発の焼夷弾が建物のすぐ一メートルほど先に落っこちて、火の手が上がるのを目の前で見ました。あのとき三月二日に降った雪がまだ残っていたんですが、四百度を超える火災の熱が火事嵐を巻き起こし、残雪を吹き飛ばして、冷たさと熱さの混じったすごい勢いの風となって吹きつけてきました。

今は鉄筋になっていますが、その当時の松本楼は木造でした。常駐していた海軍の兵隊は、飛んでくる火の玉を一晩中消して歩いていましたね。幸い松本楼は残りましたが、周囲の砂利も燃えてまるで漁り火《いさりび》のようで、地獄絵図みたいでした。

「撃ったって届かないんじゃないか？」

松本楼の敷地内には高射砲が三門ほど据えられていました。据え付けのときに、樹齢三百五十年のイチョウの大木の枝が刈られてしまったんですよね。「首かけイチョウ」と呼ばれる有名な木なんですが、下から見上げて敵機を撃つのに邪魔になるので、枝の上のほうが切り落とされたんです。今でも見ると、細くなっているのがわかりますよ。

なのに兵隊さんたちは結局、わたしたちが知る限りでは一発も撃たなかった。B29はいつも一機二機で飛んできて、上空の本当に高いところに見える。子ども心にも、それを目がけて撃ったって届かないんじゃないかと思っていたんですけど、兵隊さんもそう思っていたんでしょうね。

玉音《ぎょくおん》放送を、疎開先の深谷市で聞くことになりました。ラジオの雑音がガーガー混ざっていて聞き取れなかったんですが、負けたことはわかりました。ひとり竹藪《たけやぶ》に入って、おいおい泣きましたよ。兵隊さんに申し訳ないと思って。わたしより二つ三つ上の人たちは、みな命令で特攻隊になって死んでいきましたからね。周りの大人たちも泣いていました。

戦争が終わると、東京にはアメリカ軍が進駐してきました。

わたしたち一家は疎開先の深谷にいたんですが、あるときみんなでラジオのニュースを聴いていたら、アナウンサーが「第一回の接収家屋を申し上げます。帝国ホテル、日比谷松本楼……」って読み上げるんですよ。つまり、自分の家が接収されたのをラジオで知ったんです。

第一生命館のGHQの近くで、高級将校が寝泊まりできるような建物は、うちと帝国ホテルしか残っていなかった。だから接収するというわけです。

親父《おやじ》はびっくりして東京に飛んで帰ったんですが、そのときにはもうアメリカ人が入り込んでいて、進駐軍の憲兵のやたらとデカい人に「ストップ!」と、行く手を阻まれました。

「なんだ、ジャップ」ってわけです。そこで親父は「わたしはここのオーナーだ。とにかく建物を管理したい」と申し入れ、なんとか支配人として入り込むことができました。

つまり自分の店に、就職したんですね。ＧＨＱとしても、松本楼を宿泊施設として使うなら、日本人をけっこうな数で雇わなければなりませんから、英語がわかってマネージメントもできる人間が必要だったんでしょう。もちろん松本楼はわたしたちの自宅ですから、親父は当然「ここに住まわせろ」と交渉しました。

するよ初めは、彼らの答えは「ノー」だったんです。でも事情を話したところ、ようやく「わかった。じゃあ、われわれの好意でおまえたちを置いてやる」となりました。「特別に許可する」というわけです。まったくもってアメリカ人はジェントルマンですね。

その日からわたしはＧＨＱが発行したパスポートを使って、芝中学に通うことになりました。学校から帰ってくると、自分の家の入り口に立っている図体《ずうたい》の大きな憲兵が「ボーイ、ストップ！」と大声で命令するんです。ちゃんとパスポートを呈示すると、「ＯＫ、ゴー」と帰宅を許可される。わが家なのに「外国」だったんですよ。

東京の中の「外国」に住む

松本楼の周りでは、進駐軍のダンスパーティーや音楽会が開かれたりしていました。また大広場に突然、囲いがつくられて網が張られたこともありました。なんだろうと思っていたら、ある夜、明かりがパーッとついてソフトボールの試合が始まったんですよね。わたしたち子どもはナイターなんて見たことがなかったから驚きました。

一九五一年にＧＨＱの接収が解かれ、その決定のあとの彼らの撤収は早かったです。ある日を境にアメリカ軍の関係者はだれもいなくなっていました。本当に忽然《こつぜん》と消えました。「それじゃあ店をまた始めようか」となったんですが、そんなに簡単にはいきません。部屋という部屋にはペンキがたっぷりと塗られているし、キッチンには牢屋《ろうや》もつくられていて、「洋モク」なんかを密売した日本人がぶち込まれていた。荒らされて、ひどかったですよ。かといってアメリカ軍は、それを元に戻すお金なんて一銭もくれないんです。

マイナスからの出発でした。父は友人からもお金を借りて、ものすごく苦労したんです。ただ、もともとうちのコックだった人も、奇跡的に生き延びていて、店の再開とともに戻ってきてくれました。本当にありがたかったです。

小坂さんの体験の中心地がはっきり定まっていて、「究極の定点観測」といっても過言ではない。しかも日比谷公園は、日本の国家権力の中心地に近く、また米軍の占領政策の臍《へそ》にも隣接していた。戦中に高射砲陣地にされて、爆弾もたくさん落とされてしまい、でもそれ以上に小坂さんが力を込めて語ってくれたのは、戦後の著しい生態系の変化だった。

昆虫少年が愛情を持って公園の生物たちとずっと触れ合っていたので、彼らの激減は他人事ではない。高度経済成長の流れと時代が重なり、ミクロの向こうにマクロが透けて見えるようだ。日本列島の自然の劣化は、定点観測していない人間が感じるより、もっと恐ろしい次元なんだ――ぼくにはそんな警鐘に聞こえた。

「復興」や「成長」の中には、破壊が潜《ひそ》んでいることも、小坂さんは鋭く見抜いている。

流れに「のっていく」ぼくらの今と昔

高畑 勲

（たかはた・いさお）

一九三五年、三重県生まれ。

父の転勤に伴い岡山に転居し、九歳で空襲を経験する。

東京大学卒業後にアニメ界へ進み、数多くの作品の演出と制作を手がける。

代表作に『火垂《ほた》るの墓』『おもひでぽろぽろ』『かぐや姫の物語』など。

左：『火垂《ほた》るの墓』（高畑勲 監督、ウォルト・ディズニー・ジャパン）。
©野坂昭如／新潮社, 1988
親を亡くした兄妹が、戦時下を生き延びようとする姿を描く。
右：『かぐや姫の物語』（高畑勲 監督、ウォルト・ディズニー・ジャパン）。
©2013 畑事務所・Studio Ghibli・NDHDMTK
日本最古の物語に隠された、人間・かぐや姫の真実とは。

1945年6月の岡山空襲で投下された、油脂焼夷弾「M74」。
黄燐を使用して、自然発火を起こす。
消火は極めて困難。

2016年5月15日、東京都豊島区にて。
高畑勲さんは2018年４月５日に永眠。

ひき込まれて、心を動かされて

ぼくが十二歳のとき、夏休みの終わりに、父親は飛行機事故で死んだ。ぼくも同じ飛行機にいっしょに乗るはずだったが、いくつもの偶然が重なって予定が変わり、こっちだけ死なずにすんだ。「助かった」という気持ちはまるでなく、父に置いていかれたさびしさと、父といっしょじゃなかった後ろめたさに、ぼくはずっととらわれている。

高校生のころから詩を書き出し、父が死んだときのことを幾度か表現しようとして、でもどうがんばってみても、作品といえる形には仕上げられなかった。自分のさびしさや後ろめたさの領域をこえられず、個人的な体験として多少伝えることができても、その物語を描くことは、当時のぼくには無理だった。

大学卒業と同時に来日して、やがて日本語でも詩を書き始め、少し距離がとれるようになったのはそのあたりからだ。日本語で描いてみると、記憶の中で盛んに飛び交う英語の台詞《せりふ》がなんだか遠ざかり、依然として精神的にまいっている自分を、初めてちょっと客観視できる気がした。そこで気づいたのは、「語る」と「描く」との間に大きな違いがあることだ。「描く」ためには、自分の視点を変える必要があり、どこかで題材と距離をとらなければならない。

高畑勲さんの作品に触れ、ぼくはいつもひき込まれて心を動かされる。そして余韻に浸りながら毎回実感するのは、描く姿勢の確かさだ。同じ作品の中で「感動」と「思考」の両方が生き生きと広がり、いったいこんな時空をつくり出すためには、題材とどう向き合えばいいのか、表現者のハシクレとしてぼくはヒントを得ようとする。

文化放送のラジオの番組が始まり、「ぜひ話を聴かせていただきたい」と高畑さんにお願いした際、「岡山空襲の体験を中心に」と申し込んだ。けれど実は、ぼくには下心もあって、「描く姿勢」の足場づくりについても教えていただこうと狙っていた。高畑さんはすべてに関してこころよく答えてくださって、舞い上がったぼくは聞き役に徹することを忘れ、「インタビュー」というより「対談」に近い形になってしまった。読み返すと、日本語に対する高畑さんの愛情が随所にあふれていて、とりわけ「はらはら」という擬態語のありがたさが、身にしみてくる。

「置いていかれたんじゃないか!」

ビナード:高畑さんは一九三五年のお生まれで、九歳のときに岡山県で終戦を迎えた。戦争中は、バリバリの軍国少年になっていてもおかしくなかったんじゃないですか?

高畑:ぼくはほとんど軍国少年ではなかったです。父は当時の中学、今でいえば高校の校長をしていたんですけど、家では一切、軍国主義的なことはいわれなかったんです。

でもいちばん思い出すのは御真影《ごしんえい》、つまりすべての学校で掲げることを義務づけられていた天皇、皇后の肖像写真のこと。空襲が起こると父は、家族なんて放っておいて、すぐに学校に駆けつけました。もちろん、学校が燃えたときの消火活動という目的があったんでしょうけど、いちばんの目的は御真影。それを焼いてしまうと、学校長としては最大の不名誉でしたからね。

ビナード：立場上どうしても家族の命より、写真のほうの優先順位が高く、そんな中、一九四五年の六月に岡山の町は大空襲に見舞われました。

高畑：六月二十九日の未明です。寝たと思ったら起こされて、目を覚ましたらあたりはもう真っ赤。燃えているんですよね。ぼくは、慌ててパジャマのまま裸足《はだし》で、表に飛び出したんです。するとすぐ上の姉も、家から出てきた。六人家族のわが家の中でも、いちばん幼い二人ですよ。家の前では人がたくさんダーッと走っていました。家族のみんなは、だれも家から出てこない。だんだん不安になりましてね。「置いていかれたんじゃないか！」って思いました。

よく考えてみればそんなバカなことはないんだけど、不安に駆られたぼくと姉はその人波に乗って走りだしちゃったんです。本当はほかの四人は庭にいて、防空壕《ぼうくうごう》に入るべきかどうかを相談していたんですけどね。結局、ぼくたち二人は完全にはぐれてしまいました。

アメリカ軍はひどくて、街のまわりを先に焼くんですよ。だから中心部にどんどん人が集まる。そこへ焼夷弾《しょういだん》が雨あられと降ってくるんです。ときどき焼夷弾以外の爆弾も混ざっていて、それがぼくたちの近くで破裂し、その破片が姉のお尻に刺さったんです。けっこう大きな破片でした。姉は失神してしまったので、ぼくは、「お姉ちゃん！　お姉ちゃん！」と、無理やり揺り起こしました。まわりは火の海でした。とても熱くって、乾燥してきて、防火用水の水をバサーッと頭からかけていたら、そばにいたどこかの大人がダーッと走りだしたんです。慌ててぼくたちもくっついて行ったら、ちょうど岡山市内を流れる旭川《あさひがわ》っていう大きな川に出ましてね。助かりました。だいぶたってから、姉のお尻に刺さったその破片を摘出しました。ぼくはぼくで、裸足で逃げたからガラスの破片が足の裏にいっぱい刺さって、膿《うみ》だらけになりました。アスファルトなども溶けてしまって、もうふにゃふにゃで熱かったですよ。

防空壕には、子どもだから怖くて入れなかった。ところが、あとでわかったんですけど、防空壕に入った人はみんな蒸し焼きになって死んだんです。まわり中、とにかく死体だらけでしたね。炭のように真っ黒に焦げているものもありましたけど、多くはね、陶器の肌みたいにこんがり焼けているんですよ。しかも油が少し浮いている。

そういうところを通って、家までたどり着きました。そうしたら、全焼した家の前の防火用水の中に、死体がいっぱい入っているんですよ。水の中へ入ろうとして折り重なったまま、たくさんの人が死んでいるんですね。自分のうちの真ん前でですよ。

ぼくは本当に震えが止まりませんでした。一時期、夜驚症《やきょうしょう》みたいにうなされたりもしました。夜、突然叫びだしたりすることもあって、しばらくは症状が残っていたんです。

ビナード：そして一か月半後、八月中旬には「戦争はこれでおしまい」ということになる。

高畑：ええ、玉音《ぎょくおん》放送を聞いて、ああ戦争に負けたんだということは、すぐにわかりました。いっしょに聞いていた上の姉などは大泣きしていたんですけど、ぼくは悲しくもなんともなかったんです。だって負けたらどうなるのかとか、状況を全然つかめていなかったから。だめな子どもですね。想像力が働かなかった。でも、年上のきょうだいたちを見て、きっと深刻そうな顔をしなきゃいけないんだろうな、とは思いました。

のちに「しらけ世代」などという言葉が出てきたときには、ひょっとしたらその第一期はぼくたちなんじゃないか、と思ったりもしました。ぼくの中では、「絶対的な価値というものはないんじゃないか」という思想が形づくられていった感じです。だってみんな、突然変わるんですから。先生もほかの大人も、教育だってみんなけろりと変わる。かといって、そういう社会の変化に不信感を持ったというわけではなくて、ぼくはおもしろいなと思っていました。先生たちも、民主主義教育とかいうものを全然知らない。考えてみたら、八月十五日に戦争が終わったというのは、先生にとっては非常に幸運だったんじゃないでしょうか。ちょうど夏休み中でしたから、ワンクッションがあって助かったと思います。それで新しい社会が始まって。

でも、教育の現場がはっきり民主主義的になったのは、ぼくが中学校に入った一九四八年ぐらいからでしたね。ぼくの父も先生たちもＧＨＱの研修を受けたんです。学芸会をやるときでも、「みんなで民主的にやろう」とかね。「生徒会長の選挙はポスターつくったり演説したり本格的にやろう」なんて。失敗や試行錯誤はいろいろとあって、そういうのは本当におもしろかった。最初のころの授業は「青空教室」といって焼け跡に座り込んでやったり、大きな食堂を布で仕切って教室にしたり。隣の授業が筒抜けだったりもするんですが、開放的で楽しいですよね。おもしろいできごとの連続といった感じです。

「矛盾している」といったあいつは偉かった

高畑：いちばん印象に残っているのは一九四九年、中学二年のときのことですね。クラスで

「再軍備は是《ぜ》か非《ひ》か」を議論する討論会があったんです。

世間ではこのころ、いわゆる「軍備戸締《とじ》まり論」という新しい概念が取りざたされていました。これはつまり、「外部からの侵入を防ぐためにはきちんと〝鍵〟をかけて戸締まりをする必要があるように、日本にも戸締まり程度の軍備が必要だ」という考え方です。

ぼくは「戸締まりは必要」のほうでしたね。多少の軍備はあったほうがいいんじゃないかと思ったんです。だって小さいころからずっと、身近にも兵隊さんがいましたから。

ところがクラスで一人、みんなから孤立しながらも絶対に譲らない男がいました。そいつは「再軍備はしちゃいけない」といって、頑《がん》として譲りませんでした。「日本国憲法できちんと戦力の不保持をうたっているのに、矛盾している。もう一度戦争を起こして、本当にそれでいいのか」ってね。忘れられないですね。あとあとまで、あいつは偉かったなって思っています。

でも結局この翌年、朝鮮戦争が始まると、アメリカは「日本の警察力を高める」名目で「警察予備隊」をつくったんです。「警察予備隊」は「自衛隊」になり、それが今でもつづくんですから、「戸締まりは必要」派の主張が結局通って、ずっと拡大解釈されているんでしょうかね。

ビナード：同じ「力」を、「軍事力」と呼ぶか「警察力」と呼ぶか、それだけでずいぶん違う。言葉を疑って考えること自体、そもそも政治的な行為であり、高畑さんが政治と言語の力学に目覚めていった時代に「戸締まり論」という表現がはやったんですね。

高畑：非常に気持ちに入りやすい言葉でしたね。そのころの日本では戸締まりをしない家なんていくらでもあったのに。「戸締まり」って、わかりやすいんでしょうね。

ビナード：昨今の「駆けつけ警護」以上に、うまくできたキャッチフレーズですよね。広告代理店なのかホワイトハウス、ペンタゴンなのか、とにかくどこかでひねり出されたキーワード「戸締まり論」が広まって、みんな「やっぱり再軍備はしたほうがいいよね」っていう空気が日本中に行き渡る。そして結局ペンタゴンの下請けにされ、粛々《しゅくしゅく》と再軍備が進められる。今や「戸締まり論」の自衛から、「集団的自衛権」にまでなし崩し的に話が広げられているでしょう。

高畑：「戸締まり」がもし成立するのだとしても、それこそ自国を守るための「個別的自衛権」なのであって、「集団的自衛権」はまったく別物ですからね。

「はらはら」じゃなく「どきどき」と戦争へ

高畑：若い人たちに太平洋戦争の話をするときにはいつもいうんですが、当時の国民はみな戦争には「のっていった」んですよね。なぜなら、大きな流れの中にいたわけですから。

ビナード：のっていった?

高畑：今のアニメなどで、はやっているのは「どきどき」であってね、「はらはら」じゃない。客観的に外から見れば、そこで初めて「はらはら」できる。たとえばファンタジーの世界で、自分が主人公と同じところにいて、敵がどこから撃ってくるかわからないときには、もう「どきどき」してすごく興奮しますよね。その世界の仕組みや仕掛けがどうなっているのか、わからないと「どきどき」しっぱなしで主人公についていくしかない。ところが、「はらはら」というのは、敵が主人公に近づいてくることが、観客の自分には見えている。するとですね、主人公に向かって「危ないよ！」とか「そっちへ行っちゃダメ！」とかいえるんですよ。

ビナード：「はらはら」はサスペンスの基本ですね。どうなるかと「はらはら」する。

高畑：ええ、それから「はらはら」と表裏一体なのは「笑い」ですね。ちょっと客観的だから笑えるんですよ。「どきどき」というのは、もう笑えない。わたしの同僚の宮崎駿《みやざきはやお》の作品も、『天空の城ラピュタ』のころまでは笑えたんですけど。それ以降になると、くすっと笑わせるところ以外では笑えなくなっちゃって。宮崎アニメに特別の魅力があることは、ぼくもよくわかっています。でもすっかり「どきどき型」、つまり巻き込み型になったんです。

ビナード：「どきどき型」は、迫力があって、圧倒されるし、身をゆだねれば楽しい。ただ思考する余裕がないので、いわゆるプロパガンダに使われる可能性もあります。人びとを誘導したり、思考停止にさせたまま利用したり、もしそんな狙いがあれば。

高畑：要するに、すべてが成り行きに従って流されるんですね。戦争の時代、多くの日本国民が流されて、積極的に戦争に賛成する側に立ったんです。のっていったんです。ぼくがいつも思うのは、テレビドラマなどでの、当時の日本人の描かれ方なんです。ドラマでは「不本意ながら戦争に突入してしまった」といった具合に、たいていウロウロしたり、「半分反対だった」といったりする主人公が多い。「戦争にのっかっていっている主人公」という例は、ほとんどないんです。でもぼくは、そこが現実と違うと思うんです。ただ、ドラマにする場合には、「戦争のときはつらかった」というように描いておかないと、戦後になってガラリと変わったことを、まともに説明できないですからね。もちろん当時の国民の中には、アメリカに対して「勝てっこないよ」といったり、ジャズやアメリカ映画が好きだったりした人もいたんですが、いったん戦争が始まってしまったら、やっぱり「のっかっていった」んです。

ビナード：もし自分が「のり気」でなければ、たとえば非協力とか、こっそりサボタージュとか、いろんな手段はあるはずだけれど。

高畑：いいえ、しないんですよ。亡命などもしない。やっぱりみんな、まわりと仲よくやることがいちばん好きで、孤立するのが怖いんですね。だから戦争が始まってしまったら、もう国に勝ってもらうしかない。冷静に客観的な判断なんかしないんです。そんなことをしても無駄ですから、負けるなんてもう一切考えない。現実に、太平洋戦争のときはそうでしたよね。

ビナード：当然の帰結としていずれやってくる「敗北」については、実際に敗北を喫してしまったあと、初めて考えだすわけですね。

高畑：それで、完全に負けて大惨事をもたらした日本の指導者にも、原爆まで落としたアメリカ政府にも、責任を追及しない。日本の国民は、天災のように「腹に収めて」受け入れちゃった。

以前、空港の液状化対策の地盤工事での偽装が発覚したことがありましたよね。その謝罪会見で上役が「失敗すると次がないから『なにがなんでも完成させないと』とみんなが思っていた」というんですよ。これって戦時中と同じですよね。とにかくまわりと歩調を合わせて一致団結して、幻想のゴールにたどり着こうとがんばってしまう。戦時中も同じだったと思います。

戦争の被害と加害についても、大きな矛盾を抱えています。軍隊に行ったということは、加害者の立場で行ったわけですよね。日本人は、それに対する言及が少なすぎると思うんです。

毎年八月が来て戦争を語る際に、原爆も含めてですが「甚大な被害を受けた」と話し、引き揚げも含めてですが「とても大変だった」という体験が多く語られる。でも本当は、被害と加害は量的にいえば同等くらい、あるいは加害のほうが同等以上なんですよね。土壇場になって「ひどい目に遭った」ことだけを話しても、「反戦」にはならないと思っています。

みなひどい目に遭うと思って戦争を始めたりはしない。「うまくいくぜ」と思って戦争を始めたので、その事実を伝えないといけないんじゃないかと思っているんです。

また「銃後での被害」と「兵士としての被害」の違い、つまり国内でこうむった被害とは異なる、戦場のそれについても考える必要がある。戦争に関する情報や報道が、とかく国内の被害に偏《かたよ》っていると思うんです。中国戦線はともかく、ニューギニアや南方の島々では兵士たちの餓死が多かったですからね。またサイパンなどでのバンザイ突撃も無残な死だし、硫黄島《いおうとう》ではゲリラ攻撃などをさせられて、さらに悲惨だった。そういう戦場での体験をもっと知るべきです。

人を殺さなかったことの意味

高畑：ちなみにぼくは、まだ「反戦映画」といえるものを撮ったことがないんですよね。反戦映画を撮るのは難しすぎます。そもそも「平和とは何か」が、難しすぎますからね。そういった作品を作るだけの能力がぼくにはないなと思う。だからつくっていないんです。

ビナード：そうですか？　平和を前面に出したり、メッセージや主張を伝えたりすることだけが、反戦映画ではないと思うんです。生き物との共生や社会の力学を描くことも、反戦につながっていませんか？

高畑：実は『おもひでぽろぽろ』の前に、しかたしんという作家が書いた『国境』という児童文学の作品をもとに、映画をつくろうとしたことがあったんです。でも一九八九年の天安門事件でその話はつぶれてしまいました。それは今の北朝鮮から中国東北部、モンゴルあたりを舞台にした物語なんです。

太平洋戦争当時、中国東北部に住んでいた日本人は、子どもも含めてまったく無意識のうちに、満州族や朝鮮族の人たちを虐《しいた》げて、平気な顔で暮らしていたんですよ。たとえばその地に住んでいる日本人の中学生たちが電車にドカドカと入ってくると、座っていた中国人たちはみんな立ち上がって席を譲る。それを、その時代の日本人たちは当然だと思っていたらしいんです。ぼくは、それをそのまま描きたいと思います。その作品を今の日本人が見て「なんて恥ずかしいんだ」と思ってくれたら、それでいい。植民地支配時代の「日常生活」を描く作品をつくりたい。なにも考えずにふるまってしまう様子を、あえて悪いこととして描くのではなく。

ビナード：平凡な日常生活の中に、恐ろしい問題の核心が潜んでいるんですね。

高畑：そうなんです。二〇一五年は戦後七十年の節目で、「けじめをつける」というフレーズをよく聞いたりしました。でも、けじめをつけたら困るとぼくは思うんです。なぜなら今の政権を握っている人たちは、けじめをつけたがっていますから。それに対しては、ぼくは反対です。とにもかくにも七十年間、戦闘行為によって一人も殺さず、そして死ななかったという、こんなに大きなことはないと思うんです。一九五〇年代にすでになし崩し的に破られて、もうボロボロになっている憲法第九条ですが、大きな歯止めにはなり得る。日本人は流されやすい国民ですから。流れを食い止めるためには、歯止めが必要なんです。

もう一つ、沖縄の問題は常に忘れてはいけないと思います。沖縄が常にアメリカに基地を提供して、その沖縄の犠牲の上に立って日本の七十年間があったといえます。

一九四五年の夏休みを境に、人びとの「前」と「後」の変化について高畑さんは、表現者として鋭い指摘をした。時代の流れに「のっていった」人物を中心に戦前、戦中、戦後を描こうとすると、納得がいかない物語になってしまう。なかなか筋が通らないので、結局「半分反対だった」という人物像をつくり上げ、ドラマに使うわけだ。

先生たちもほかの大人たちもみんな態度をけろりと変えた、あの夏の決定的瞬間を目撃した少年は、眼力をさらに磨き、世の矛盾から目をそらさずにたくましく育ち、日本を代表する、いや、世界を代表するアニメ作家になった。

一九四五年の秋、学校の授業が再開して、多くの教室では教科書に墨を塗ったという。不都合な記述を読めなくして、つじつまが合わない話を消し去り、ごまかしてストーリーを無理やりつなげるというやり方だ。高畑さんは、絶対そんな手口は使わない。

物語の作り手のハシクレとして、ぼくも同じ姿勢を貫きたいと思う。

戦後づくり——後書きにかえて

アーサー・ビナード

「前書き」にも書いたが、ぼくは「戦中生まれ」なのだ。アメリカ英語で考えると、そういうことにもなる。ベトナム戦争の最中に産声《うぶごえ》を上げたから。

一九七三年、ぼくが五歳のころにやっと和平協定を結んで米軍が撤退、そのあたりからアメリカにおけるベトナム戦争の「戦後」が始まるわけだ。しかし今度は中東、そして中南米などでも米軍を中心に戦争が繰り広げられ、イラクを戦場にしたGulf Warの「湾岸戦争」も繰り返された。結局、第二次世界大戦の終わりから現在まで、大小を合わせて計算してみるとざっと二百回以上、米政府による「戦争」が行われてきた。

postwarの意味が定まらないわけだ。

アメリカにいた十代のときは、そんな状況が普通に思え、母語の英語で「大本営発表」ならぬ「ホワイトハウス発表」を絶えず浴びせられ、本質をなかなか見抜けなかった。生まれる前からwarがずっとつづき、それをあらためて客観視する立ち位置も持てなかった。

が、日本語の「戦後」を覚えて視点が変わった。

「戦後のない国」からやってきた自分が、「戦後」を英訳する場合、よくJapan after World War IIと日本に限定した上で伝えていることに気づき、このギャップをどうにかしたい思いに駆られる。ビジネスとしてwarが計画的に引き起こさせられているカラクリが、日本語のおかげでだいぶ炙《あぶ》り出された。

太平洋戦争の「戦後五十年」の節目の年を、ぼくは日本で体験して、それから「戦後六十年」の際も日本に滞在して、「戦後七十年」の一年も大部分は日本ですごした。

徐々に「戦後」という日本語が孕《はら》んでいる矛盾も見えてきて、よくセットみたいに「戦後」といっしょに使われる「平和」も、往々にして意味を薄められていることも理解できた。

国語辞典の『大辞泉』で「平和」を引けば、「戦争や紛争がなく、世の中がおだやかな状態にあること」と書かれている。たとえば朝鮮半島がすさまじい戦場と化し、米軍が空から海から攻撃を繰り返し、その出撃基地も補給も含めて兵站《へいたん》上、必要な拠点をすべて日本が提供している状態を、果たして「平和」と呼んでいいのか。

アメリカの詩人、エドナ・セントビンセント・ミレーは、一九四〇年に「平和」をこう定義づけた。

「平和とは、どこかで進行している戦争を知らずにいられる、つかの間の優雅な無知だ」——ミレーは一九五〇年にこの世を去ってしまったが、もし彼女が日本の「戦後」に触れていたなら、定義の時間軸をもっと長くして「つかの間」をやめて、ただ「優雅な無知」と表現したのかもしれない。

いや、単なる「優雅な無知」だったら、七十年はつづかないだろう。

たとえ「優雅な無知」ですごしている人たちが比較的多くても、中にはあの戦争を背負って後始末しながら日々、「平和」を生み出している人がいる。その営みがあって「戦後」という日本語は、現在も意味をなしているのじゃないか。

「戦後七十年」のとき、ぼくは先人たちの「戦争体験」を聴こうと決め込んで、マイクを片手に出発した。が、実際に向き合って耳をすまし、歴史の中へ分け入ってみたら、一人もそんな「戦争体験」の枠に収まらず、みんなそれぞれの「戦後づくり」の知恵を教えてくれた。

後のことを放置せず、大事な仕事として引き継ぎたい気持ちで、ぼくは胸がいっぱいだ。「戦後づくり」以外に、たぶん生き延びる道はないと思う。

アーサー・ビナード　Arthur Binard
詩人。1967年、アメリカ・ミシガン州生まれ。ニューヨーク州のコルゲート大学で英文学を学び、1990年の卒業と同時に来日、日本語での詩作を始める。
詩集『釣り上げては』(思潮社) で中原中也賞、『日本語ぽこりぽこり』(小学館) で講談社エッセイ賞、『ここが家だ――ベン・シャーンの第五福竜丸』(集英社)、『ドームがたり』(玉川大学出版部) で日本絵本賞を受賞。また、2017年には早稲田大学坪内逍遙大賞奨励賞を受賞。エッセイ集に『亜米利加ニモ負ケズ』(日本経済新聞出版社)、絵本に『さがしています』(童心社)、翻訳絵本に『どうして どうして?』(小学館)、ほか多数。文化放送「アーサー・ビナード　午後の三枚おろし」(月～金、17時30分過ぎからOA) にも出演。

知らなかった、ぼくらの戦争

2017年4月2日　初版第1刷発行
2021年11月16日　第11刷発行

編著者　アーサー・ビナード
発行者　飯田昌宏
発行所　株式会社 小学館
〒101-8001 東京都千代田区一ツ橋 2-3-1
電話　編集 03-3230-5170　販売 03-5281-3555
印刷所　大日本印刷株式会社
製本所　牧製本印刷株式会社

イラストレーション…川口澄子(水登舎)　ブックデザイン…守先正、山原望(モリサキデザイン)
編集協力…関根英生、鈴木敏夫(文化放送)、本宮誉泰、河野浩一(ザ・ライトスタッフオフィス)
協力…牛田守彦、ジーン三島　DTP…昭和ブライト
校閲…小学館出版クォリティセンター　制作…長島顕治、浦城朋子、松田雄一郎
販売…鈴木敦子　宣伝…阿部慶輔　編集…深味文子

ISBN 978-4-09-388508-9

＊第3章「農民の着物に着替えて出ていった参謀たち 大田昌秀」中の
「艦砲ぬ喰ぇー残さー」は、比嘉恒敏作詞・作曲の民謡『艦砲ぬ喰ぇー残さー』の一節。
＊第5章「流れに『のっていく』ぼくらの今と昔 高畑勲」は、
文化放送「アーサー・ビナード 『探しています』」の内容と、

『早稲田文学 2016年秋号』(早稲田文学会／筑摩書房) での対談をもとに再構成したものです。

◇本書の中には現在では差別的とされる表現が一部用いられていますが、
話者に差別的意図がないこと、また語られている内容の時代背景に鑑み、そのまま掲載いたしました。